Uli Karg

AF288131

DIE BLAUE ZITRONE

Ein Augsburg-Roman

Uli Karg

DIE BLAUE ZITRONE

Ein Augsburg-Roman

Bibliografische Information der Deutschen Nationalbibliothek:

Die Deutsche Nationalbibliothek verzeichnet diese Publikation in der Deutschen Nationalbibliografie; detaillierte bibliografische Daten sind im Internet über dnb.dnb.de abrufbar.

Gestaltung: ©CreativDesigns, Nördlingen

Verlag:

BoD · Books on Demand GmbH, In de Tarpen 42, 22848 Norderstedt

Druck:

Libri Plureos GmbH, Friedensallee 273, 22763 Hamburg

ISBN:

978-3-7597-6716-5

Inhaltsverzeichnis

Vorwort

Dieser Roman ist in meinem Kopf entstanden. Ich wusste zunächst nicht, wie er enden würde. Also schrieb ich 2015 die Geschichte auf, die aus mir heraussprudelte und verwahrte sie im Datenspeicher.

Jahre später drängte sie wieder ans Tageslicht. Ich versuchte zu korrigieren, zu kürzen, umzuschreiben. Immer wieder kamen Lebenssituationen auf mich zu, die wichtiger waren, als an meiner Geschichte zu arbeiten.

Im Sommer 2023 wollte ich endlich fertig werden. Im Wesentlichen sollte die Geschichte so bleiben. Trotzdem hat sich inzwischen einiges geändert.

Die Handlung ist ohne KI entstanden und frei erfunden. Genauso hätte es sich zutragen können, oder auch nicht. Wer weiß?

Der Brief

Donnerstag, kurz nach zwanzig Uhr. Endlich Feierabend! Ute Müller verließ ihr Büro bei einem Innenarchitekten und stöckelte über den Parkplatz. Sie öffnete den Wagen, einen Opel Astra Kombi in Opa-Silber-Metallic, wie sie die Lackierung sarkastisch nannte. Weder diese Marke noch diese Farbe hatte sie jemals gewollt. Die beiden hatten sich dann doch aneinander gewöhnt wie ein altes Ehepaar.

Ute legte ihre Tasche auf den Beifahrersitz, betätigte den elektrischen Fensterheber, um Frischluft in den Wagen zu bekommen und stellte das Radiogerät an. Nachrichten und Wetterbericht waren bereits vorbei, keine Staumeldung auf der A 8 in ihrer Richtung verhieß eine zügige Heimfahrt. Je nach Verkehrsaufkommen sollte sie in fünfundzwanzig Minuten daheim sein.

Ihr Mann erwartete sie schon mit einem innigen Begrüßungskuss und fragte: „Na, wie war es heute im Büro?"

„Ganz gut. Die Neukunden kamen auf Empfehlung und hatten realistische Vorstellungen von der Einrichtung. Ich denke, wir können gemeinsam eine gute Lösung erarbeiten. Zum Kochen bin ich heute nicht mehr aufgelegt. Reicht dir eine Kleinigkeit als Abendessen? Es ist bald neun Uhr!", erklärte sie Johann.

„Ja, schon recht. Anschließend trinken wir ein Glas Wein. Ach ja, deine Post liegt auf dem Küchentisch! Ein Brief mit einer besonders schönen

Sondermarke ist dabei, von einer Ilse, handgeschrieben mit Tinte."

„Ich schau die Post später an. Lass mich erst etwas Bequemes anziehen. Bin gleich wieder da."

Ute entledigte sich der unbequemen Pumps und des Business-Outfits, bestehend aus Leinenhose, Seidentop und Blazer. Ein älteres etwas ausgeleiertes Shirt, die Freizeithose und die Gesundheitspantoffel mit Fußbett, die sie seit letztem Herbst schätzte, waren doch viel bequemer. Der Orthopäde hatte Senk- und Spreizfuß festgestellt, nachdem sie sich mit heftigen Rückenschmerzen eine Woche lang gequält und die Treppe von ihrem Büro zum Erdgeschoss fast nicht mehr geschafft hatte. Auf Rezept ließ sie sich dann zwei Paar lose Einlagen fertigen und kaufte passende Schuhe dazu. Die meisten, die sie zuhause hatte, waren dafür nicht geeignet. Wenn man bedenkt, was gute modische Schuhe kosten und diese bequemen Treter? Wenn es der Gesundheit dient, ade Mode!

Nach gründlichem Händewaschen ging sie in die Küche und goss sich erst mal ein Glas Wasser ein. Der letzte Kundenkontakt war angenehm, aber nach drei Stunden dann doch anstrengend gewesen. Sie leerte das Glas in einem Zug und blätterte die Post durch. Es handelte sich um Bankauszüge, Telefonrechnung, das Gemeindemitteilungsblatt und einen Sammelaufruf für Altkleidung, Schuhe und Spielzeug. Den Brief von Ilse hatte Johann oben draufgelegt. Die Handschrift kam ihr nicht mehr bekannt vor, jedoch der Name und die Adresse. Ja, das war eine Mitschülerin aus dem Gymnasium. Neugierig schnitt sie den Umschlag mit dem alten Brieföffner ihres Vaters vorsichtig auf, das Werbegeschenk eines Lieferanten. Die Schneide aus Messing passte perfekt zum verzierten, brünierten Griff, der die Gravur eines Radio- und Fernsehherstellers trug. Sie nahm den sorgfältig gefalteten Büttenbriefpapierbogen heraus. Es handelte sich um die Einladung zum Klassentreffen des Neusprachlichen Gymnasiums der „Englischen Fräulein". Ilse hatte sogar ein Foto aller Mädchen aus der Zehnten mit der Klassenleiterin beigelegt. Sie setzte sich an den Tisch und betrachtete das Bild.

„Meine Güte, ist das lange her!", überlegte Ute halblaut.

Es wurde 1968, ihrem letzten Schuljahr, von einem Profifotografen aufgenommen. In Gedanken ging sie die Reihen durch, erinnerte sich zwar noch an die Mädels, aber nicht mehr an alle Namen.

„Wie ist das jetzt mit der Brotzeit?", riss Johann sie aus ihrer Erinnerung. „Ist der Brief so wichtig?"

„Entschuldige bitte, ich mach' gleich den Salat an und erzähle dir alles."

Ute legte das Schriftstück beiseite und kümmerte sich um das Abendbrot. Als der Tisch eingedeckt, Salat, Schinken und Käse angerichtet waren, holte sie das frisch aufgeschnittene Brot aus der Küche und rief Johann.

„Hm, sieht ja fein aus! Ist das der rohe Schinken aus Südtirol?"

„Ja, hauchdünn aufgeschnitten, damit man darunter Zeitung lesen kann. Nur so schmeckt er ausgezeichnet."

„Wer ist diese Ilse und was schreibt sie denn so Wichtiges?"

„Ilse saß in der Schule zwei Jahre lang neben mir. Damals waren wir befreundet und nach ihrer Heirat haben wir uns, wie so manch andere, aus den Augen verloren. Es dürfte jetzt etwa fünfunddreißig Jahre her sein, dass wir uns das letzte Mal gesehen hatten. Sie berichtet, dass es ihr über diverse Umwege gelungen wäre, einige Adressen ausfindig zu machen. Sie würde sich freuen, wenn ich zum Klassentreffen kommen würde."

„Willst du hingehen? Da sitzen die aufgedonnerten, aufgehübschten Hühner und gackern um die Wette! Es wird doch nur verglichen! Bei uns Männern lief das letztes Mal so ab wie in diesem Werbespot: mein Haus, mein Wagen, mein Boot, meine Harley, meine Familie! Bei Frauen wird das nicht viel anders sein. Vielleicht: mein Psychiater, mein Schönheitschirurg? Es geht darum, wer was wann womit geschafft hat. Willst du dir das wirklich antun? Wir haben keine Kinder, kein Haus, keine Haustiere, ..."

„Hab' ich gesagt, dass ich hingehe?", unterbricht ihn Ute leicht aufgebracht. „Außerdem ist noch Zeit, sich das zu überlegen. Das Treffen findet erst in drei Wochen statt. Ilse will wegen der Platzreservierung im Bistro bis in ein paar Tagen Bescheid haben."

„Hast du denn nicht gemerkt, dass ich das ironisch mit einem Augenzwinkern gesagt habe? Du kannst doch teilnehmen, wenn du möchtest. So, jetzt bitte wieder lächeln und lass uns essen. Guten Appetit!"

„Sorry, ich habe überreagiert. Lass es dir schmecken."

*

Für diesen Abend war das Thema durch, so dachte Ute. Doch schon beim Abräumen des Tisches, kurzem Saubermachen der Küche und Polieren der Weingläser schlich sich wieder das Klassenfoto der Zehnten in ihre Gedanken. Geübt schnitt sie mit dem Kellnermesser die Kapsel der Weinflasche ab, entkorkte den kühlen Chardonnay und ging mit den gefüllten Gläsern ins Wohnzimmer. Johann hatte bereits eine Kerze am Couchtisch angezündet und nur den Deckenfluter eingeschaltet. Das indirekte Licht und der Schein der Flamme tauchten das Zimmer, das mit Kirschbaummöbeln eingerichtet war, in eine romantische Stimmung.

„Also dann, cin cin!", prostete sie Johann zu.

„Salute!", entgegnete er und nahm einen Schluck. „Hervorragend und genau richtig temperiert. Von der Sorte sollten wir uns ein paar Flaschen kaufen. Was hast du eigentlich morgen vor?"

„Nichts Besonderes. Wenn das Wetter wieder so gut ist, werde ich in der Früh die Betten frisch beziehen und gleich eine Maschine voll waschen. Bis zum Abend ist alles trocken. So einen warmen Juli hatten wir lange nicht, oder?"

„Stimmt, aber das ist Jahre her. Nach den verregneten, kalten Junitagen sollten wir das trockene Wetter nützen. Die Wäsche läuft nicht davon. Ich würde gern mal wieder nach Nördlingen fahren. Was hältst du davon?"

„Ja, warum nicht? Dort waren wir lang nicht mehr. Wir könnten auf der Stadtmauer den Ort umrunden. Anschließend genehmigen wir uns beim Italiener einen Eiskaffee!"

„Gut, das machen wir."

„Ich freue mich drauf!"

Sie schauten noch die TV-Nachrichten an und lüfteten großzügig, da sie eine Dachmansarde im zweiten Stock bewohnten, die vom Vermieter nicht sonderlich gut isoliert war und sich die Hitze des Tages staute.

Ute erinnerte sich dabei, wie sie die Wohnung damals besichtigten:

Das Schönste daran war der große Balkon, von zwei Gauben überdacht und von Wohnzimmer und Schlafraum aus zu betreten, der Hauptauslöser, diese Wohnung zu nehmen. Ursprünglich hatten sie sich für die darunterliegenden Räume interessiert. Die Wohnfläche wäre ausgereichend gewesen. Ute hatte bei der Besichtigung schon die Küche vermessen, als der Vermieter ihnen anbot, auch die Dachwohnung anzusehen, die auch gerade leer stand. Im ersten Obergeschoss gab es drei Wohneinheiten, in der Dachetage nur zwei.

*Nach dieser Entscheidung betrachteten sie die Alt-
bauwohnung in der Stadt mit anderen Augen, obwohl
sie in jahrelanger Eigenarbeit alles renoviert hatten.
Nun freuten sie sich auf das bevorstehende Landleben.*

*

*Johann arbeitete als freiberuflicher Verkaufstrainer
für einen Unternehmensberater und war zu dieser Zeit
in ganz Deutschland unterwegs. Daher konnte er sich
nicht groß um den Umzug kümmern. Da Ute den
Schlüssel bereits zwei Wochen vor Einzug bekommen
hatte, fing sie an, die unzähligen Bücher und Schall-
platten in Kartons zu verstauen. Auch Küchenutensi-
lien wurden verpackt, die in den nächsten Wochen bestimmt nicht gebraucht werden würden, wie Flotte
Lotte, Fonduegeschirr, Rumtopf, Blumenvasen, die sie
von entfernten Tanten zur Hochzeit bekommen hatten, Weihnachtsausstecher, Osterlammform, Bierkrüge und Weißbiergläser. In jeder freien Minute fuhr
Ute einen Kombi voll Kisten und Kartons zur neuen
Wohnung und schleppte sie in den zweiten Stock. In
der Tiefgarage bekamen sie einen Doppelstellplatz mit
verschließbaren Toren. Daher konnten dort die sperri-
gen oder zu schweren Dinge abgestellt werden.*

*So, wie sich Johanns berufliche Situation darstellte,
war er auch zur Zeit des Wohnungswechsels zu Semi-
naren unterwegs. Ute überließ den Haupttransport
der Habseligkeiten zwei Profis, die mit einer Fuhre den
größten Teil der Möbel abbauten und wieder aufstell-
ten.*

Sie kaufte in einem kleinen Möbelhaus ab Ausstellung eine Schlafzimmereinrichtung und ließ diese anliefern. Bisher bestanden die Möbel in der alten Wohnung aus umgearbeiteten Jugendzimmern oder selbst entworfenen und gezimmerten Stücken. Jetzt freute sie sich auf einen Kleiderschrank aus Ahorn mit Schiebetüren. Auch eine richtige Einbauküche wollte sie jetzt haben! Die niedrige Brüstungshöhe der Fenster im Altbau ließ nur eine Arbeitshöhe von achtzig Zentimetern zu. Wegen des Denkmalschutzes, unter dem das etwa vierhundert Jahre alte Haus stand, durften die Fenster nicht verändert werden. Es war damals unglaublich schwierig, einen Schreiner zu finden, der Holzfenster mit Sprossen anfertigen konnte und wollte, davon jedes der zwölf Exemplare in einem Sondermaß.

Jetzt sollte Ute eine ergonomisch richtige Arbeitshöhe bekommen, nicht zuletzt wegen ihres angeschlagenen 5. Lendenwirbels. Für sich selbst eine Einbauküche zu planen ist etwas anderes als für einen Kunden, stellte sie fest. Da der Raum Richtung Nord-Nordwest nur ein Gaubenfenster hatte und nicht sehr hell war, wählte Ute eine glatte Front aus lichtgrauem Schichtstoff mit Multiplex-Holzkanten aus. Als Akzentfarbe sollte Kernbuche dem Raum etwas Wohnlichkeit geben zu den Edelstahlfronten der Geräte. Auf Zuraten ihres damaligen Chefs bestellte sie nach kurzer Überlegung wegen des Budgets die Arbeitsplatte aus Naturstein in Azul Platino. Alle anderen Möbel konnten sie mit geringen Umbauten verwenden.

Endlich befand sich alles an Ort und Stelle, die Stadtwohnung war geputzt, besenrein übergeben und der Schlussstrich gezogen. Ute suchte passende Postkarten aus, um ihren ehemaligen Schulkameradinnen, mit denen sie noch in Kontakt stand, die neue Adresse mitzuteilen. Post ging an Ilse nach Augsburg und an Ursula nach Oldenburg.

*

Ute wusste noch genau, wie ungewohnt es am Anfang auf dem Land war, gegen vier Uhr von Vogelgezwitscher geweckt zu werden. In der Stadt gab es vorwiegend Tauben, deren Krallen Scharrgeräusche in der Blechdachrinne verursachten. Ein Stadtmensch ohne Balkon, Terrasse oder Grün um sich herum kann sich kaum vorstellen, wie wundervoll es ist, das erste Mal Wäsche im Freien trocknen zu lassen und dann zu bügeln – dieser Duft.

So hatten sich beide schnell an die angenehmen Dinge des Lebens nördlich von Augsburg gewöhnt und hatten keinerlei Heimweh und Sehnsucht nach der Stadt. Die Leute waren freundlich und zuvorkommend, hier gab es fast nur „Eingeborene".

In der Altstadt hatten sie unter vielen Nationalitäten gelebt und waren einige der wenigen Deutschen. Rundum waren Lokale, Bistros und Cafés an ausländische Pächter gegangen. Meist war die ganze Großfamilie in die Arbeit mit eingebunden. Südländer sprechen nicht gerade leise, und bis die Lokale geschlossen wurden, dauerte es oft bis zwei Uhr nachts. Während des Sommers waren die Stühle und Tische im Freien und wurden nachts mit Ketten und

Vorhängeschlössern gesichert. Das Rasseln hallte laut nach oben in den engen Gassen. Die letzten Gäste, oft Jugendliche, die sich mit ihresgleichen trafen und aus der Oberstadt kamen, hatten laut gekichert und telefoniert. Es war des Öfteren drei Uhr morgens geworden, bis die letzte Vespa die Altstadt unter Geknatter und den typischen Zweitaktgeräuschen und -gerüchen verlassen hatte.

Sicher ist es auf dem Land auch nicht immer ruhig. Manchmal ruft nachts das Käuzchen vom Wald gegenüber, oft ist auch Fauchen bei Katzenkämpfen zu hören. Mal schreit tagsüber ein Kind, wenn es vom Dreirad gefallen ist. Das sind jedoch andere, natürlichere Geräusche. Ute bildete sich ein, auch die Luft sei besser. Letztlich fühlten sich beide hier richtig wohl!

Nach zwei Monaten teilten sie ihrem Vermieter mit, dass sie die Wohnung kaufen möchten. Das gab allerdings von seiner Seite aus Schwierigkeiten, denn seine Bank stimmte dem Verkauf einer einzelnen Wohnung in der Anlage nicht zu. Ute und Johann blieben also als Mieter, denn es gefiel ihnen dort. Außerdem waren Küche und Schlafzimmer neu angeschafft worden. Im Laufe der Jahre, die sie hier wohnten, hatte es doch einige Veränderungen im Haus gegeben. Dennoch, sie wollten das Landleben aber nicht mehr missen und gegen die Stadt eintauschen.

Ute hatte die Arbeitsstelle vor zweieinhalb Jahren gewechselt. Vor kurzem war sie auf eigenen Wunsch in Altersteilzeit gegangen. Die Jahre waren nicht spurlos an ihr vorübergegangen. Sie war nicht mehr so belastbar und ertappte sich gelegentlich, dass ihr trotz angestrengtem Nachdenken manches nicht mehr einfiel, was doch immer auf der Festplatte gespeichert war und abrufbereit sein sollte. Johann bekam in letzter Zeit weniger Aufträge. Die Firmen sparten in der Wirtschaftskrise an der Ausbildung der Mitarbeiter und buchten weniger Seminare. So war er öfters daheim. Gemeinsam genossen sie die freie Zeit.

Also – morgen stand Nördlingen an, prima, dachte sie und drehte sich zufrieden auf die Seite.

Nördlingen

Ute hatte tief geschlafen und konnte erholt den Ausflug mit Johann genießen.

Der Rieskrater entstand durch den Einschlag eines Asteroiden vor etwa vierzehn Millionen Jahren, so die Erkenntnisse von Wissenschaftlern. Der Rand des Kraters umfängt ein Becken mit einem Durchmesser von fünfundzwanzig Kilometern, darin eingebettet Nördlingen.

Johann stellte den Wagen außerhalb der Stadtmauer ab. Über ausgetretene Holzstufen am Reimlinger Tor begannen sie ihren Rundkurs und begegneten vielen Touristen der Romantischen Straße. Von den um Sechzehnhundert herum erbauten Wehrtürmen und Schießscharten in der Mauer konnte man einen Blick auf das sommerliche Umland werfen. Nach wie vor wird die Gegend von bäuerlichem Umfeld geprägt. Aber auch Handwerk und Industrie sind hier angesiedelt.

Auf ihrem Rundgang warfen sie einen Blick auf das Bauwerk einer 1608 gegründeten Brauerei und die vielen jahrhundertealte Häuser.

Die Gebäude, oft mit Fachwerk, zum Teil saniert, kleine gepflegte Dachterrassen, verlassen scheinende Hinterhöfe, aber auch liebenswerte alte Häuser, denen der Verfall droht, waren von dort einsehbar. Zu kaufen gab es ständig Objekte, wie in den Aushängen der Banken und Immobilienfirmen zu lesen war.

Die spätgotische St. Georg-Kirche mit dem begehbaren Turm, Daniel genannt, ist fast immer auf einer Seite wegen Restaurierungsarbeiten eingerüstet. Am Brunnen und Vorplatz beginnt die Fußgängerzone. Diese erstreckt sich nach Osten, seitlich begrenzt von kleinen Lebensmittelgeschäften, Cafés, alteingesessener Buchhandlung, aber auch Boutiquen mit modernen Klamotten und Schuhen. Einige Italiener hatten sich dort niedergelassen, und manch alte Gastwirtschaft wurde jetzt von Wirten aus Griechenland, Thailand oder der Türkei gepachtet.

Nach ihrem Rundgang auf der Stadtmauer war es für Ute und Johann Tradition, in der Buchhandlung nach Lesestoff und ausgefallenen Glückwunschkarten zu stöbern. Danach kehrten sie in „ihrem" Eiscafé ein. Das Lokal liegt an einer Einbahnstraße, die man wohl als Altstadtring bezeichnen könnte. Sie suchten sich einen Tisch an der Hauswand mit Blick zur Straße. Die verschnörkelten Metallstühle hatten auch schon bessere Zeiten gesehen und waren mit weißer Farbe überstrichen worden, ohne dass vorher jemand mit dem Schleifpapier drüber gegangen war. Runde Sitzkissen mit floralem Muster in Pastellfarben zeigten ausgefranste Kanten an den Rändern, aber zum Sitzen waren sie bequem. Ute und Johann schauten in die Karte, die neben dem obligatorischen Aschenbecher auf dem Tisch lag, bestellten jedoch dann doch das Übliche: für Ute Espresso und einen Joghurteisbecher mit Früchten, für Johann Cappuccino und ein Tartufo Bianco. Der Kellner, stets in schwarzer Hose, weißem Hemd und Geldbörse hinten in den Bund gesteckt, notierte die Bestellung auf einem schmalen Papierblock, obwohl die Theke nur fünf Schritte entfernt war, mit einem freundlichen „subito". Den duftenden Cafè servierte er mit einem „Signora" und „Signore", um nach zehn Minuten die Eisspezialitäten zu bringen. Beides war exzellent, wie immer.

Wenn dieses Café von November bis März geschlossen war, sind Ute und Johann schon mal zu einem anderen Italiener ausgewichen. Dort tippte der Kellner die Bestellungen mit einem PDA-Stift auf sein Display, die Einrichtung war moderner, sehr kühl, das Porzellan hatte andere Formen und Farben, aber – die Atmosphäre war dort nicht so familiär.

Doch an diesem herrlich sonnigen Tag genossen die beiden ihr Eis und blieben noch ein Weilchen sitzen. Der schwarze Sportwagen eines bayerischen Herstellers kam schon zum sechsten Mal vorbeigefahren.

Aus dem restaurierten Käfer-Cabrio mit offenem Stoffverdeck ertönte Techno-Musik. So mancher Fußgänger holte sich ein Eis in einer Waffel, to go würde man heute sagt. Am Nebentisch hatten sich nacheinander drei ältere Italiener eingefunden, die sich offensichtlich öfters hier trafen, um ein Glas Amaro zu trinken, italienische Zigaretten zu rauchen und zu diskutieren. Aus Wortfetzen zu schließen, die

zu Ute herüberdrangen, ging es um Politik und Fußball.

„Il conto, per favore", winkte Johann dem Kellner
zu. Nach einem „Subito, Signore" kassierte er nach
der Addition auf dem Papierblock. Mit einem
freundschaftlichen „Ciao" verabschiedeten sie sich in
Richtung Parkplatz. Auf dem Rückweg kauften sie
eine Kleinigkeit fürs Abendessen und fuhren über
Harburg und Donauwörth nach Hause.

Es war ein schöner Tag.

Schulzeit und Jugend

Ute fiel erst während der Zubereitung des Abendessens wieder Ilses Brief ein. Auf welchem Weg sie wohl an die Adressen gekommen war? Sicher schwierig, da ja die meisten Mädchen geheiratet hatten und einen anderen Familiennamen trugen. Zu der Zeit war es üblich, den Namen des Ehemannes anzunehmen. Doppelnamen oder gar den Mädchennamen zu behalten waren eine absolute Ausnahme.

Ute Müller dachte gerne an die Schulzeit und versank gerade in Erinnerungen:

Sie war in der Schule sehr beliebt. So wurde sie auch in den beiden Jahren nach dem Ausscheiden aus der Schule, während sie schon in der Ausbildung war, ins Skilager eingeladen. Dies war hauptsächlich der Sportlehrerin, Frau Elisabeth Müller, zu verdanken. Ute war im Turnen mittelmäßig. Aber sie war immer sehr engagiert, wenn es um Theateraufführungen ging, Jazzmessen in der Kapelle oder Konzerte des Madrigalchores. Sie spielte leidlich gut Gitarre, was sie sich autodidaktisch mit Notenheft und Stimmgabel beigebracht hatte. In einem Ringbuch hatte sie eine Sammlung von Liedern und Akkorden angelegt. Das Repertoire reichte von „Sur le pont d'Avignon" bis Folk, Gospel und Protestsongs, eben alles, was sie beim Radiohören mitschreiben konnte.

Ihre erste Schallplatte, eine Single, war von Gus Backus mit A-Seite „Da sprach der alte Häuptling der

Indianer" und der B-Seite „Muss i denn, muss i denn zum Städtele hinaus".

Später kamen andere Platten dazu. Ihr Vater hatte ein Elektrogeschäft. Er verkaufte und reparierte Radios, Fernsehgeräte und Plattenspieler. Daher gab es bei einem Großhändler unverkäufliche Muster, die nicht aus Vinyl gefertigt waren, sondern aus einem ganz dünnen, biegsamen Kunststoff. Musiklabels prägten darauf die Anfangsstücke von neuen Songs. Diese Exemplare bekam später Ute. „Black ist Black" war ein Song aus dieser Zeit.

Nachdem sie zuvor ein Zimmer mit den beiden jüngeren Schwestern teilen musste, durfte sie mit achtzehn Jahren endlich ein winziges Zimmer unter dem Dach beziehen. Sie hat sich so sehr nach einem eigenen Nest gesehnt. Doch erst nach längeren Verhandlungen mit dem Vater wurde es ihr letztendlich zugesprochen. Sie war glücklich und stolz. Ein kleines Fenster nach Osten lockte das Morgenlicht in die Kammer und hat ihr einen weiten Blick über die Dächer der Altstadt ermöglicht.

Der Wäscheschrank, ursprünglich aus dem Jugendzimmer ihrer Tante, war in einer Wandnische untergebracht, mit zwei weiß lackierten Kassettentüren ausgestattet und mit einem einfachen Bartschlüssel zu öffnen. Kranzgesims und Sockelfüße glänzten schwarz. Links befanden sich Wäschefächer, deren Einlegeböden mit Schrankpapier bezogen waren und an der Unterseite mit Reißnägeln fixiert, wie damals üblich. Hinter der rechten Tür gab es oben eine

Hutablage, darunter eine hölzerne durchgebogene Kleiderstange. Das Bettgestell war ein Relikt aus dem Jugendzimmer ihrer Mutter. Ein Tischchen mit Aufsatz, vom Großvater handgezimmert, hat sie blau gestrichen – es war ursprünglich rosa, also nicht gerade ihre Farbe. Einen einzelnen übrig gebliebenen Kaffeehausstuhl hat sie abgebeizt und ebenfalls blau aufgepeppt. Außerdem verschönerte ein bunter Fleckerlteppich den Raum. Das Röhrenradio konnte mit einer Wurfantenne und einem Erdungsdraht am Heizungsrohr immerhin München, AFN, Stuttgart und Ö3 empfangen, je nach Wetterlage. Der Soldatensender AFN, American Forces Network, sendete damals mit Wolfman Jack das beste Programm. Sie fand diese Musik aus Amerika großartig. Der Bayerische Rundfunk München brachte am Freitagabend die „Schlager der Woche", die Fred Rauch moderierte. „Pop nach acht" war ebenfalls beliebt.

Später bekam sie nach mehrmals geäußertem Wunsch einen Kofferplattenspieler. Im Deckel war der Lautsprecher eingebaut und die Geschwindigkeit konnte zum Abspielen von Singles und Langspielplatten umgestellt werden. Das Klangerlebnis war nicht gerade überwältigend, aber Ute war nicht verwöhnt und freute sich riesig über das Geburtstagsgeschenk. Die Sammlung begann mit Platten der Ofarims, Joan Baez, Santana und das Originalalbum von Woodstock.

Den Blockflötenunterricht brach sie im Alter von sechzehn Jahren ab. Zur Zeit der Beatles und Stones war allerdings die Gitarre das Instrument aller Dinge.

Ihre Oma bestellte damals bei einem Kataloghändler, wo Bettwäsche und Kittelschürzen ausgesucht wurden, eine Wandergitarre mit Notenheft zum Selbststudium. Ute war ganz aus dem Häuschen und versuchte erst mal, das Instrument richtig zu stimmen. Mit Probieren, Fleiß und Übung gelang es ihr bald, sich einige Akkorde anzueignen und sich bei den Songs zu begleiten. Nachdem die Eltern Erfolge sahen, bekam sie nach drei Jahren eine richtige Konzertgitarre, dazu eine Tragetasche aus grünem Skai-Kunstleder und einen zusammenklappbaren Notenständer.

In ihrer Parallelklasse am Gymnasium gab es eine Schülerin namens Lioba, die Ute vom Madrigalchor kannte. Diese spielte das Instrument passabel. In einem neuen Schuljahr sollte ein junger Kaplan den Religionsunterricht halten. So kam das Thema auf die Gestaltung der Gottesdienste durch die Mädchen mit eigenen Fürbitten und Gesang, das Ganze ohne Orgelbegleitung. Die beiden taten sich zusammen und übten nach dem Unterricht Kirchenlieder von Duval, Gospels und Spirituals. Ute lernte von Lioba einiges. Die Schülermessen waren gut besucht. Der Kaplan wurde im folgenden Jahr durch einen altehrwürdigen Pater vom nahegelegenen Kloster St. Stephan beim Religionsunterricht abgelöst, die Schulmessen wieder mit Orgelbegleitung gehalten. Alles andere war den Klosterfrauen dann doch zu modern.

Ute erinnerte sich mit Schrecken an den Verweis, den sie am letzten Schultag vor den großen Sommerferien in einem blauen Umschlag zur Unterzeichnung durch die Erziehungsberechtigten nach Hause geschickt bekam. Sie hat zu spät bemerkt, dass sie die Strickweste vergessen hat, ohne die der Zutritt in die Schulkapelle nicht gestattet war. Es war ein heißer Augusttag und außer der Schülermesse nur noch die Zeugnisübergabe und Verabschiedung durch die Klassenleiterin zu erwarten. Das kurzärmelige Sommerkleid war den Klosterschwestern zu unzüchtig. Zuhause verursachte der blaue Brief ein heftiges Donnerwetter, obwohl sie meinte, ein Sechser in Latein wäre doch viel schlimmer. Ihr Vater ließ das jedoch nicht gelten, zahlte aber, wie abgemacht, für jeden Einser im Zeugnis eine Mark, für jeden Zweier fünfzig Pfennig, wie auch ihrer Schwester Lisa. Dreier waren zu begründen.

Zum Ferienbeginn durfte Ute nach dem Mittagessen den Nachtisch in einer Eisdiele holen. Die Cassata war eine Halbkugel aus drei Schichten, außen Vanilleis, dann Schoko, der Kern innen aus Sahne mit kleingeschnittenen kandierten Früchten. Es war etwas Besonderes!

So, nun endlich große Ferien! Der Lichtblick, der sich bot, war ein mehrwöchiger Aufenthalt bei den Eltern der Mutter. Die Großeltern bewohnten ein Häuschen auf dem Land in einer kleinen Ortschaft Richtung Donauwörth. Das Dorf liegt an der Schmutter, die nach Norden zur Donau fließt. Opa war gelernter Zimmermann, hatte beide Weltkriege mit- und überlebt und arbeitete in den letzten Berufsjahren vor seiner Rente im Sägewerk, das zu einem großen Gut mit Pferdezucht in der Nähe gehörte.

Der Fluss trieb die Maschinen an. Das Plätschern am Wasserrad war bis zum Hof der Großeltern zu hören. Für die Stadtkinder waren diese Wochen das Paradies!

Dreißig Kilometer von der Strenge des Vaters entfernt genossen Ute und Lisa, die zwei Jahre jüngere Schwester, ungezwungene Tage. Mitten in der Natur, alle Arten von Tieren ganz nah und ungewohnte Arbeiten im Stall und auf den Feldern forderten die beiden. Sie lernten viel und entwickelten dabei eine ganz andere Sicht auf Lebensmittel. Eine wichtige Erfahrung fürs Leben.

*

So schön die Ferien auf dem Land auch waren, am Ende freute sich Ute wieder auf den Schulanfang und die Klassenkameradinnen. Was hatten die wohl zu erzählen?

(Anmerkung: wir befinden uns am Ende der 60er Jahre.)

Gespannt auf den ersten Schultag richtete Ute die Aktentasche her. In der Volksschule hatte sie damals einen braunen Rindslederranzen, der vier Jahre lang seinen Dienst tat. Im Gymnasium jedoch waren mehr Bücher mitzuschleppen. Man denke nur mal an den braunen Dierckes Weltatlas. Zu dieser Zeit musste man die Schulbücher selbst kaufen. Außerdem war Schulgeld zu entrichten.

Zum Schuljahresbeginn stellten sich folgende Fra-gen: Welcher Raum, welche Klassenleiterin, welcher Stundenplan, kommen neue Mitschülerinnen dazu? Diejenigen, die die Klasse wiederholen mussten, kannte man ja und traf sie im Pausenhof wieder.

Ute hatte sich etwas früher auf den Weg gemacht, um vor Unterrichtsbeginn ihre Freundinnen zu tref-fen. Ilse erwartete sie schon vor der Schulpforte.

„Na, wie waren deine Ferien?", begrüßten sich beide mit dem gleichen Satz und mussten lachen. Ute berich-tete von den Wochen auf dem Land, Ilse schwärmte von Borkum. Die See war etwas ganz Besonderes mit Ebbe und Flut, wie auch die frischen Krabbenbröt-chen, von denen Ilse berichtete.

Kurz darauf stieß auch Riccarda zu den beiden und wurde mit großem Hallo begrüßt. Birgit folgte ein paar Minuten später.

Die schrille Schulglocke beendete schnell das allge-meine Geschnatter. Die Mädchen gingen gemeinsam in das Schulgebäude und suchten in den langen Gän-gen nach dem neuen Unterrichtsraum. Neben jeder Türe hing ein Schild mit Klassennummer und Leite-rin, daneben befand sich ein Garderobenschrank, des-sen Türen oben mit Lamellengitter ausgestattet waren und innen Platz boten für Kleiderschürzen oder Röcke. Diese musste man im Winter über den Keilhosen tra-gen, denn die waren als unästhetisch eingestuft und während des Unterrichtes nicht erlaubt. Fast alle Schülerinnen besaßen irgendwann diese Hosen, die damals perfekt war zum Skilaufen oder Schlittenfah-ren. Sie wies vorne und hinten eine scharfe Falte auf, unter der Fußsohle sorgte ein breites Gummiband für gespannten Sitz. Ute hatte eine in schwarz bekommen, eine gute Ausstattung für den Schulweg im Winter. Im Sommer trugen die Mädchen knielange Kleider mit kurzen Ärmeln oder Röcke. Wenn man sich vorstellt, dass einige Jahre später Schülerinnen im Minirock, Hot Pants und Tops mit Spaghettiträgern rumliefen und, außer dem Religionslehrer, auch Männer unterrichten durften, war die Schulzeit von Ute fast noch mittelalterlich geprägt. Einige Lehrkräfte waren Klosterfrauen, die zum Orden der „Englischen Fräulein" gehörten, die Weltlichen waren meist alleinstehend und kinderlos.

Ute und ihre Mitschülerinnen sahen sich im Klassenzimmer erst mal um. Dieser Raum war mit Tischen und Stühlen aus freundlichem hellem Holz eingerichtet. Die grüne Wandtafel bestand aus drei Teilen zum Klappen, ein Ständer für Landkarten wartete hochkant in der Ecke auf seinen Einsatz, ein dreifüßiges Metallgestell mit Waschschüssel und Schwamm fand daneben Platz. Hinter dem Lehrerpult hingen Riesenzirkel, mit Kreide zu bestücken, und Geodreiecke an der Wand. Der große Schrank beinhaltete die Leihbücher für diese Klasse. Darauf war Ute, ein Bücherwurm, schon sehr gespannt. Oft hatte sie bereits vor den Osterferien jedes Exemplar gelesen. Wie jedes Jahr sollte sie die Bücherei führen. Jeder Titel trug den Schulstempel, die fortlaufende Nummer und war durchsichtig eingebunden.

Ilse belegte wie selbstverständlich eine Bank neben Ute am Fenster in der zweiten Reihe links. Fast alle

Mädchen kannten sich und setzten sich nach eigenem Wunsch zusammen. Zwei neue Gesichter kamen in die Gemeinschaft. Eine war Wiederholerin aus der höheren Klasse, die sich gleich hinten in die letzte Reihe platzierte. Wegen ihrer Körpergröße eine gute Entscheidung. Eine Neue stand noch etwas unschlüssig am Eingang. Die Schulglocke läutete zum Unterrichtsbeginn und pünktlich erschien die Klassenleiterin. Wie beim Militär standen alle auf und grüßten mit „Guten Morgen, Frau Hanser!"

Vor ihr hatten ältere Schülerinnen schon gewarnt. Frau Hanser wäre streng, unnachgiebig und äußerst korrekt. Sie war nicht sehr groß, trug eine langärmlige, cremefarbene Bluse mit Schluppe zu einem grauen geradegeschnittenen Rock, der handbreit unter dem Knie endete. Die wiederum grauen blickdichten Strümpfe steckten in schwarzen schlichten Lederschuhen mit einem vier Zentimeter hohen Blockabsatz. An einer langen dünnen Gliederkette baumelte unterhalb der Brust eine kleine goldene Uhr mit Deckel. Das ergraute Haar war hinten senkrecht mit einem Kamm zusammengesteckt. Erst gegen Mittag konnte es passieren, dass sich die eine oder andere Strähne dem Kamm entzog und aus dem Knoten löste.

Ursula wurde als neue Mitschülerin vorgestellt. Ihr Vater diente als Zeitsoldat am Fliegerhorst Jagel und war nach Lechfeld versetzt worden zum Jabo 32. Später unterrichtete er an der TSLw 2 (Technische Schule der Luftwaffe). Die Familie stammte aus Oldenburg und war im Juli nach Bayern gezogen.

Auch die Wiederholerin Anita wurde vorgestellt.

Frau Hanser unterrichtete Deutsch und Englisch und notierte den Stundenplan an der Tafel zum Abschreiben. Die Unterrichtsstunden begannen um acht und endeten um dreivierteleins, auch samstags. Auf die Nachmittage fielen Wahlfächer und Chorprobe.

In Utes Klasse gab es drei Internatsschülerinnen, die wochentags im Kloster lebten und von auswärts kamen. Die Nonnen bezeichneten sie als Zöglinge, ein fürchterliches Wort, das Ute schon damals störte. Sie wurden mittags zu Tisch- und Küchendienst eingeteilt: Tische eindecken, Geschirr nach der Mahlzeit abtragen, spülen, abtrocknen und in die Schränke räumen. Über die Mahlzeiten kamen manchmal Klagen, vor allem, wenn Haschee serviert wurde. Ein Resteessen, fein zerkleinert aus undefinierbaren Zutaten. Heute könnte man sich solch ein Internatsleben mit riesigen Schlaf- und Gemeinschaftswaschräumen nicht mehr vorstellen. Im Studierzimmer erledigte man unter Aufsicht einer Klosterfrau schweigend die Hausaufgaben. Freizeit gab es im großen Klostergarten. Damals wurde Völkerball gespielt, später Volley- und Basketball.

An diesem ersten Schultag stellte sich jede Lehrkraft in der Klasse vor, schrieb die Lehrbuchtitel an die Tafel, die besorgt werden mussten und gab an, welche Größe und Lineatur die Hefte haben sollten. Auch die Umschlagfarbe wurde für jedes Fach definiert.

Als die Pausenglocke läutete, standen die Mädchen in den üblichen Gruppen zusammen und packten die

Brote aus. Die Runde um Ute erfuhr von den anderen Mitschülerinnen deren Ferienerlebnisse.

Birgit war mit ihren Eltern in den Allgäuer Bergen beim Wandern.

Riccardas Papa, freiberuflicher Architekt, verbrachte mit seiner Familie drei Wochen in ihrer Ferienwohnung an der Küste bei Dubrovnik.

*

Diese Gedanken stellten sich beim Herrichten des Abendessens bei Ute ein. Vielleicht sollte sie sich doch zum Klassentreffen anmelden? Ein wenig Bedenkzeit blieb ja noch.

Im Büro vergingen die Tage bei der Arbeit schnell. Durch die Urlaubszeit war die Personaldecke ausgedünnt und Ute musste einspringen, wenn Not an Frau war.

Am Sonntag eröffnete sie Johann, dass sie doch zu dem Termin hingehen möchte, um die alten Kameradinnen mal wieder zu sehen. Er hatte selbstverständlich nichts dagegen. Sie füllte die Antwortkarte aus, steckte sie in einen Umschlag und frankierte diesen mit einer besonders schönen Sondermarke. Irgendwie freute sie sich jetzt darauf. In der Zwischenzeit suchte sie alte Fotos aus der Schulzeit, die sie in ein kleines Fotobuch mit Steckfächern sortierte und zum Treffen mitnehmen wollte. Dabei kamen Bilder vom Fasching zum Vorschein, von den Pantomime- und Theateraufführungen und Skilagern.

Viele Namen gingen ihr wieder durch den Kopf. Was mag wohl aus den Mädchen geworden sein? Wer würde überhaupt kommen?

*

Das Treffen war auf einen Montagabend festgelegt worden, Beginn ab neunzehn Uhr in einem Bistro. Im Büro sagte sie Bescheid, dass sie eine Stunde früher gehen wolle.

In der Früh hatte sie einen Teller mit Johanns Abendbrot vorbereitet und in den Kühlschrank gestellt. Dann überlegte sie, was sie anziehen wollte. Sie entschied sich für einen Hosenanzug mit Top, eine flotte Halskette und den dekorativen Ring mit dem Schwarzopalstein. Das war im Studio prima, nicht overdressed und passte genauso für den Abend.

Wie immer, wenn man es eilig hat, kam natürlich gegen halbsechs noch ein Kunde ohne Anmeldung zu ihr, um über die Elektroinstallationen der neu einzurichtenden Räume zu sprechen. Sie notierte diese Änderungswünsche und versprach ihm, die aktualisierten Pläne per E-Mail zu schicken, sowie eine Kopie an den Elektriker. Das war dem Kunden sehr recht und Ute konnte pünktlich das Studio verlassen.

Auf dem Weg zum Bistro hoffte sie darauf, dass kein Stau auf der Autobahn die Fahrzeit unnötig in die Länge ziehen würde. Sie kam jedoch trotz des

Feierabendverkehrs gut voran und fuhr kurz vor neunzehn Uhr auf den Parkplatz des Restaurants.

Klassentreffen

Gespannt wie ein Flitzebogen betrat sie den Gastraum und sah sich um. Auf der linken Seite waren mehrere Tische zu einer langen Tafel zusammengeschoben und eingedeckt. Darauf stand ein Hinweisschild: RESERVIERT. Bestimmt galt das dem Treffen.

Als sie ihren Blazer auszog, kam schon Ilse um die Ecke. „Schön, dass du kommen konntest!", begrüßte sie die Freundin und nahm sie in den Arm.

„Du hast ja auch frühzeitig die Einladung geschickt", entgegnete Ute. „Wir haben uns ewig nicht gesehen! Wie geht es dir denn?"

„Mittlerweile ganz gut. Schau, da kommt Birgit!"

„Tatsächlich, das freut mich."

Gemeinsam begrüßten sie die Schulfreundin und setzten sich am Tisch zusammen.

„Wer hat denn alles zugesagt?"

„Das verrate ich nicht. Es soll eine Überraschung sein. Ihr werdet schon sehen!", entgegnete Ilse.

Geschäftig kam die Bedienung zu ihnen und nahm die Getränkebestellungen auf.

„Sehr verändert habt ihr euch beide nicht, wir sind nur alle ein paar Jährchen älter geworden, oder?" Alle mussten lachen.

„Das stimmt, wenn ich euch so anschaue", stellte Birgit fest.

Keine zehn Minuten später ging die Tür auf und Riccarda betrat den Gastraum. Auch sie sah aus wie das blühende Leben, nur ein paar Fältchen hatten sich über der Nasenwurzel eingegraben. Das helle Haar war vielleicht etwas lichter geworden. Doch wie schon damals war sie flott gekleidet. Sie setzte sich gleich zu ihnen. Mehr als zehn Mädels wurden es allerdings nicht an diesem Abend.

Ilse, die das Treffen ins Leben gerufen hatte, erzählte von den Nachforschungen, die sie angestellen musste, um die Adressen ausfindig zu machen. Es war ein Stück Arbeit, denn viele waren verheiratet und hatten oft zueinander keinen Kontakt mehr. Einige waren weggezogen und sahen keine Möglichkeit zu kommen. Der harte Kern allerdings saß am Tisch.

Außer den vier, die schon da waren, kamen an diesem Abend noch Angela, Jutta, Rita, Verena, Vroni und Gabi dazu.

Nach der freudigen Begrüßung bestellte sich jede eine Kleinigkeit zu essen und Ilse erzählte von den Briefen, die sie als Antwort auf ihre Einladung hin erhalten hatte:

„Gerlinde lebt mit ihrer Familie an der Ostsee und betreibt eine Gästepension. Claudia gehört in München ein Antiquitätengeschäft und hält sich gerade im Ausland auf. Herta ist Allgemeinmedizinerin und derzeit mit einer Gruppe von Kollegen in Tansania und errichtet eine Krankenstation in einem Kinderheim."

„Wenn das kein Engagement ist, meine Hochachtung!", kommentierte Riccarda.

„Und Petra", fuhr Ilse fort, „betreibt mit ihrem Partner zusammen eine Immobilienfirma. Sie weilt gerade auf Rhodos zur Besichtigung einer neu entstehenden Ferienhaussiedlung, wo sie sich um Verkauf und Vermietung kümmern will. Ursula ist nach dem Ausscheiden ihres Vaters aus dem Militärdienst wieder zurück nach Oldenburg gezogen. Sie hat dort nach der Dolmetscherprüfung ein Büro übernommen und übersetzt technische Fachbücher aus dem Englischen."

„Das stimmt. Wir haben uns immer gut verstanden und halten losen Briefkontakt mit besonderen Postkarten", pflichtete Ute bei.

Die Adressen und Aufenthaltsorte der anderen Mitschülerinnen hatte Ilse nicht ausfindig machen können und bat daher alle Anwesenden um Mithilfe.

„Vor vierzig Jahren haben die meisten von uns Abitur gemacht und sind dann ihrer Wege gegangen. Ich freue mich, dass ich doch so viele heute Abend zusammenbringen konnte und – alle, die sich angemeldet haben, sind auch gekommen. Darauf sollten wir trinken!"

„Wenn das kein Anlass ist, also – zum Wohl und auf unser Treffen nach vielen Jahren!", meinte Rita und hob ihr Glas. Alle anderen taten es ihr nach und stießen darauf an.

„Ich schlage vor, dass wir uns wenigstens einmal im Jahr treffen sollten, ganz zwanglos. Wir merken doch alle, wie die Zeit davoneilt. Es tut gut, mal wieder alte Freundschaften zu pflegen. Was haltet ihr davon?", fragte Ilse in die Runde.

Das fand allgemeine Zustimmung.

Rita antwortete als erste:

"Ich finde es prima und kann es mir gut einrichten!" Sie trug einen flotten Kurzhaarschnitt mit ein paar roten Strähnchen im Pony und erzählte von der Ausbildung zur Modeschneiderin, weil sie Kostümbildnerin am Theater werden wollte. Bei dieser Arbeit waren auch Kopfbedeckungen herzustellen. Das Hutmachen gefiel ihr noch besser als das Nähen. So lernte sie nebenbei Modistin und ergriff die Chance, einen Hutsalon zu übernehmen. Die damalige Besitzerin kannte Rita, die öfters bei ihr einkaufte. Mit Fleiß, Einsatz und Innovation hatte sie sich einen Namen in der Branche erarbeitet. Sie fertigt einmalige Hutkreationen an. Prominente aus München und vom Starnberger See zählen zu ihren Kundinnen und tragen ihre Modelle bei passenden Veranstaltungen der Bussi-Bussi-Gesellschaft, so dass sie immer wieder Empfehlungen bekommt. Vor kurzem durfte sie eine Anfertigung zu einem Kleid für die Wagner-Festspiele in Bayreuth kreieren und einen Entwurf für eine Neukundin aus Hamburg, die ein verrücktes Unikat für das Pferderennen sucht. Gebannt hatten die Zuhörerinnen gelauscht.

„Dann wirst du bald vom Britischen Königshaus eingeladen werden", lachte Birgit und alle stimmten ein.

„Wer weiß das schon?", sinnierte Rita amüsiert und fuhr fort: „Vor vierzig Jahren hätte ich nicht gedacht, dass ich mal ein eigenes Atelier haben würde."

„Nach der Schule weiß man das auch nicht", meinte Jutta. Sie hatte nichts von ihrem rassigen Aussehen verloren, nur das dunkle Haar war jetzt silbergrau geworden. Sie berichtete:

„Ich habe von meinen Eltern das Farbengeschäft übernommen, geheiratet und zwei Kinder bekommen. An jeder Ecke sind damals Baumärkte aus dem Boden geschossen. Wir hatten massive Umsatzeinbrüche. Es zeichnete sich keine Verbesserung der Situation ab. Daher haben wir den Laden an eine Galeristin vermietet, die uns als Kundin bekannt war und Räumlichkeiten suchte. Mein Mann ist leider vor zwei Jahren verstorben, beide Kinder haben eigene Familien und leben weiter weg. Ich arbeite an drei Wochentagen in der Galerie mit, erledige das Kaufmännische, organisiere die Ausstellungen und kann zusammen mit den Mieteinnahmen gut leben. Auf das Wiedersehen mit euch habe ich mich sehr gefreut. Ein großes Dankeschön an Ilse, die sich so viel Mühe mit den Einladungen gemacht hat. Danke dafür!"

Mit Beifall schlossen sich alle anderen Frauen an.

„Für das nächste Treffen, das ja bestimmt stattfinden wird, kann ich gerne die Organisation übernehmen, wenn ihr wollt!", meldete sich Jutta nochmal zu Wort.

„Gerne, Jutta, wenn du das machen würdest, wäre ich froh", entgegnete Ilse. „Ich bin noch berufstätig und das musste alles nebenher gehen. Ich glaube, außer dir, Ute, weiß hier niemand, dass ich nach wenigen Ehejahren meinen Mann verloren habe." In ihre Augen schlich sich eine Träne.

„Ich erinnere mich noch an deine Nachricht", sagte Ute zu ihr. „Dein Mann war Kunde im Geschäft meiner Eltern und kaufte öfters für sein Ingenieurbüro ein. Ihr habt euch im Zug nach München kennengelernt, wo du deine Ausbildung zur Versicherungskauffrau gemacht hast. Er war an der TU. Bei eurer Hochzeit im Augsburger Dom habe ich mir gedacht, dass er gar nicht aussieht wie Wolfgang Overath, für den du früher so geschwärmt hast." Allgemeines Lachen verbreitete sich am Tisch. „Dein Mann war blond wie du. Ihr wart ein schönes Brautpaar. Später durfte ich euch besuchen in der ersten gemeinsamen Mansarde in der Nähe von Mühlhausen. Als sich dann euer Kind angekündigt hat, seid ihr nach Haunstetten gezogen, wo du ja heute noch lebst. Die Adresse auf der Einladung kam mir gleich bekannt vor."

„Das stimmt. Die Wohnung haben wir damals gekauft. Ich bin gern dort. Meine Tochter Karin arbeitet als Europasekretärin in Brüssel und kommt alle paar Monate zu mir. Ich habe es allein geschafft, die Wohnung zu halten, das Studium von Karin zu finanzieren und arbeite nach wie vor bei der Versicherung, jetzt jedoch in Augsburg. Mit den öffentlichen Verkehrsmitteln komme ich ins Büro und habe nette Arbeitskolleginnen, mit denen ich zum Teil befreundet bin. Anfangs war es für mich allein mit der kleinen Tochter schon schwierig. "

„Das glaube ich", stimmte Vroni zu, die schon als Teenager klein und mollig war. Sehr freigiebig half sie jedem, der sie brauchte. Vermutlich war sie in ihrem Leben mehr als einmal ausgenützt worden. Sie erzählte:

„Auch ich weiß, was es heißt, von heute auf morgen allein mit einem Kind dazustehen. Wie ihr ja wisst, habe ich nach der zehnten Klasse die Ausbildung zur Krankenschwester gemacht und eine Stelle im Krankenhaus Wertingen angetreten. Als ich bald für die innere Station verantwortlich war, bekamen wir einen neuen Assistenzarzt. Wegen Personalmangel und da ich noch ledig war, habe ich oft den Nachtdienst einer Kollegin übernommen, deren Sohn sehr krank war. Auch der neue Arzt war öfter zum Nachtdienst eingeteilt. In der Teeküche haben wir uns unterhalten und näher kennengelernt. Nach einem halben Jahr machte er mir einen Heiratsantrag. Ich war etwas verblüfft, denn ich hatte nicht übersehen, dass eine junge Ärztin ein Auge auf ihn geworfen hatte. Trotzdem standen wohl meine Chancen besser. Nach einem weiteren Jahr willigte ich ein, und wir feierten eine wunderschöne Hochzeit. Er hatte sogar eine Kutsche besorgt. Wir verbrachten romantische Flitterwochen auf Ischia mit allem, was dazugehört. Ich schwebte auf einer weichen Wolke im siebten Himmel!"

Alle waren begeistert und freuten sich mit ihr. Vroni erzählte, wie es weiterging:

„Nach seiner Beförderung zum Oberarzt bezogen wir auf seinen Wunsch ein eigenes Haus mit Garten.

Durch die unterschiedlichen Dienstpläne blieb allerdings die gemeinsame Zeit auf der Strecke. Mein Mann war sehr ehrgeizig und besuchte jede angebotene Weiterbildung. Das Haus, das auf uns beide eingetragen war, wollte er mit hoher Tilgung schnell abbezahlt haben. So blieb zum Leben nicht allzu viel übrig. Ich konnte mich mühelos einschränken, war das gewöhnt und brauchte keinen Luxus. Er schon, was ich dann erfahren musste. Zwei Jahre nach der Hochzeit zeigte mein Schwangerschaftstest positiv an. Nachwuchs – nicht gerade geplant. Trotzdem freute ich mich, sagte es ihm aber erst, als ich vollkommen sicher war. Er war ganz aus dem Häuschen, jedoch nicht vor Freude. Ich musste mir Vorwürfe anhören, nicht richtig verhütet zu haben. Ein Kind zum jetzigen Zeitpunkt würde seine Zukunftspläne zunichtemachen. Ich war mit der Einnahme der Pille korrekt und überlegte verzweifelt, was passiert sein konnte. Ein Pharmavertreter hatte uns zum Essen eingeladen. In diesem Chinarestaurant ging es mir sehr schlecht und ich musste mich übergeben. Vermutlich habe ich die Pille mit erbrochen. Das war meinem Mann mehr als peinlich und ihr könnt euch nicht vorstellen, wie er mich behandelt hat."

Allgemeine Empörung äußerte sich bei den Tischnachbarinnen.

„Er verstand die Erklärung als Ausrede und war von da an wie verwandelt. Das Kind wollte ich unter allen Umständen bekommen, da gab es keine Diskussionen. Wir sahen uns im Krankenhaus öfters als zuhause. Sein Umgangston wurde gereizter.

Ich konnte ihm nichts mehr rechtmachen. Der Tag der Entbindung rückte näher. Ich musste eine Woche vor dem errechneten Termin im Krankenhaus bleiben, denn das Kind lag nicht in der richtigen Position. Als die Wehen einsetzten, war mein Mann bei einem Ärztekongress in Berlin. Nachdem unser Sohn um sechs Uhr zwanzig geboren war und ich ihn im Hotel anrufen wollte, sagte mir der Portier, dass er ihn nicht in seinem Zimmer erreichen würde. Ich ließ nicht locker und überzeugte ihn, dass es wichtig sei. Er sagte mir im Vertrauen, obwohl er es eigentlich nicht dürfe, dass der Schlüssel seit gestern Mittag an der Rezeption hängen würde. Ich war sowas von enttäuscht, das kann ich niemand sagen."

„Oh je! Schlimm für dich!", sagte Jutta mitfühlend.

„Ja, aber mein Kleiner war gesund und natürlich das hübscheste Kind auf der Station. Es kam, wie es kommen musste. Mein Mann trennte sich von mir und ging mit einer jungen Kollegin, die er bei einer Fortbildung kennengelernt hatte, nach Schweden, wegen der besseren beruflichen Möglichkeiten, wie er mir erklärte. So, nun stand ich da mit Kind und Haus. Mein Sohn Maximilian entwickelte sich prächtig. Auf meine Briefe und Fotos vom Kleinen kam selten eine Antwort aus Schweden. Immerhin zahlte er meistens für ihn. Bald bat er mich um die Scheidung, er wollte wieder heiraten. Ich willigte ein, denn in meinem Leben hatte er keinen Platz mehr. Ich kümmerte mich um den Verkauf des Hauses, das mir viel zu groß war und hauptsächlich ihm als Statussymbol gedient hatte, tilgte damit den restlichen Kredit und zahlte ihm seinen Anteil aus. In der Nähe meiner Arbeitsstelle fand sich eine passende Eigentumswohnung. Für Maxi hatte ich einen Betreuungsplatz und war in Vollzeit als Krankenschwester tätig. Ich konnte meinem Sohn später die Realschule ermöglichen und eine Lehre als Schreiner. In diesem Beruf ist er voll aufgegangen und kreativ. Ich arbeite immer noch im Krankenhaus und fühle mich gebraucht. Nach einer kurzen Beziehung zu einem Mann, der es mehr auf meine Wohnung als auf mich abgesehen hatte, bin ich von dieser Spezies enttäuscht und werde wohl allein bleiben. Macht gar nichts, das ist in Ordnung und ich komme gut zurecht. So, nun genug von mir. Verena, wie ist es denn dir ergangen?"

„Na, wie ihr seht, ganz gut." Sie hatte ihre Naturlocken, von einigen silbernen Strähnen durchzogen, lose im Nacken mit einem hübschen Tuch zusammengebunden und trug zur modischen Jeans eine kleinkarierte Baumwollbluse und eine legere Jacke. Die weißen Trotteurs passten perfekt dazu.

„Nach dem Gymnasium habe ich die Hotelfachschule besucht und dann in mehreren Häusern gearbeitet, an der Rezeption, im Service, bei Banketten und in der Organisation. London konnte ich erleben, Paris, Wien, Rom und Genf. In der Schweiz habe ich dann die Liebe zum Kochen so richtig entdeckt und mich in diesem Gebiet weitergebildet. Am Genfer See sollte ich eine begehrte Stelle als Sous-Chef antreten. Da erreichte mich der Anruf meiner Mutter aus Augsburg. Sie war sehr krank geworden und wollte mich um sich haben. Mein Vater war schon lange verstorben. So bin ich als ihr einziges Kind in meine Heimatstadt zurückgekehrt."

„Verständlich, aber auch schade um die großartige Stelle", meinte Rita.

Verena gab zu, dass sich das im Nachhinein als Glücksfall herausgestellt hatte. Anfangs hatte ich in einem Hotel sofort eine Stelle am Empfang bekommen. Nach einem halben Jahr wurde mir die Leitung des Hauses angeboten. Der Gesundheitszustand meiner Mutter hatte sich jedoch so verschlechtert, dass ich das Angebot mit der Doppelbelastung nicht annahm. Häusliche Pflege und Hotelleitung konnten parallel nicht funktionieren. Mein Chef war zwar enttäuscht, zeigte aber Verständnis dafür. Ich blieb an der Rezeption. Meine Mutter schimpfte mich wegen der Absage und erklärte, sie würde lieber in ein Heim gehen, aber das musste sie nicht mehr. Wenige Wochen später verlor sie den Kampf gegen den Krebs und war erlöst. Für mich begann damit ein neuer Lebensabschnitt. Ich musste mich neu orientieren. In Lechhausen gibt es eine alteingesessene Gastwirtschaft mit sensationellem Biergarten, alten Kastanienbäumen, guter Atmosphäre, interessanten Gästen. Ich setzte mich nach Feierabend öfters dazu, um etwas abzuschalten. Einmal – es war schon spät und die Jazzband baute bereits ihr Equipment ab – kam der Wirt in den Garten und sprach mit den letzten Gästen. Er setzte sich zu mir. So kamen wir ins Gespräch über Kochen, Zutaten, Gewürze und schließlich Gott und die Welt. Solche Abende wiederholten sich. Irgendwann fragte er mich, ob ich mir vorstellen könnte, bei ihm zu arbeiten. Er wollte mehr vegetarische Gerichte in die Karte aufnehmen. Die Gäste, speziell die Mittagskunden von benachbarten Unternehmen, bevorzugten leichtere Kost. Seine Mutter hielt davon nichts. Dazu kam noch, dass der junge Küchenhelfer zur Bundeswehr einberufen wurde."

„Und, wie hast du dich entschieden?", bohrte Ute nach.

„Mir wurde klar, dass ich aus verschiedenen Gründen mit der neuen Hotelchefin auf Dauer nicht zurechtkommen würde. Außerdem – Mobbing habe ich nicht verdient. Nach gewisser Bedenkzeit sagte ich zu. Das war gut so. Die Zusammenarbeit macht mir Spaß und meiner Kreativität werden keine Grenzen gesetzt. So haben wir uns mit dem neuen Speisenangebot einen Namen gemacht. Auch Gäste aus dem Umland besuchen uns. Gemüse und Obst beziehen wir von Biobauern aus der Region. Inzwischen ist Michaels Mutter nicht mehr in der Küche tätig, sondern kümmert sich um die Wäsche. Den Nebenraum haben wir in eine Kleinkunstbühne umgebaut. Die Veranstaltungen werden gut angenommen. Privat verstehe ich mich mit Michael so gut, dass ich die Wohnung meiner Mutter vermietet habe und über den Geräumen mit ihm zusammenlebe. Es passt alles und ich bin ganz froh, nicht in der Tretmühle des Hotels geblieben zu sein!"

„Das hört sich ja gut an!" Gabi war noch nicht zu Wort gekommen. Adrett wie schon früher trug sie ein Chanel-Kostüm mit hellen Lederpumps und passendem Täschchen.

„Bei mir war es nicht so spannend", fing sie an. „Nach dem Abi studierte ich Lehramt und spezialisierte mich auf Sonderpädagogik. Während des Studiums lernte ich meinen Mann kennen. Nach der Erziehung dreier Kinder bin ich wieder zurück in den Beruf, der mir immer Freude gemacht hat. In einer Behinderteneinrichtung arbeite ich jetzt an drei Tagen pro Woche und es bleibt Zeit für die Familie. Mein Mann ist Rektor einer Sonderschule und wir sind zufrieden, so wie es ist. Wenn ich so die Geschichten von euch höre, ging in unserem Leben eigentlich alles nach Plan, dafür war es nicht ganz so aufregend. Ich liebe mein geregeltes Leben. Das war schon immer so. Wer ist denn noch nicht zu Wort gekommen?" Ihr Blick schweifte durch die Runde. „Riccarda, du hast noch gar nichts verlauten lassen und sitzt ganz still im Eck. Also, erzähl, wir sind gespannt!"

„Nun", begann Riccarda, „so viel gibt es nicht zu berichten. Mein Vater war zwar mal der Meinung, dass ich sein Architekturbüro übernehmen sollte, aber meine Noten waren dafür nicht geeignet und Mathe und Physik nicht gerade meine Stärke. Dafür dominierte mein künstlerisches Talent und meine Eltern willigten ein, dass ich die Werkkunstschule besuchen durfte."

Riccarda erzählte von ihrem Abschluss in Grafik-design, vom Abendstudium im Bereich Multimedia und der Position der Marketingabteilungsleitung der Nähgarnfabrik. Nach der Insolvenz der Firma konnte sie eine Anstellung im neuen Textilmuseum bekommen, wo sie heute noch tätig ist.

„Ich kann Reisen unternehmen. Fremde Länder und Kulturen interessieren mich nach wie vor. Meine Eltern bewohnen die große alte Stadtvilla und ich den Westflügel. Um den großen Garten kümmert sich Gustav, ein alter Gärtner, der im kleinen Nebengebäude lebt. Mein Vater ist auch schon achtundachtzig, meine Mutti neunundsiebzig. Wir sind bei Bedarf beisammen, aber trotzdem hat jeder im Haus seinen eigenen Bereich. Das ist gut so, ich vermisse nichts und kann mir die eine oder andere Reise leisten."

Die Servicekraft brachte nach dem Abräumen des Geschirrs eine Runde Espresso an den Tisch.

Angela meldete sich zu Wort.

„Nun bin wohl ich dran. Ich habe nach dem Abi BWL studiert und in der elterlichen Firma gearbeitet. Wie ihr ja wisst, haben wir Büromaschinen verkauft und repariert. Ich bin reingewachsen und konnte auch gut mit Kunden umgehen. Die Schreibmaschinen verschwanden langsam, aber sicher, der Computer eroberte zunehmend die Büros der Geschäftswelt. Mit der neuen Technik wollten sich meine Eltern aber nicht beschäftigen.

Mein Bruder Robert, der auch im Unternehmen in der Werkstatt mitgearbeitet hat, bockte daraufhin und stellte ihnen ein Ultimatum: entweder mit der neuen Technik oder ohne ihn. Es kam keine Einigung zustande, Robert verließ Firma und Elternhaus und ging mit einem Schulfreund nach Amerika. Lange Zeit haben wir nichts von ihm gehört. Vor einigen Jahren stand er plötzlich vor unserem Elternhaus, stellte uns seine Frau Gwen und seinen Sohn Robby vor und erzählte von seiner Computerfirma im Silicon Valley. Diese zählt inzwischen einhundertzwanzig Mitarbeiter und, auch wenn er es nicht zugibt, ist unser Vater stolz auf ihn. Ich habe geheiratet, mein Mann hat ein gutgehendes Software-Unternehmen und ich bin nur noch Hausfrau. Wir haben keine Kinder, dafür drei Hunde und zwei Katzen. Der große Garten ist mein Reich. Trotzdem bleibt Zeit zum Golfen und Tennisspielen. Ich genieße das Leben und wir lassen es uns gut gehen. In drei Wochen feiern wir unseren Hochzeitstag während einer Kreuzfahrt im Mittelmeer. Das habe ich mir schon lange gewünscht und freue mich ganz besonders! Mehr gibt es von mir nicht zu berichten. Birgit, was machst du denn so?"

„Mein Berufswunsch war seit eh und je, Lehrerin zu werden. Ich unterrichte die kleinen Klassen, wie auch mein Ehemann. Jung haben wir unsere Tochter bekommen, die selbst schon verheiratet ist und leider recht weit weg wohnt. Ihren Mann Maurice hat sie bei einem Schüleraustausch kennengelernt.

Sie lebt mit ihm in der Dauphiné. Von seinem Großvater haben sie den Ziegenhof übernommen, machen selbst Bio-Käse, bauen Kräuter an und vermieten noch drei Ferienwohnungen auf dem großen Anwesen. Einmal in der Woche wird im Steinbackofen Brot gebacken und im Hofladen verkauft, wie auch Konfitüren, Gelee und hausgemachte Kuchen. Ich freue mich schon auf die Schulferien, wenn wir sie für vier Wochen besuchen können", schwärmte Birgit ihnen von Frankreich vor.

Zustimmendes Nicken von allen Seiten.

Ute war die letzte in der Runde, die noch nichts erzählt hatte.

„Jedenfalls freue ich mich sehr über unser nettes Zusammentreffen nach all den Jahren. Dann wollt ihr von mir bestimmt auch den neuesten Stand erfahren, stimmts?"

„Logisch, was machst du? War es nicht dein Wunsch, Grafikerin zu werden? Das Talent hättest du gehabt. Aber, wenn ich mich recht erinnere, musstest du auf ausdrücklichen Wunsch deines Vaters Elektriker lernen", bemerkte Ilse.

„Das ist richtig, denn mit einem künstlerischen Beruf verhungert man, hörte ich oft genug. Da er keine Widerrede duldete, fügte ich mich. Mit Graus erinnere mich an den ersten Berufsschultag – das einzige Mädchen aus der Klosterschule unter lauter Buben. Ich kniete mich in die Arbeit, denn man musste besser sein als die Jungen, und schloss mit einem passablen Gesellenbrief ab. Einige Jahre arbeitete ich noch im elterlichen Betrieb, bevor ihn mein Vater aus Altersgründen aufgab. Ich bewarb mich bei einer Bürobedarfsfirma für den Außendienst. Das war mal was anderes als hinter dem Ladentisch zu stehen oder in der Werkstatt zu arbeiten. Diese Tätigkeit machte mir Freude, ich lernte viel dazu und mein Chef war zufrieden. Durch mein Spezialgebiet im technischen Bereich hatte ich mit interessanten Kunden zu tun. Dann beschwerte sich mein fünfter Lendenwirbel. Heute bin ich bei einem Innenarchitekten beschäftigt und arbeite seit einigen Monaten in Teilzeit. Das ist prima. Mein Mann und ich haben etwas mehr Zeit füreinander, denn auch er war früher viel unterwegs. Wir wohnen seit ein paar Jahren auf dem Land und fühlen uns pudelwohl. Die Stadt fehlt uns überhaupt nicht. Wir sind rundum zufrieden!", führte Ute aus. „Ilse, du hast doch in der Einladung gebeten, alte Schulfotos mitzubringen. Ich habe von den Theateraufführungen welche dabei, vom Ausflug nach Eichstätt und von den Skilagern. Wollt ihr die Bilder sehen?"

„Na klar, her damit. Ich habe auch die Alben durchstöbert und noch richtig alte Schätze ausgegraben!", freute sich Ilse, und bald machten die Bilder unter großem Hallo die Runde.

„Schau mal, Angela, wir drei auf dem Schulhof!", rief Rita. „Mit weißen Stiefeln, die damals modern waren, und Courrège-Kleidern in schwarz-weiß. Seht mal die Frisuren! Birgit durfte die Haare nicht abschneiden, sondern musste immer Pferdeschwanz tragen, der unten kerzengerade abgeschnitten war.

Ilse hatte sich die Koteletten zu Sechsern gedreht wie Twiggy. Mein Gott, ist das lange her!", lachte Rita. „Ich habe noch Bilder dabei, wo wir mit unserer Turnlehrerin am Faschingsdienstag verkleidet einen Tanz einstudiert hatten."

„War das nicht „Let Kiss"?", fragte Ute.

„Genau, jetzt wo du das sagst. Stimmt genau, so hieß diese Hopserei!", war Ritas Kommentar.

So gingen die Bilder unter Gekicher von Hand zu Hand. Geschichten und Themen hüpften wild durcheinander, waren wieder präsent. Die Frauen fühlten sich wie Teenies, die sie damals waren, nur jetzt mit ein paar Alterserscheinungen. Sie vergaßen völlig die Zeit und waren die letzten Gäste, die das Bistro verließen. Die Bedienung hatte schon die Geldbörse zum Kassieren in der Hand. Telefonnummern und E-Mail-Adressen wurden ausgetauscht. Sie wollten in Zukunft nicht mehr so viel Zeit vergehen zu lassen um sich zu sehen. Spätestens in einem Jahr sollte wieder ein Klassentreffen stattfinden.

Ute dachte auf der Heimfahrt über den Abend nach und konnte daheim im Bett nicht gleich einschlafen. Sie war noch ganz aufgewühlt von den Eindrücken und der Begegnung mit den damaligen Mitschülerinnen nach der langen Pause. Sie sah es als beglückenden Gewinn an, den Kontakt wieder aufgenommen zu haben. Am Wochenende setzte sie sich hin, um an Ilse, die das Treffen organisiert hatte, einen Brief zu schreiben und ihr zu danken.

Ursula berichtete sie ebenfalls mit einer besonderen Karte und Fotos mit allen Kameradinnen, die
beim Treffen dabei waren.

Ein interessantes Angebot

In den darauffolgenden Jahren überschlugen sich die Ereignisse.

Riccarda hatte angerufen und Ute eingeladen, sie in Augsburg zu besuchen. Da stand sie nun vor dem großen schmiedeeisernen Gartentor und ließ den Blick schweifen. Ihr bot sich ein Park dar von bestimmt achttausend Quadratmetern, eingewachsen mit alten Bäumen und Sträuchern. Die seitlichen Buchenhecken waren jetzt im Januar ohne Laub, trotzdem aber recht dicht. Eine schnurgerade Allee aus Säuleneichen führte zunächst zu einem mit Kies eingerahmten Brunnen und dahinter zum Haupthaus. Auf dem Vorplatz sah man ebenfalls kleinere Steinskulpturen. Man konnte mit dem Wagen bis zum Eingang fahren und wieder zurück zum Ausgang, ohne rangieren zu müssen. Von beiden Seiten führte eine Steintreppe zum überdachten Hauseingang. Als Säulen dienten zwei weibliche Skulpturen, an denen sich Kletterrosenstöcke bis zur Dachrinne emporrankten. Dazwischen war Immergrün gepflanzt, außen begrenzt mit einer exakt geschnittenen niedrigen Buchshecke. Seitlich der Auffahrt lag gepflegter Rasen im Winterschlaf. Das Herrschaftshaus, vom Norden aus betrachtet, war ein symmetrischer Bau mit hohen Fenstern und Holzläden, in dunkelgrün lackiert. Die Fassade der Stadtvilla strahlte in einem warmen Gelb, wenn nicht gerade Efeu oder Knöterich die Mauern verdeckten. Dieser Anblick erweckte in Ute ein unbeschreibliches Gefühl der Harmonie und Geborgenheit. Das Ganze erinnerte sie an Reportagen aus dem Süden, die manchmal im Fernsehen gesendet wurden.

Sie befand sich jedoch in Augsburg östlich des Jakober Tores und nicht in Italien! Ute kam aus dem Staunen gar nicht mehr heraus.

Nach einem tiefen Atemzug drückte sie endlich den Messing-Klingelknopf. Dieser war, wie das gravierte Namensschild und der Briefkastenschlitz am Pfosten auf Hochglanz poliert. Der elektrische Türöffner summte leise und gab den rechten Torflügel frei. Ute drückte dagegen, trat ein und ging zum Haus. Sie entdeckte hinter einigen Büschen ein freistehendes Häuschen mit einem kleinen Gemüsebeet daneben. Ganz entzückt vom Anblick des ganzen Anwesens bemerkte sie gar nicht, dass ihr Riccarda bereits entgegenkam.

„Hallo Ute, schön, dass du gekommen bist! Ich freue mich, dich zu sehen!"

„Guten Morgen, Riccarda!", begrüßte sie Ute. „Du wohnst ja hier traumhaft schön, und das in der Stadt! So ein Juwel würde man hier nicht vermuten."

„Jetzt komm erst mal ins Haus. Das Teewasser ist schon aufgesetzt!"

Gemeinsam gingen sie die Allee entlang, die breite Treppe hoch und durch ein prachtvoll geschnitztes Holzportal in den Eingangsbereich, der sie mit der Eleganz des Jugendstils empfing. Neben der Haustüre fiel gedämpftes Licht durch die beiden bunten Fensterglasscheiben, eine alte Tiffany-Leuchte hing mittig über dem wunderbaren alten Bodenmosaik. Ein Messing-Schirmständer hielt einen großen schwarzen Regenschirm bereit, daneben lag ein sauberer Fußabstreifer. Durch eine weitere Glastür erreichten sie die Garderobe. Ute stellte ihre Tasche ab, hängte den Wintermantel auf einen Zedernholzbügel und ging staunend den Flur entlang. Dieser war mit Wandvertäfelungen ausgestattet, teilweise mit Textilverkleidung und großen Ölgemälden, die Porträts und Landschaften zeigten. Die mächtigen vergoldeten Rahmen strahlten Ehrfurcht aus.

„Komm mit in den Salon hier rechts. Dort werden wir Tee trinken. Von da hast du einen schönen Blick in den Südpark!", lud Riccarda ein.

„Zuerst sollten wir meinen Kuchen in die Küche bringen und aufschneiden. Ich habe Donauwellen gemacht, die du immer so gernhattest. Ich hoffe, das ist immer noch so", entgegnete Ute.

„Oh wie fein, da hast du dir viel Arbeit gemacht. Ich weiß es zu schätzen!"

Riccarda öffnete die Küchentür. Ute trat ein und sah sich mit geübtem Blick einer Innenarchitektin um. Die Einrichtung gestaltete sich im modernen Landhausstil, Möbel aus Pinie mit klassischen Rahmenfronten und Porzellangriffen. Um den mediterranen Stil zu unterstreichen, waren die Wangen als Pilaster gearbeitet, ein Kranzprofil verlief oberhalb der Schränke und die Arbeitsplatte bestand aus Naturstein. Eine passende Armatur aus Messing und zwei Porzellangriffen spendete Wasser über dem weißen Keramikspülstein, die Geräteausstattung war vom Feinsten und über der Kochinsel hing eine gute Abluftdunsthaube. An der Theke, die als Raumteiler zum kleinen Essbereich diente, standen drei Barhocker, die Ute von einem italienischen Hersteller kannte. Der runde Frühstückstisch war von vier geflochtenen Korbstühlen umgeben.

„Eine perfekte Küche mit neuester Technik, Respekt! Die Tischdecke harmoniert wunderbar mit den Farben der Scheibengardinen am Fenster. Ich bin begeistert!" Ute bewunderte die diagonal verlegten Cottofliesen am Fußboden, die im Gegenlicht edel glänzten. Um die Kochinsel war ein blauer Fries eingearbeitet, welcher sich im Kranzprofil der Dunsthaube wiederholte. Die Nischen zwischen Arbeitsplatten und Hängeschränken mit Wischtechnik rundeten den südländischen Eindruck ab. Ute kam aus dem Staunen gar nicht mehr heraus. Ihre berufliche Tätigkeit hatte ihre Sinne geschärft für das Empfinden von harmonischem Interieur.

„Ich bin sprachlos!", erklärte sie Riccarda, die in der Zwischenzeit den Tee aufgebrüht und den Kuchen aufgeschnitten hatte.

„Man fühlt sich wie in einem Palazzo in der Toskana! Alles passt perfekt zusammen. Hast du das so eingerichtet?"

„Ich habe meine Eltern damals beraten. Wir hatten Gott sei Dank denselben Geschmack. Eine moderne Kücheneinrichtung hätte weder in diesen Raum gepasst noch in dieses Haus. Schade, dass meine Eltern nicht mehr viel davon hatten. Aber das erzähle ich dir drüben beim Tee im Salon. Komm, hier steht ein Tablett. Bring bitte den Kuchen mit rüber."

Riccarda führte sie in den Salon und stellte die Teekanne auf ein Rechaud. Ute brachte das Tablett mit Kuchen und Kandiszucker. Auf dem ovalen Tisch, den man ausziehen konnte, stand ein bunter Blumenstrauß in einer Vase. Zwei Wände waren komplett mit Bücherregalen bis zur Kassettendecke hinauf bestückt. Die auf einer Schiene verschiebbare Leiter ermöglichte den Zugriff auf die oberen Buchreihen. Beeindruckend waren zahlreiche Exemplare mit Lederrücken und Goldschnitt. Ute konnte Schriften aus allen Bereichen entdecken, die meisten Bücher waren jedoch aus den Bereichen Kunst, Architektur und Botanik. Viele Titel wiesen auf Bildbände und Reiseberichte aus der ganzen Welt hin. Gegenüber befand sich ein offener Kamin, auf dessen Sims eine kleine Standuhr mit einem feinen Schlag die Zeit verkündete. Davor waren zwei Ohrensessel platziert, dazwischen ein kleiner Beistelltisch mit Intarsien. In der Ecke entdeckte Ute ein altes Stehpult. Die beiden bodentiefen Fenster gestatteten ihr den ersten Blick in den Südpark. Sie schaute auf einen Pavillon, der wohl als Sitzplatz im Sommer benutzt wurde. Von dort hatte man eine wunderbare Sicht auf einen Teich, dessen Wasser in einer Kaskade über drei Ebenen laufen musste. Ein kleiner Steingarten war wie eine Insel liebevoll auf der Westseite angelegt worden. Dem Rasen sah man die gute Pflege des vergangenen Herbstes an. Um die Bäume war das abgefallene Laub aufgehäuft. Bestimmt überwinterten dort Igel und andere Kleintiere.

„Komm, setz dich zu mir und hör dir an, was ich dir vorschlagen will."

„Ich bin ja schon da. Nimm bitte vom Kuchen. Dass du so traumhaft wohnst, hätte ich nicht gedacht. Gut, dass du so etwas zu schätzen weißt", stellte Ute fest.

„Seit wir uns zum ersten Klassentreffen wiedergesehen hatten, sind jetzt über vier Jahre vergangen", sagte Riccarda. „Wir haben es auch geschafft, wie damals vorgeschlagen, uns mit unterschiedlichen Teilnehmerinnen jedes Jahr einmal zu treffen. Das waren schöne Abende mit vielen Erinnerungen. Meine Eltern sind im Herbst vergangenen Jahres kurz nacheinander verstorben. Vater konnte es nicht ertragen, ohne seine Frau, die kurz krank war, allein weiterzuleben. Er hat rapide abgebaut. Ich musste einen ambulanten Pflegedienst dazu nehmen. Ihn allein zu versorgen, hatte ich nicht geschafft. Er wurde manchmal richtig böse, obwohl er es nicht so meinte. Am Alltag nahm er kaum mehr richtig teil, ihn interessierte nicht mal die Tageszeitung, die er früher intensiv gelesen hatte. Ende Oktober folgte er dann meiner Mutter auf den Friedhof."

Ute erhob sich und nahm sie in den Arm. Sie verstand die Situation gut.

„Danke. Nun hat mich auch noch unser Gustav verlassen. Du erinnerst dich, dass ich dir von unserem Gärtner erzählt habe. Er hat das Weihnachtsfest noch hier verbracht, aber seit Anfang des Jahres ist er in ein Seniorenstift hier ganz in der Nähe gezogen. Mit zunehmendem Alter konnte er die Gartenarbeiten kaum mehr allein verrichten und – natürlich fehlten ihm auch meine Eltern, für die er Jahrzehnte lang gearbeitet hatte. Er war einfach da, wenn sie ihn brauchten und hatte doch sein eigenes Reich. Hast du das Häuschen vorne im Park gesehen? Das hat er allein bewohnt. Familie hatte er nie. Ich wohne jetzt hier mit unserer Haushälterin Maria allein. Du weißt, wie das ist. Du bist in der gleichen Situation."

Ute kämpfte bei dem Gedanken an Johann mit den Tränen und ließ ihnen dann freien Lauf. Sofort übermannte sie die schmerzhafte Erinnerung, die dann wie im Zeitraffer ablief:

Im Sommer vergangenen Jahres hatte Johann in Köln ein Seminar zu halten und reiste wie immer am Vorabend an, um den Konferenzraum vorzubereiten und die Geräte für die PowerPoint-Präsentation mit Beamer anzuschließen. Er telefonierte mit mir, als er sein Zimmer bezogen hatte, und erzählte, dass er ohne Stau trotz Wochenend-Rückreiseverkehr durchgekommen war. Er wollte ein Bad nehmen, ein Bier trinken und dann die Nachrichten hören. Morgen würde er um sechs Uhr aufstehen und zwischen acht und halb neun die Schulungsteilnehmer begrüßen. Um neun Uhr sollte dann sein allerletztes Seminar beginnen.

Täglich rief er mich abends an und erzählte mir von der Schulung. Auch ich berichtete ihm, was ich erlebt hatte. Am letzten Tag des Seminares war es üblich, gegen vierzehn Uhr nachmittags zum Ende zu kommen. Jeder Teilnehmer hatte die Heimreise vor sich und man merkte die Unruhe, die nach dem Mittagessen aufkam. Nachdem die Beurteilungsbögen an die Agentur gefaxt waren, Notebook, Beamer und die Soundanlage im Auto verstaut, checkte Johann aus. Vor er in Köln losfuhr, rief er mich an und versprach, sich nochmal zu melden, wenn er in der Gegend um Rothenburg ob der Tauber sein würde. Er war ein geübter Fahrer, der vorausschauend und angepasst an die Verkehrssituation reagierte. Einige Jahre hatte er als Fahrlehrer gearbeitet. Ich freute mich, meinen Mann wieder in die Arme schließen zu können. Das war mir jedoch nicht vergönnt. An diesem Abend war alles anders.

Ich kümmerte mich gerade gut gelaunt um das Abendessen und war in freudiger Erwartung auf das Wiedersehen. Da klingelte es an der Haustür. Verwundert ging ich zur Sprechanlage. Eine fremde Männerstimme meldete sich, stellte sich vor und bat um Einlass. Erstaunt sah ich durch den Spion in der Wohnungstür und öffnete dann zögernd.

„Guten Abend. Sie sind Frau Müller?", fragte der Polizeibeamte.

Ich nickte.

„Dürfen wir uns irgendwo setzen?"

Ich ahnte plötzlich Schreckliches.

„Frau Müller, wir haben eine schlimme Nachricht. Ihr Mann Johann hatte einen schweren Verkehrsunfall und verstarb noch an der Unfallstelle."

Der Polizist im Beisein einer Notfallseelsorgerin ließen mir Zeit, auf diese Nachricht zu reagieren. Mir wurde schwindelig. „Das kann nicht sein! Sie irren sich! Er ist ein guter Autofahrer!", erwiderte ich und wollte das nicht begreifen. Ich war wie betäubt. Der Boden unter mir schien sich aufzutun und mich zu verschlucken. Der Schock über das Ereignis nahm Besitz von mir. Ich sah die beiden verständnislos und kopfschüttelnd an.

Nach einer gefühlten Ewigkeit der Stille begann der Beamte: „Frau Müller, kein Zweifel. Ihr Mann ist tot und hat keine Schuld. Ein LKW-Fahrer hat im Baustellenbereich vor Aschaffenburg das Stauende zu spät bemerkt."

Den Rest des Gespräches hörte ich nur im Vorbeirauschen.

„Brauchen Sie einen Arzt? Dürfen wir jemand anrufen, der sich um Sie kümmert?" Die Seelsorgerin sah mich besorgt an. Ich saß unbeweglich auf dem Stuhl, schaute ins Leere und versuchte, das Unbegreifliche zu begreifen.

„Frau Müller? Können wir etwas für Sie tun?"

„Nein danke, ich brauche niemand hier und möchte jetzt allein sein."

„Wir respektieren Ihren Wunsch. Hier noch unsere Kontaktdaten. Rufen Sie bitte an, wenn Sie in der Lage sind, Frau Müller."

Automatisch brachte ich die Herrschaften zur Tür, schaltete trotzdem funktionierend und geistesgegenwärtig den Herd aus und setzte mich wieder. Wie lange ich so verharrte, weiß ich nicht mehr. Es dauerte, bis ich begriff, was wirklich geschehen war. Erst dann lösten sich Tränen der Verzweiflung.

Später meldete sich die Seelsorgerin nochmal telefonisch bei mir und erkundigte sich, ob sie vorbeikommen sollte. Ich verneinte das, denn ich hatte schon immer alles mit mir selbst ausgemacht, auch diesmal. Die Anruferin akzeptierte diese Entscheidung und bot trotzdem nochmal Hilfe an, wenn nötig.

Ute fuhr fort:

„Es folgten schwierige Wochen, die ich wie in Trance erlebte. Identifizierung, Papierkrieg mit Behörden, Versicherungen, Regelungen und Entscheidungen, die ich treffen musste, belasteten mich ungemein. Doch ich hatte gelernt zu funktionieren. Woher diese Energie kam, war mir schleierhaft. Ich schaffte trotz des Schmerzes über den plötzlichen Verlust meines Liebsten alles aus eigener Kraft.

Die Arbeit im Büro des Innenarchitekten lenkte mich zwar ab, aber ich konnte sie nicht mehr so konzentriert erledigen, wie ich es von mir gewohnt war. Ich war dreiundsechzig Jahre alt, traf eine Entscheidung und beantragte Rente."

Ute holte tief Luft.

„Bitte entschuldige, es ist immer noch frisch für mich. Mit Johann hatte ich noch so viele Pläne für den Ruhestand, die wir jetzt nicht mehr gemeinsam verwirklichen können. Er fehlt mir so sehr."

„Das verstehe ich gut."

„Weißt du, Riccarda", erzählte Ute weiter, „nach Johanns Tod hatte mich seine Mutter Jakobine intensiv bedrängt, zu ihr ins Haus zu ziehen:

„Dann wärst du nicht einsam. Außerdem könntest du dich um den Garten kümmern. Die Arbeit in der Natur tut gut und lenkt dich ab", hatte sie mir ans Herz gelegt. Gemeint war jedoch weniger der Garten, sondern sie selbst. Die polnische Pflegerin, die bei ihr wohnt, würde sie dann entlassen und ich bekäme die kleine Dachwohnung zu besonders günstiger Miete. So hatte Jakobine für sich perfekt geplant und mit meiner Dankbarkeit als Schwiegertochter gerechnet. Da musste sich jedoch ein schwerwiegender Rechenfehler eingeschlichen haben. Ich war nur Johann zuliebe mit Jakobine freundlich all die Jahrzehnte umgegangen, hatte ihr so manchen Dienst erwiesen, aber gemocht hatte ich die herrische, unzufriedene Kriegerwitwe nie. Verschiedene Herren, die sie als neue Lebenspartner in Erwägung gezogen hatte, verließen nach wenigen Wochen des intensiveren Kennenlernens die hartherzige Frau fluchtartig, was Jakobine absolut nicht verstehen konnte. Außerdem hat sie mir oft genug vorgeworfen, Johann von ihr bewusst entfernt und ihn ihr weggenommen zu haben.

„Ich hatte die große Wohnung im ersten Stock für euch freigehalten. Meinem Sohn hätte gefallen, in der Nähe seiner Mutter zu leben.

Aber nein, die neue Frau an seiner Seite hat ihn von mir weggelockt. Das verzeihe ich dir niemals, Ute! Und komm ja nicht angekrochen, wenn du meine Hilfe brauchst!"

Diese Worte hatte sie mir damals entgegengeschleudert. Und nun sollte ich bei ihr in die beiden Zimmer unterm Dach einziehen, sie pflegen, dankbar sein und für alles büßen, was in deren Leben schiefgelaufen war? Nein! Auf gar keinen Fall!"

Riccarda setzte an:

„Beruhige dich, Ute. Komm mal mit und lass dich ablenken, ich möchte dir das Haus und das ganze Anwesen zeigen!"

*

Sie verließen den Salon und gingen über den Flur zum angrenzenden Raum.

„Schau, das ist das Herrenzimmer, in das sich mein Vater gerne zurückgezogen hatte. Den Blick in den Park genoss er in seinen letzten Wochen sehr. Er war nicht mehr gut zu Fuß. Schau, hier hängen seine Jagdtrophäen von den Auslandsreisen."

Ute verabscheute die Zurschaustellung von erlegten Tieren zutiefst, wendete ihren Blick ab und entdeckte einen alten Schreibtisch mit wunderbar gearbeiteten Schubladen und auf der Tischplatte eine lederne, mit gehämmerten Polsternägeln befestigte Schreibunterlage. Darauf lag eine Lederschale mit einem Messingbrieföffner, daneben ein Petschaft und ein gläsernes Tintenfass. Als Lichtquelle diente eine Banker-Lampe mit Messingstandfuß und Druckschalter, der längliche grüne Glasschirm war in der Neigung verstellbar. Ein Telefonapparat aus beigem Bakelit mit Wählscheibe und stoffumwickeltem Kabel befand sich auf der rechten Seite. In der Mitte stand ein silberner Bilderrahmen mit dem Hochzeitsfoto in Schwarz-Weiß. Ein dunkelgebeizter Eichenstuhl mit Armlehnen, die Sitzfläche war mit dem gleichen Leder bezogen wie die Schreibunterlage. Man konnte ihm sein Alter ansehen.

„Das ist alles so, wie zu Vaters Lebzeiten. Ich habe nichts verändert."

Ute nickte. „Das kann ich gut verstehen."

An der linken Seite des Zimmers stand eine Anrichte mit Glasaufsatz. Dahinter glitzerten geschliffene Kristallgläser für verschiedene Spirituosen. Ebenfalls waren Zuckerdosen, Milchkännchen und eine Zigarrendose zu sehen. Ein kunstvoll geschmiedeter Blumenständer wurde von einem dichten Farn fast ganz verdeckt. Dominant hing ein präparierter Wasserbüffelkopf über einem gemütlichen Ohrensessel, daneben ein Beistelltischchen mit einem dicken Buch, das man in einen ledernen Schutzumschlag gesteckt hatte. Die hohen Wände bedeckten fast rundum Bücherregale, alte Landkarten, Kupferstiche und Lithografien. Wegen der mächtigen Raumhöhe drückte die dunkle Kassettendecke nicht und gab dem Herrenzimmer eine seriöse Atmosphäre. Einen Hauch von Zigarrenrauch konnte man noch wahrnehmen.

„Sehr beeindruckend", gab Ute zu.

„Ja, da hat sich mein Vater wohlgefühlt. Komm mit."

Der Rundgang im Erdgeschoss führte weiter zum Hauswirtschaftsraum im Ostflügel neben der Küche. Er war mit Wäscheschränken, emailliertem Ausguss, einem großen Arbeitstisch ausgestattet, sowie einer Waschmaschine, einem Bügelbrett und einem Regal mit diversen Getränkekisten und Vorräten, die nicht in der Küche aufbewahrt wurden. An einer Hakenleiste neben der Tür hingen Rosshaarbesen, Schrubber und Handfeger mit Kehrblech. Den Fußboden bedeckten diagonal verlegte Fliesen, schwarz-weiß im Wechsel.

Danach ging es ins große Wohnzimmer, das den Ost- und Westflügel verband und von den jeweiligen Nebenzimmern genauso betreten werden konnte wie auch vom Flur aus.

„Das ist ja groß!", stellte Ute fasziniert fest.

„Stimmt, etwa vierzig Quadratmeter. Von hier aus führen die Glastüren auf die überdachte Veranda und die breite Steintreppe hinunter in den Park. Was sagst du nun?"

Ute sah sich sprachlos um. Eine lange Tafel aus Kirschholz bot mit passenden Stühlen Platz für zehn Personen. Der siebenarmige Leuchter war mit Kerzen bestückt, ein Kristall-Lüster hing mittig über dem Tisch von einer Decke. Auf der anderen Seite des Raumes präsentierte sich eine Sitzgruppe.

Seitlich lud eine Chaiselongue zum Ruhen ein. Die Bezüge der Polster waren in Blautönen gehalten, harmonisch zu dem warmen Kirschbaumholz. In der Rauchglasplatte des Couchtisches spiegelte sich die Sonne, die sich kurz zwischen zwei Wolken gezeigt hatte. Der große Einbauschrank beherbergte den Flachfernsehapparat und Regalfächer mit Büchern, dekorativen Porzellanfiguren und Antiquitäten. Im ganzen Raum standen Grünpflanzen. Weiche Teppiche aus China, Indien und dem Orient dämpften jeden Schritt. Vor dem offenen Kamin breitete sich ein Wildschweinfell aus, daneben in einem geflochtenen Weidenkorb nach Harz duftender Holzvorrat. In einer Ecke machte eine Standuhr mit dem Geräusch eines großen Messing-Perpendikels auf sich aufmerksam. Das emaillierte Zifferblatt war mit römischen Ziffern handbemalt. Fasziniert betrachtete Ute die Uhr. Das Holzgehäuse war mal das Zuhause eines Holzwurmes gewesen, unschwer zu erkennen.

„Warte erst mal, wenn sie zwölf Uhr schlägt!", bemerkte Riccarda.

„Mein Vater war auch ein Uhrenliebhaber", pflichtete Ute bei. „Ich erinnere mich noch ganz genau an eine Urlaubsreise mit meiner ganzen Familie nach Frankreich."

„Erzähl mir davon!", ermunterte sie Riccarda und bot Ute einen Sitzplatz an. „Wo wart ihr denn?"

Riccarda deutete auf einen Sessel und nahm daneben Platz.

„Ich war damals siebzehn Jahre alt", begann Ute. „Meine jüngste Schwester Tonja hatte sich verletzt.

Am Anfang der großen Ferien hatte sie den Kopf an einer Tischkante aufgeschlagen und ich musste sie, da ich ja schon den Führerschein hatte, mit der Platzwunde an der Nasenwurzel zum Nähen fahren. Der Arzt meinte, dass er nach ein paar Tagen die Fäden ziehen könne. Danach hätte er aber gegen die Ferienreise nichts einzuwenden, wenn wir auf sie aufpassen würden. Daher verschob sich der Betriebsurlaub unserer Elektrofirma. Wir fuhren also mitten im August zu fünft nach Südfrankreich! Die Reise führte durch die Schweiz zum Mont-Blanc-Gletscher. Ich erinnere mich, dass ich in Grenoble für die Rast einkaufen musste. Dann ging es weiter nach Süden.

Unsere Eltern wollten uns zeigen, wo sie damals in der Nähe von Marseille ihren ersten Frankreichurlaub verbracht hatten, in dem kleinen Fischerort La Ciotat. Meine Mutter schwärmte so oft von den Fischgerichten und dem feinen Gemüse. Sie bekamen erstmals in ihrem Leben Auberginen und Artischockenböden aufgetischt, Meeresfrüchte und Fische aller Arten. Das Zimmer war einfach, aber sauber und billig. Sie verbrachten dort drei Tage. Davon erzählte meine Mutter während der langen Autofahrt.

Wahnsinnig zu glauben, dass für fünf Personen in der Hauptsaison, auch damals schon, ohne Buchung eine Übernachtungsmöglichkeit zu bekommen sei! Den Ort erkannten meine Eltern nach zwanzig Jahren nicht wieder. Der kleine Landgasthof war zu einem Restaurant vergrößert worden, hatte aber keine Fremdenzimmer mehr frei. Enttäuscht schickte mich mein Vater von Hotel zu Hotel, um für uns einen Schlafplatz zu beschaffen. Ich erinnere mich, dass damals in der Hauptsaison nicht mal eine Besenkammer, geschweige denn ein Mehrbettzimmer frei war. Also steuerte mein Vater gegen zweiundzwanzig Uhr entmutigt einen Parkplatz außerhalb des Ortes an, wo wir die Nacht verbringen sollten. Er und ich versuchten, auf Klappliegen im Freien zu schlafen, die anderen drei machten es sich im Wagen bequem, so gut es ging. Gegen vier Uhr früh wachte ich vor Schreck auf und ließ einen Schrei los. Irgendetwas hatte meine Hand berührt. Es stellte sich heraus, dass wir auf der Zufahrt zu einem Schuttplatz standen und es von Ratten nur so wimmelte. Angeekelt weckte ich die anderen auf, denn es roch auch mit zunehmend steigender Temperatur süßlich nach Müll. Schnell putzten wir uns mit Mineralwasser die Zähne, wuschen uns das Gesicht und packten ein. Total übermüdet hatten wir am Vorabend nicht realisiert, wo wir geparkt hatten.

Auf allgemeinen Wunsch hin fuhren wir ans Meer, wenn wir schon mal so nahe waren. Uns Kindern hätte es natürlich gefallen, ein paar Tage am Strand zu verbringen. Keine Chance, im Umkreis eine Unterkunft zu finden. Das mussten sich meine Eltern enttäuscht eingestehen. Wir frühstückten in einem kleinen Café an der Landstraße mit Milchkaffee und Croissants. Dadurch erhellte sich die Stimmung etwas. In Avignon machten wir Halt und sahen uns die Kathedrale an. Vor dem Eingang am Hauptportal saßen Zigeunerinnen – so sagte man damals, ohne diskriminieren zu wollen – mit Kindern und Säuglingen an der Brust und hielten bettelnd die Hände auf. Solche Armut hatte ich noch nie gesehen und wurde von Mitleid übermannt. Sobald ein Tourist etwas spendete, wurde er von einer Meute Kinder und Jugendlichen regelrecht verfolgt. Mein Vater hatte den Großteil des Reisegeldes in einem innenliegenden Reißverschlussfach im Hosengürtel versteckt. Er zog auch nicht, worum ich ihn aus lauter Mitleid bat, seine Geldbörse."

Ute machte eine Pause. „Interessiert dich das wirklich?"

„Natürlich, ich war doch auch schon oft in Frankreich", forderte sie Riccarda auf.

„Der Innenraum der Kathedrale war überwältigend. Wir kamen aus dem Staunen nicht mehr raus. Ich durfte eine Kerze kaufen und anzünden. Dabei betete ich inständig um eine gute Weiterreise und einen Gasthof mit Zimmern für uns.

Der Weg nach Norden führte uns entlang der Rhone. Irgendwo vor Lyon, ich weiß den Ortsnamen nicht mehr, stand ein Schild mit der Aufschrift Auberge, dem wir zuversichtlich folgten. In der Hoffnung, diesmal eine Unterkunft zu finden, klingelte ich. Es hatte inzwischen zu regnen angefangen. Hunger und Durst meldeten sich. Eine freundliche ältere Dame öffnete die Tür und begrüßte mich. Sie trug über einem schlichten Kleid eine saubere Schürze, hatte das Haar hochgesteckt. In meinem besten Französisch brachte ich mein Anliegen vor.

Wir hatten Glück, denn zwei Zimmer waren frei. Ein Kinderbett wurde dazugestellt und wir konnten die Unterkunft beziehen. Madame Odette fragte uns, ob wir zu Abend essen wollten. Natürlich wollten wir das, egal, was sie uns auftischen würde. In der Zwischenzeit konnten wir uns waschen und frische Kleidung anlegen. Gespannt gingen wir nach unten in den Speiseraum. Es roch hervorragend. Uns Kindern brachte sie selbstgemachten Apfelsaft mit Wasser, meine Eltern genehmigten sich zum Abendessen eine Flasche Rotwein. Nach einer Gemüsesuppe gab es geschmortes Rindfleisch mit Kartoffeln und grünen Bohnen. Als Dessert brachte Madame frisch gebackene Waffeln mit Puderzucker und Pflaumenmus. Alles selbstgemacht, wie sie uns versicherte. Für uns Kinder war diese Nachspeise etwas vollkommen Neues. Nach dem Essen fielen uns bereits am Tisch vor Müdigkeit die Augen zu und wir wurden ins Bett geschickt.

Die Eltern hatten beschlossen, dort ein paar Tage zu bleiben und wir erkundeten zu Fuß die Umgebung. Der Landregen machte uns nichts aus. Gerne marschierten wir den Wanderweg entlang, den uns die Wirtin empfohlen hatte, denn von den langen Autofahrten hatten wir erst mal genug. Wir kehrten in einem kleinen Café ein, das am Weg lag, und stärkten uns mit Milchkaffee und hausgemachter Apfeltarte.

Drei Tage später war nach Lyon der nächste Halt Besançon. Nach einem Stadtrundgang und der Besichtigung der Citadelle verließen wir den Ort Richtung Strasbourg. In einem kleineren Dorf kamen wir an einem Antiquitätenladen vorbei, den mein Vater als Liebhaber alter Dinge sofort entdeckt hatte. Er stellte den Wagen ab und verschwand im Geschäft. Meine Schwester Lisa begleitete ihn, sie war immer furchtbar neugierig. Wir anderen warteten im Wagen.

Mutter meinte, es wird ja nicht lang dauern. Aber – es dauerte. Sie wollte mich gerade in den Laden schicken, als Vati mit einem Meterstab zurückkam. Er müsse mal etwas messen, meinte er, und stellte fest, dass es gerade so gehen könne.

„Was hast du vor?", fragte meine Mutter vorwurfsvoll. „Das Auto ist voll mit uns allen und dem Gepäck!"

Wir hatten damals einen Opel Rekord Kombi in dunkelgrün, Mutti saß auf dem Beifahrersitz, wir Kinder hinten. Vati verschwand wieder im Gebäude und kam wenig später mit einer großen Standuhr zurück, strahlend über das ganze Gesicht. Lisa trug eine Pappschachtel, in der sich, in Zeitungspapier gewickelt, der Perpendikel und die Gewichte befanden. Monsieur Lipard half, das Holzgehäuse von der Kofferraumklappe aus über den Rücksitz nach vorne zu hieven, an der Kopfstütze des Beifahrersitzes schräg vorbei auf die Armaturenablage. Das ging nur diagonal, damit Vater noch fahren konnte, Mutti und wir Kinder mussten uns irgendwie dazwischen quetschen. Die Rückreise war nicht gerade ein Genuss.

Nach einem Halt in Strasbourg passierten wir die Grenze. Vati zeigte den Zollbeamten, die ihre Augenbrauen bedeutungsvoll hoben, die Rechnung über die Uhr. Wir konnten passieren. Ob das heute ohne Ladungssicherung, etc. gestattet wäre? Ich bezweifle das. Zur Belohnung für die beengte Fahrt kehrten wir an einer Autobahnraststätte ein. Wo viele Lastwagen parken, ist es gut und günstig, pflegte Vati zu sagen. Wir durften unser Lieblingsessen aus der Karte bestellen, was selten genug vorkam. Diese Uhr steht, wegen ihrer Größe und dem lauten Schlag, im vierten Stock des Treppenaufganges in meinem Elternhaus. Wenn die Eltern mal nicht mehr leben, wird sie Lisa bekommen. Das zum Thema Standuhr", beendete Ute ihre Erzählung.

Riccarda liebte ebenfalls Frankreich und reiste in Gedanken mit.

„Das war ja spannend", meinte Riccarda. „So viele Erlebnisse in der kurzen Zeit! Und Uhren sind so faszinierend, nicht wahr? Mein Vater liebte vor allem die unterschiedlichen Klänge und Geräusche der Mechanik. So, nun komm weiter ins Musikzimmer, das sich gleich hier anschließt."

Ute betrat abermals einen beindruckenden Raum, der von einem schwarzen Konzertflügel dominiert wurde. Die Klavierbank war mit Leder bezogen und wartete auf den Pianisten. Die Wandregale quollen über mit Büchern und Notenblättern, fein säuberlich nach Komponisten geordnet. Mehrere antike Stühle waren im Halbkreis aufgestellt, als sollte gleich ein Konzert beginnen. Ein Cello erwartete auf einem Ständer seinen Einsatz, davor ein hölzerner Notenständer. Die schweren zurückgezogenen Vorhänge gaben den Blick frei auf den Park.

„Hier schließen die Zimmer von Maria an." Riccarda zeigte nach links. „Heute hat sie ihren freien Tag, aber du wirst sie bestimmt bald kennenlernen. Sie kümmert sich um den Haushalt. Nach dem Tod meiner Eltern hat sie nicht mehr so viel zu tun. Darüber ist sie froh. Solange sie will, kann sie hier leben. Komm, gehen wir hier hoch. Ich zeige dir das Obergeschoss."

Riccarda führte sie die breite Holztreppe empor.

„Schau, im Westflügel ist mein Reich." Sie zeigte Ute das Büro, das auch als Atelier diente, ihr Schlafzimmer mit angrenzendem Ankleideraum und Badezimmer, und den Salon. Von dort konnte man den großen, teilweise überdachten Balkon betreten. Er war mit edlen Holzmöbeln aus Italien ausgestattet, die jetzt im Winter zusammengeklappt unter dem Vordach eingemottet waren. Der Blick in den Park war von hier oben fast noch schöner als von unten.

„Den Ostflügel haben meine Eltern bewohnt."

Gemeinsam gingen sie durch die Räume und Riccarda zeigte ihr alles.

„Jetzt steht alles leer. Das soll nicht so bleiben. Ich möchte dir anbieten, hier einzuziehen. Könntest du dir das vorstellen?"

Ute war erst mal überrascht und sprachlos. Sie schaute Riccarda mit fragenden Augen an.

„Danke für das Angebot, aber für mich ist es viel zu groß. Ich habe tatsächlich überlegt, seit ich allein lebe, mir eine kleinere Wohnung zu suchen."

„Da kommt doch mein Vorschlag gerade zum richtigen Zeitpunkt!", platzte Riccarda heraus. „Ich will dich nicht drängen, denn die Umbauten und Renovierungen werden eine gewisse Zeit in Anspruch nehmen. Allein möchte ich jedoch in der Villa nicht leben. Dir wollte ich den Vorschlag als erstes machen. Fremde will ich nicht hier haben, denn die Wohnungen ganz zu trennen, ist nicht ohne weiteres möglich. Aber komm, du hast ja den Park noch gar nicht ganz gesehen. Lass uns nach unten gehen, zieh den Mantel an. Ich führe dich durch den Garten."

Gesagt, getan. Sie gingen durch einen separaten Ausgang im Souterrain in den südlichen Garten hinaus, den Ute schon durch die Fenster aus dem Wohnzimmer gesehen hatte. Alte Bäume wechselten sich ab mit Blumenbeeten, Büschen und einem Teich, sowie einem Pavillon. Sie stellte sich vor, wie angenehm es im Sommer sein konnte, dort im Schatten und doch an der frischen Luft zu sitzen. Das Plätschern des Wassers von den Kaskaden am Teich erfrischt bestimmt an heißen Tagen. Nahe am Haus entdeckte sie einen Küchengarten, der natürlich jetzt im Januar nicht bestellt war. Nur der Rosmarin behauptete sich. Sie gingen um das Haus herum und betraten den nördlichen Bereich des Anwesens. Magisch angezogen steuerte Ute das kleine Gärtnerhaus an.

„Da hat bis vor kurzem Gustav gewohnt", erklärte Riccarda. „Jetzt ist nur noch Moritz da, der Kater. Im Seniorenheim sind Haustiere nicht gestattet. Außerdem will kein Kater seine Umgebung verlassen. Ich schaue jeden Tag nach ihm und bringe ihm sein Futter. In die Villa mag er nicht kommen. Er vermisst seinen Gustav sehr, und dieser ihn auch. Ab und zu kommt er auf Besuch und schaut nach Moritz."

Dieser hatte seinen Namen gehört und lief auf sie zu. Erwartungsvoll schaute ein rotweiß getigerter Kater zu Ute auf, drückte sein Köpfchen gegen ihr Schienbein und drehte eine Runde um ihre Beine, bevor Ute in die Knie ging und ihn streichelte. Sofort begann er zu schnurren wie ein Motor.

„Das ist ja Liebe auf den ersten Blick! Ute, er mag dich. Schau, wie er sich gleich auf den Rücken legt und den Kopf nach hinten streckt."

Ute kraulte ihn am Hals, was Moritz mit geschlossenen Augen sichtlich genoss. Riccarda hatte inzwischen die Tür zum Gärtnerhaus aufgesperrt und führte Ute in den Eingangsbereich. Ein Garderobenständer befand sich im Eck, darunter ein Rost für Schuhe. Daneben stand ein niedriger Schubladenschrank unter einem fast von Efeu zugewachsenen Fenster, das den Vorraum etwas erhellte. Hinter einer Tür kam ein kleiner Schlafraum zum Vorschein, daneben ein Badzimmer und eine leere Kammer. Eine weitere Tür führte vom Gang in die Wohnküche mit Eckbank und Holztisch. Der Kochbereich bestand aus einem Holzherd mit Rauchfang, einem Spülbecken, darüber einem Boiler mit schwenkbarem Wasserhahn. Ein Unterschrank mit Schubladen schloss sich an, darüber war ein zweiflügliger Hängeschrank angebracht, dessen Unterbaulicht die Arbeitsfläche beleuchtete. Eine schmale Holztür führte neben der Sitzbank in einen Abstellraum, wo Besen, Regale und eine Klappleiter standen. Im Eck des Küchenraumes war eine Falltür im Fußboden eingelassen.

„Oh, da gibt es einen Erdkeller?" Ute war entzückt.

„Ja, der ist sehr klein, aber wunderbar kühl."

Eine Glastür führte auf die Terrasse, die sich Richtung Südosten erstreckte und windgeschützt mit Kletterrosen und einem Blauregen den Blick auf einen kleinen Gemüsegarten lenkte. Neben der Terrasse war ein Geräteschuppen angebaut, an diesen schloss sich ein kleines Gewächshaus an. Bei der Besichtigungstour wich Kater Moritz nicht von Utes Füßen.

„Hast du jetzt alles gesehen?", fragte Riccarda. „Ganz nett, halt etwas klein, aber Gustav wohnte gerne hier. Meine Eltern hatten ihm das lebenslange Wohnrecht zugesichert. Schade, dass er nicht mehr hier sein kann. Für heute habe ich ihn eingeladen, damit du ihn kennenlernen kannst. Er wird in einer halben Stunde da sein. Lass uns zur Villa zurückgehen und Cappuccino machen, den mag er so gerne."

„Fein, ich bin jetzt auch etwas durchgefroren", entgegnete Ute. Moritz begleitete sie bis zum Treppenaufgang, blieb dann stehen und miaute zum Abschied. Die beiden gingen ins Haus. Bald darauf ertönte die Klingel. Riccarda drückte auf den elektrischen Öffner.

Gustav war ein gut gekleideter Mann mit sonnengebräunter Haut, lustigen Augen und einer positiven Ausstrahlung. Die Haare waren noch dicht, mit Silbersträhnen durchsetzt, die Augenbrauen noch dunkel und buschig. Eine Halbbrille saß auf der geraden Nase.

„Grüß Gott, ich bin der Gustav", begrüßte er Ute freundlich mit kräftigem Händedruck.

„Und ich bin die Ute, eine alte Schulkameradin von Riccarda. Schön, dass wir uns kennenlernen. "

„Gehen wir in den Salon, gleich gibt es Cappuccino!"

Sie setzten sich und unterhielten sich angeregt miteinander.

„Ich habe von Riccarda gehört, dass sie eine Mitbewohnerin sucht. Wirst du es dir überlegen? Ich darf doch du sagen, oder? Ich würde mich freuen, wenn die Villa wieder komplett bewohnt wird. Auch Riccarda täte es gut! Es ist schon recht einsam in dem großen Haus."

„Ich will nichts überstürzen, freue mich jedoch über das Angebot. Natürlich werde ich mir das überlegen."

Gustav lobte nebenbei das Stück von den Donauwellen: „Hervorragend, so was Gutes gibt es im Seniorenstift selten."

Die Zeit verging. Ute drängte zum Aufbruch. Sie fuhr ungern während der Dämmerung Auto. Als sie zusammen mit Gustav und Riccarda, die sie zum Gartentor begleiteten, die Treppe herunterkam, wartete Moritz schon auf sie. Er drückte sich um die Beine von Gustav und Ute herum und lief bis zum Tor mit, enttäuscht, dass niemand zum Gärtnerhaus abbog.

„Wenn wir weg sind, schlüpft er durch die Katzenklappe rein und schläft im Vorraum", erklärte Gustav. Sie verabschiedeten sich voneinander und Ute versprach, sich das Ganze durch den Kopf gehen zu lassen.

Auf der Heimfahrt musste sie sich richtig auf den Straßenverkehr konzentrieren, denn die vielen Eindrücke des Tages wollten sie immer wieder gefangen nehmen und entführen. Daheim angekommen, machte sie sich die vorgekochte Leberspätzlesuppe warm und las danach die Post. Sie war müde und ging bald ins Bett. An Schlaf war jedoch nicht zu denken.

Die Entscheidung

Zwei Wochen später stand Ute wieder vor dem Portal der Stadtvilla und drückte den Klingelknopf. Riccarda ließ sie ein und kam ihr über die Treppe entgegen. Das Summen des Toröffners hatte auch Kater Moritz bemerkt. Interessiert blickte er hinter einem Busch hervor. Als er den Besuch entdeckte, lief er sogleich auf die beiden zu, begrüßte besonders Ute mit einem Miau und begleitete sie bis zur Villa.

„Schön, dass du dir nochmal Zeit nimmst. Dann können wir alles in Ruhe besprechen", meinte Riccarda.

Diesem Besuch ging ein langes Telefonat voraus, das die beiden Schulfreundinnen am Sonntag zuvor geführt hatten. Nach intensiven Überlegungen stand für Ute der Entschluss fest, aus der großen Wohnung auszuziehen, in der sie mit Johann viele Jahre gelebt hatte.

Ihr Leben musste weitergehen und es sollte für Ute jetzt eine Wende nehmen.

*

Als sie die Entscheidung zum Umzug getroffen hatte, packte sie Johanns gute Sachen für den Kleiderladen einer gemeinnützigen Organisation zusammen und brachte sie in den Nachbarort.

„Endlich mal etwas für die Herren der Schöpfung, prima, vielen Dank. Da sind schöne Sachen dabei!

Wir haben immer Bedarf. Für Kinder und Damen bekommen wir viel mehr Spenden", sagte die ältere Frau, die mit einer weiteren Kollegin ehrenamtlich den Laden leitete.

„Falls Sie auch Schuhe haben, wären wir sehr dankbar. Die Männer kommen dabei immer zu kurz."

„Gerne bringe ich Ihnen welche."

Ute freute sich, dass die Sachen von Bedürftigen verwendet wurden. Ihr fiel es anfangs nicht leicht, sich von den persönlichen Kleidungsstücken ihres verstorbenen Mannes zu trennen. Sie wurde jedoch wegen des Umzugs gezwungen, ihren Haushalt zu reduzieren. Oft geht das unter Druck viel besser.

*

„So, nun komm in den Salon. Nimmst du auch einen Cappuccino?"

„Gerne, ich bin ganz durchgefroren. Wird Zeit, dass der Frühling kommt! Ich sehne mich nach frischem Grün und Sonne. Gehts dir auch so, Riccarda?"

„Logisch, nach dem harten Winter dürstet man nach Wärme. Normalerweise wäre ich jetzt im Süden, aber die Umstände halten mich hier. Lass uns zusammen über die Renovierungen nachdenken. Du willst also wirklich ins Gärtnerhaus einziehen? Ist es dir groß genug? Hier im Haupthaus hättest du mehr Platz, mehrere Räume und mehr Bequemlichkeit. Denke allein mal ans Heizen!"

„Ich habe mir das schon richtig überlegt mit dem Häuschen. Es reicht vollkommen für meine Bedürfnisse. Außerdem sind ja die Terrasse dabei, der Gemüsegarten und vor allem mein neuer Freund Moritz. Für die Räume hier in der Villa wird sich schon jemand finden. Bei den Umbauarbeiten helfe ich dir natürlich, so gut ich kann. Wann willst du damit anfangen?"

„Sobald wir wissen, was genau zu tun ist", entgegnete Riccarda.

Sie hatte Ute angeboten, dass sie die erforderlichen und gewünschten Renovierungsarbeiten im Gärtnerhaus finanziell übernehmen würde. Sie könne gegen Mithilfe im Haus und Garten im Gärtnerhaus lebenslang frei logieren und hätte lediglich die anfallenden Nebenkosten zu tragen. Ihre Entscheidung stand fest. Sie wollte sich im Häuschen nett einrichten und eine neue Küche leisten.

Die beiden machten eine Liste, was von Handwerksfirmen zu tun war:

Photovoltaik-Anlage auf das Dach.

Elektroinstallation erneuern, wo nötig.

Badezimmer neu kacheln.

Vordach über dem Hauseingang ersetzen.

Kamin prüfen lassen, Holzherd und Ofen bleiben.

Alle anderen Arbeiten konnte Ute selbst erledigen. Da vom Gärtnerhäuschen kein Bauplan zu finden war, nahm Ute selbst Aufmaß von den Räumen. Daheim kümmerte sie sich mit Hilfe von ein paar Fotos, die sie aufgenommen hatte, um die Einrichtung.

Sie musste ausrechnen, welche ihrer Möbel sie unterbringen konnte.

Im Haupthaus war der Wohntrakt von Riccardas verstorbenen Eltern in zwei Wohnungen aufzuteilen, die Bäder zu renovieren und zwei Kochnischen einzubauen.

Durch die guten Geschäftskontakte, die Ute zu Handwerkern hatte, würde es nicht allzu schwierig sein, die Arbeiten zu koordinieren. Sie bat um die Baupläne der Villa, um Raumaufteilungen, Trennwände und Wohnungseingänge festzulegen. Wenn dies feststehen würde, könnten Installationspläne erstellt und die Angebote bei den verschiedenen Gewerken eingeholt werden. Ute wollte sich darum kümmern.

Die beiden saßen noch lange über den Plänen und diskutierten mit Skizzen auf Transparentpapier über die Aufteilung der Räume. Nach einigen Stunden stand das Konzept für den Ostflügel fest.

„Das Abendessen ist in zehn Minuten fertig. Ich serviere im Speisesaal!", meldete Maria Mayer, die sich Ute als Haushälterin vorgestellt hatte.

„Ist es denn schon so spät? Vor lauter Arbeit haben wir die Zeit ganz vergessen. Danke Maria, wir kommen gleich nach unten", entgegnete Riccarda. „Lass uns etwas essen. Wir sind heute sehr weit gekommen. Das hätte ich nicht gedacht. Du hast einfach gute Ideen und jahrelange Erfahrung, das merkt man."

„Wenn ich das nicht könnte, hätte ich wohl meinen Beruf verfehlt. Hunger habe ich jetzt schon!", meinte Ute und beide verließen das Arbeitszimmer.

Maria hatte ausgezeichnet gekocht: es gab Flädlesuppe, also Pfannkuchenstreifen in Brühe. Danach brachte sie Tellerfleisch aus dem Bürgermeisterstück mit Sahnemeerrettich, Salzkartoffeln und Kohlrabi. Dazu ein alkoholfreies Weißbier. Beide genossen das köstliche Menü.

„Da hast du ja eine richtige Perle im Haus mit der Maria", stellte Ute fest.

„Das weiß ich und schätze sie sehr. Ohne sie wäre ich aufgeschmissen gewesen, besonders während der Krankheit meiner Eltern. Ich denke, wenn wir schon am Renovieren sind, sollten wir auch ihr Badezimmer neu machen. Darüber würde sie sich bestimmt freuen, wenn sie auch sonst recht bescheiden ist. Sprichst du nächstes Mal mit ihr, was sie sich wünscht?"

„Klar mach ich das. Nach der Hausarbeit soll sie auch ihren Wellnessbereich haben. Da finden wir eine schöne Lösung. Ich denke an eine ebenerdige Dusche", entgegnete Ute. „Jetzt allerdings sollte ich den Heimweg antreten. Danke für das Abendessen. Ich sende dir meine Vorschläge am besten per E-Mail, dann kannst du sie begutachten, bevor wir uns wieder hier treffen. In Ordnung?"

„Gerne, gute Idee. Ich bringe dich zum Tor."

Ute schlüpfte in den Mantel, schnappte sich ihre alte Ledertasche und die Planrolle. Wie erwartet, saß

Moritz vor der Tür und begleitete Ute bis zum Ausgang. Sie verabschiedeten sich freundschaftlich. Auf der Rückfahrt hatte Ute ein seltsames Gefühl. Wie oft würde sie noch diese Strecke fahren? Insgeheim freute sie sich jetzt trotz der vielen Arbeit, die noch auf sie wartete, auf den Umzug.

Planung

Daheim angekommen, schlüpfte sie in bequeme Sachen und begann, die Grundrisse im Planungssystem am PC zu erfassen. Sie arbeitete bis kurz nach Mitternacht ohne auf die Uhr zu sehen. Am nächsten Tag hatte sie frei und konnte weiterarbeiten. Noch ein Glas Wein, kurz die Nachrichten gehört und dann ab ins Bett. Heute war sie richtig müde und schlief durch bis gegen halbsechs, als der erste Mitbewohner den Rollladen hochriss, was im ganzen Haus zu hören war. Sie drehte sich nochmal um und fiel in einen unruhigen Schlaf. Um halb acht hielt sie allerdings nichts mehr in den Federn. Sie wollte an den Umplanungen weiterarbeiten. Nach dem ersten Milchkaffee machte sie sich ans Werk und kam gut voran. Sie schickte die Vorschläge für den Ostflügel-Umbau per E-Mail an Riccarda und begann, ihre eigenen Möbelstücke zu vermessen, die sie mitnehmen wollte. Neuanschaffungen waren Küche, Kleiderschrank und Bett. Vom Wohn- und Esszimmer konnte sie bis auf das Sofa alles unterbringen. Ein bequemer Sessel würde ausreichen.

*

Jetzt hieß es, aussortieren, wovon sie sich trennen sollte oder musste. Sie hatte sich vorgenommen, jedes Kleidungsstück, das sie drei Jahre lang nicht getragen hatte, kommt weg. Dabei war sie konsequent, auch wenn es ihr manchmal schwerfiel. Sie wusste, dass die Sachen nicht in den Reißwolf kommen würden, sondern in den Kleiderladen. Irgendjemand könnte sich darüber freuen.

Auch die Küche nahm sie sich vor. Längst vergessene Teile kamen zum Vorschein. Würde sie die alte Filterkaffeemaschine noch brauchen, das Waffeleisen oder den Fonduetopf? Waren die vielen Weizengläser, die sich im Laufe der Jahre angesammelt hatten, noch nötig? Auch Töpfe, Pfannen und Sauteusen? Je mehr sie aussortierte, je befreiter fühlte sie sich. Eine Anzeige wollte sie in die Zeitung setzten und privaten Flohmarkt abhalten. Mehrere Hausbewohner, die sie darauf ansprach, wollten in der kommenden Woche mitmachen.

Mitten im Sortieren wurde Ute vom Telefon aufgeschreckt. Riccarda war am Apparat. Sie hatte die Vorschläge bekommen und angeschaut.

„Du bist großartig, Ute! Die Planungen sind prima. Bis auf ein paar Details können wir das alles so lassen. Komm bitte nochmal zu mir. Kannst du es am Dienstag einrichten, gleich um neun?"

„Das lässt sich machen, da habe ich frei. Es freut mich, dass dir die Entwürfe gefallen. Also, bis nächste Woche!", erwiderte Ute.

Die folgenden Tage vergingen rasant. Ute fing bereits an, die Dinge zu verpacken, die sie in den nächsten Wochen nicht mehr brauchen würde. Die meisten Bücher konnten schon in Umzugskartons sortiert werden, ebenso die Sommerkleidung. Sie setzte ihre Vermieter über ihren Auszug in Kenntnis und kündigte Wohnung und Garagenplätze zum ersten Juni. Küche und Schlafzimmereinrichtung sollten möglichst abgelöst werden. Beides konnte sie im Gärtnerhaus nicht stellen. Sich zu verkleinern hatte aber auch etwas Gutes.

Am Dienstag traf sie sich, wie vereinbart, wieder mit Ute. Sie besprachen die Details, die noch nicht festgelegt waren, und ergänzten die Liste der zu erledigenden Arbeiten. Gemeinsam gingen sie nochmal durch die Räume, die umgestaltet werden sollten und waren mit ihren Entwürfen zufrieden. Nun sahen sie sich das Badezimmer von Maria an, um sie nach ihren Wünschen zu fragen. Diese war so überwältigt, dass sie sich gar nicht traute, etwas zu sagen. Ute ermunterte sie und machte von ihrer Seite aus einen Vorschlag, den Maria, zu Tränen gerührt, annahm. Ute hatte Prospekte dabei und zeigte ihr, was sie empfehlen würde. Die Lösung gefiel ihr sehr gut. Schüchtern fragte sie: „Womit habe ich das verdient?" Riccarda meinte, sie hätte es sich redlich verdient und sie solle es ganz einfach annehmen und jetzt schon anfangen sich zu freuen. Maria strahlte sie an und drückte sie spontan an ihren großen Busen.

„Danke schön. Ich muss jetzt zurück in die Küche. Es gibt heute Pichelsteiner Eintopf mit selbstgebackenem Brot. Ich kann in einer viertel Stunde servieren. Ist das recht?"

„Sicher. Wir werden pünktlich da sein", antwortete Riccarda und wandte sich an Ute.

„Willst du vielleicht noch zu Moritz gehen und ihm sein Futter bringen. Ich könnte mir vorstellen, dass er es von dir gerne annimmt. Ihr solltet euch langsam aneinander gewöhnen. Was meinst du?"

„Gerne mach ich das. Was soll er denn bekommen?"

„Geh zu Maria, die zeigt dir in der Vorratskammer, wo alles steht. Wir treffen uns dann im Speisesaal."

Ute erledigte die Fütterung von Moritz, der sich über ihren Besuch und das Essen freute. Er nahm es im Vorraum des Gärtnerhäuschens ein, wo die beiden Edelstahlschüsseln auf einem kleinen Tablett standen. Als sich Ute auf den Rückweg zur Villa machte, betrat gerade Gustav das Anwesen und begrüßte sie herzlich.

„Schön, dich wiederzusehen. Gehts dir gut? Was gibts Neues?"

„Ganz gut so weit. Sicher hast du von Riccarda schon gehört, dass ich in dein kleines Haus ziehen werde."

„Stimmt, das hat sie mir gleich erzählt, und ich bin froh darüber, aus mehreren Gründen. Erstens weiß ich meinen Moritz gut versorgt und zweitens das Häuschen. Bei dir habe ich ein gutes Gefühl. Ich hatte schon Angst, es wird leer stehen und langsam verfallen. Auch um Garten und Park hatte ich ein wenig Bedenken. Für die schweren Arbeiten ist natürlich Hilfe einer Firma nötig, aber die Feinheiten sind dir vorbehalten. Du wirst sie mit Bravour erledigen.

Auch das Gewächshaus wird dir Freude machen, denn die Anzucht klappt damit gut. Im Winter kannst du es als Orangerie verwenden. Es steht günstig zur Sonne."

„Ich bekomme eine PV-Anlage aufs Dach. Davon kann man etwas Strom abzweigen für eine Heizanlage. Jetzt lass uns zum Haus gehen. Maria wartet schon mit dem Essen auf uns. Sie hat heute Pichelsteiner Eintopf vorbereitet. Überall duftet es nach dem selbst gebackenen Brot."

„Ja, Kochen und Backen kann sie. Kein Vergleich zur Verpflegung im Seniorenstift. Obwohl – sie geben sich dort schon Mühe. Es allen recht zu machen ist nicht einfach. Trotzdem habe ich mich dort ganz gut eingelebt. Ich fühle mich wohl da, es wird gewaschen, gebügelt, geputzt und ich habe Zeit zum Lesen und Schachspielen. Einen guten Partner habe ich auch schon gefunden. Er spielt etwas besser als ich, der Otto. Daher kann ich noch dazu lernen."

Nach dem Essen nahmen sie den Espresso im Salon. Die Sonne hatte sich durch das Grau gekämpft und tauchte den Raum in eine angenehme Atmosphäre. Angeregt unterhielten sich die drei über die Umbauarbeiten. Irgendwann kam die Sprache auf das Seniorenheim und eine neue Mitarbeiterin. Sie arbeitete seit einigen Wochen dort und machte sich bei den Bewohnern durch ihre liebenswürdige, hilfsbereite Art gleich beliebt. Gustav erzählte, dass Veronika eine gelernte Krankenschwester sei und eine Wohnung in der Nähe suchen würde und fragte Ute, ob sie sich umhören könnte. Zu teuer sollte sie jedoch nicht sein, denn als Altenpflegerin war das Gehalt nicht gerade üppig. Ihr Sohn lebt in Köln, daher reiche ihr eine kleine Wohnung.

„Sag mal Gustav, ist diese Veronika zufällig aus Wertingen, und heißt ihr Sohn Maximilian?", fragte Ute.

„Ja, meines Wissens schon. Aber so gut kenne ich sie noch nicht."

„Riccarda, vermutest du das, was ich auch meine? Ist das unsere Vroni aus dem Gymnasium?"

„Das wäre ja ein Ding! Gustav, frag sie, wo sie in der Schule war und ob sie eine Ute und eine Riccarda kennt. Wenn ja, dann bring sie nächstes Mal mit zum Kaffee. Abgemacht?"

„Kann ich gerne machen. Welche Überraschung, wenn ihr euch kennen würdet. Die Welt ist doch manchmal sehr klein! So, meine Damen, ich darf mich für heute verabschieden. Vielen Dank für das köstliche Mahl und den feinen Espresso. Ich schau noch bei Moritz vorbei und danach hab ich heute noch einen Termin beim Augenarzt. Vorsorgeuntersuchung wegen eines Vogels, ich weiß nicht mehr genau. Also, bis bald, ihr Hübschen." Und mit einem spitzbübischen Augenzwinkern war er weg.

Ute half Riccarda beim Abräumen des Geschirrs. Beide setzten sich nochmals über die „To-do-Listen", um abzustimmen, wer sich worum kümmern konnte. Am Spätnachmittag verabschiedete sich Ute, schaute nochmal zu Moritz, der sich offensichtlich über ein paar Streicheleinheiten freute, und begab sich auf die Heimfahrt.

*

Zuhause setzte sie sich gleich an den PC und arbeitete die Änderungen in die Umbaupläne ein. Auch den Grundriss des Gärtnerhauses, das sie vermessen hatte, erfasste sie in der Planungssoftware. Anhand ihrer Fotos überdachte sie die Einrichtung aus ihrem Bestand bzw. die Neuanschaffungen. Sie erstellte die Anfragen an die verschiedenen Handwerksfirmen für die Umbauarbeiten und verschickte diese gleich über das Internet. Müde, aber zufrieden mit der erledigten Arbeit, ging sie schließlich schlafen. Am nächsten Morgen würde sie, wie jeden Mittwoch, im Studio tätig sein.

Dort hatte der Chef erst einen neuen Mitarbeiter auf freiberuflicher Basis eingestellt und sie gebeten, ihn bei der Einarbeitung zu unterstützen. Der Kollege wurde vom gesamten Team gut aufgenommen. Alle Mitarbeiter waren froh, denn zu tun gab es genug. Nicht zuletzt wegen der Bankenkrise waren viele Kunden bereit, ihr Erspartes in eigene vier Wände zu investieren. Die langsam steigende Inflation, der Einbruch in der Wirtschaft und die daraus resultierenden hohen Schulden von verschiedenen EU-Staaten machten Angst. Entweder wurden neue Immobilien gekauft oder Gebrauchte erworben, die eingerichtet werden sollten. „Letzteinrichter" kamen öfters in das Geschäft, die gerne von einer älteren Dame bedient werden wollten. Da war Ute als Seniorin unter den Mitarbeitern des Studios gefragt. Man traute ihr viel Berufserfahrung zu, und ihr gutes Farbempfinden wurde oftmals gelobt. Sie konnte auf zufriedene Empfehlungskunden zählen, die ihr immer wieder neue Interessenten schickten. Oft hatte sie mehr zu tun, als in den wenigen Stunden zu schaffen war. Trotzdem machte ihr die Herausforderung Freude und half ihr, den Verlust ihres Mannes leichter zu ertragen. Auch die Umbauarbeiten im Anwesen von Riccarda zwangen sie zu Konzentration. Jedoch abends beim Kochen oder vor dem Zubettgehen, wenn die Verantwortung des Tages von ihr abgefallen war, wurde ihr bewusst, wie sehr ihr Johann fehlte. Mit dem Umzug, so dachte sie bei sich, würde es ihr in einer anderen Umgebung eventuell leichter fallen, den Alltag allein besser durchzustehen.

*

Am Samstag klingelte während des Bügelns ihr Telefon. Auf dem Display entdeckte sie die bekannte Nummer von Riccarda und nahm den Hörer ab.

„Guten Morgen, Riccarda, welche Überraschung! Was gibt es Neues?", begrüßte sie ihre Freundin.

„Grüß dich Ute! Störe ich gerade?"

„Nein, keineswegs. Die Bügelwäsche läuft nicht davon. Nun erzähl schon. Du hörst dich ganz aufgeregt an."

„Stell dir vor, Gustav erzählt mir gerade, dass die neue Altenpflegerin tatsächlich unsere Vroni aus dem Gymnasium ist! Morgen kommen beide zum Nachmittagstee. Kannst du es einrichten, gegen drei Uhr bei mir zu sein? Maria macht gerade Käsekuchen mit Sauerkirschen und Streuseln!", sprudelte es aus ihr heraus.

„Ich komme gerne und freue mich. Die Vroni war bei den letzten beiden Klassentreffen nicht dabei und hat uns bestimmt viel zu erzählen. Also dann, bis morgen Nachmittag!"

Die Wäsche war bald gebügelt, der Wochenendeinkauf erledigt und die Post eingeworfen. Ute liebte es, schöne Glückwunschkarten auszusuchen und ihren Freunden und Bekannten zu Festtagen mit eigenen Gedichten oder passenden Sprüchen zu gratulieren. Zum Schreiben verwendete sie einen Kalligrafie-Füller und besondere Tinte. Das Persönliche kam im Zeitalter von Fax und E-Mail viel zu kurz, meinte sie, und suchte zu Brief und Karte natürlich auch besonders ausgefallene Briefmarken aus. Sie wusste, dass sich die Empfänger über ihre Post freuten, wenn auch nicht jeder zurückschrieb. Die meisten riefen sie dann an, aber es gab doch Einige, die, wie sie, gerne schrieben.

Sigrid aus dem Südschwarzwald war so eine Freundin. Ute ging nach Hause und bereitete sich einen kleinen Salat zu den Gnocchi und eine feine Tomatensoße mit Kräutern. Im Briefkasten waren außer der Nebenkostenabrechnung der Mietwohnung, die Wochenzeitung, ein neuer Bürobedarfskatalog und ein Angebot von einer Trockenbaufirma für die Umbauarbeiten in der Villa.

Am Nachmittag verfasste sie ein Inserat für das Wochenblatt und bot Hausrat an und Dinge, von denen sie sich trennen wollte. Ohne Ballast wollte Ute ins Gärtnerhaus einziehen.

Vroni

Am Sonntag verwöhnte sich Ute erst mal mit einem Pflegebad. Die Entspannung im angenehmen Wasser und der Duft der ätherischen Öle taten ihr wahnsinnig gut. Sie genoss es mit leiser Musik und einer Kurpackung für das Haar. Anschließend gönnte sie sich die teure Bodylotion, die sie nur bei besonderen Anlässen verwendete. Heute war so ein Anlass, Vroni kam zum Tee zu Riccarda. Sie freute sich auf das Wiedersehen.

Pünktlich klingelte Ute an der Pforte und schon lief Kater Moritz auf sie zu. Vorsichtig blieb er auf dem Kiesweg, um nicht ins feuchte Gras zu treten. Der Türsummer ertönte und sie begrüßte freudig den Vierbeiner. Er drückte sein Köpfchen gegen ihr Bein und umrundete sie mehrmals, legte sich dann auf den Boden und wartete, was geschah. Nach ausgiebigem Streicheln ging sie zum Haupthaus. Riccarda erwartete sie schon oben am Treppenaufgang.

„Grüß dich Ute, schön, dass du da bist! Moritz hat dich schon begrüßt. Jetzt wartet er auf Gustav. Na, komm doch rein."

„Danke für die Einladung."

„Ja gerne. Wir nehmen den Tee im Salon, wo schon eingedeckt ist", erklärte Riccarda und lud Ute ein, ihr zu folgen.

„Schau mal den feinen Kuchen an, den uns Maria gebacken hat. Na, was sagst du?"

„Der sieht ja köstlich aus. Sieh mal, hier habe ich einige Angebote für den Umbau mitgebracht und mit meinen Kommentaren versehen. Wenn du magst, können wir sie später zusammen durchgehen."

„Gerne, du warst ja fleißig." Riccarda nahm die Unterlagen entgegen. „Ach! Es klingelt. Das werden die beiden sein. Nimm schon mal Platz, ich gehe öffnen."

Ute setzte sich an den Esstisch mit Blick in den Park. Zu dieser Jahreszeit war er noch recht kahl und grau, aber die ersten Schneeglöckchen spitzelten schon heraus. Auch ein paar Winterlinge waren zu sehen. An einigen schattigen Plätzen lag noch Schnee. Der Rest des Gartens erwartete ungeduldig den Frühling. Auch Ute konnte es kaum erwarten, das erste Grün sprießen zu sehen.

Die Tür ging auf und Gustav begrüßte sie herzlich.

"Sieh mal, wen ich mitgebracht habe!", rief er und zog Vroni in den Salon.

„Grüß dich Vroni, wir haben uns ja lang nicht gesehen!" Ute drückte sie an sich.

„Setzt euch schon mal, ich hole den Tee." Riccarda ging in die Küche.

„Schön ist es hier, und was für ein Blick in den Park!", bemerkte Vroni begeistert.

„Ich habe Rooibos gemacht." Mit diesen Worten betrat Riccarda den Raum und goss jedem ein.

„Nehmt euch bitte vom Käsekuchen. Maria hat sich viel Mühe gegeben und das Ergebnis seht ihr ja. So Vroni, nun erzähl uns mal, wie es dir ergangen ist."

„Nun, da gibt es nicht so viel zu berichten", begann Vroni. „Der Fortbestand des Krankenhauses, in dem ich jahrelang als Stationsschwester gearbeitet habe, war nicht mehr sicher. Es gab Gerüchte über Zusammenlegungen und Umbauten, man hörte von Kosteneinsparungen und Zuschüssen, die kommen sollten. Unter dem Personal machte sich Verunsicherung breit. Einige Ärzte hatten bereits Deutschland verlassen und Ersatz kam, wenn überhaupt, aus dem Ausland. Medizinische und sprachliche Kenntnisse waren teilweise dürftig. Es wurde immer schwieriger, die Patienten gut zu betreuen. Eines Tages las ich in der Zeitung, dass die Stadt überlegt, das Haus zu schließen. Das war für mich der ausschlaggebende Punkt. Bevor ich die Kündigung bekommen würde, wollte ich selbst handeln und erkundigte mich beim Arbeitsamt nach einer Fortbildung. Altenpflegerinnen würden gesucht, hieß es. Das konnte ich mir vorstellen und stellte einen Antrag auf Bezuschussung der Ausbildung. Meinen Sohn Maxi in Köln muss ich finanziell nicht mehr unterstützen. Er lernte Schreiner, besuchte nach der Gesellenprüfung die Möbelfachschule in Köln und unterrichtet heute dort. In Deutz hat er eine kleine Wohnung mit Werkstatt und macht nebenher Einzelanfertigungen für ausgesuchte Kunden. Der Verdienst an der MÖFA ist gut. Ich entschloss mich also für die Ausbildung. Das war auch der Grund, warum ich bei den letzten Klassentreffen nicht teilnehmen konnte. Vor einigen Wochen habe ich die Stelle in Augsburg angetreten. Dort habe ich Gustav kennengelernt. Dass wir

Mädels uns gerade über diesen Weg wiedersehen, sollte wohl so sein. Schicksal, oder?"

„Darf ich noch nachschenken?", fragte Riccarda in die Runde.

„Gerne, alles ist köstlich, der Tee und der Kuchen", stellte Ute fest. „Wo wohnst du denn, Vroni?"

„Immer noch in Wertingen. Aber das Pendeln nervt und die Spritkosten nagen ganz schön an meinem Geldbeutel. Ich suche hier in der Nähe eine Bleibe und werde meine Eigentumswohnung als Altersvorsorge behalten und vermieten. Wenn ihr etwas hört, was für mich passen könnte, bitte denkt an mich."

„Du hast ganz schön Glück, meine Liebe! Ich wüsste da was für dich," meinte Riccarda. „Wenn ihr ausgetrunken habt, geht es gleich zur Besichtigung. Kommt alle mit!"

Riccarda stand auf und ging voraus. Vroni hatte keine Ahnung und schaute verblüfft von einem zum anderen. Sie liefen ins obere Stockwerk und Ute zwinkerte Riccarda zu. Sie wusste, was kommen würde. Vroni kam aus dem Staunen nicht mehr heraus, als die Tür zum Ostflügel geöffnet wurde.

„Na, was sagst du dazu? Könntest du dir vorstellen, hier einzuziehen, natürlich nach der Renovierung?", fragte Riccarda. „Hier entstehen zwei Wohnungen. Sonderwünsche können immer noch gerne berücksichtigt werden."

„Wie? Was? Ich? Meinst du das wirklich ernst?",
entgegnete Vroni verdattert. „Das werde ich mir
nicht leisten können, so schön es hier wäre."

„Darüber werden wir uns schon einigen. Ich
würde mich freuen, wenn du mein Angebot an-
nimmst. Fremde möchte ich nicht in meinem Haus
haben. Für mich allein und Maria ist es zu groß. Ute
hat schon Pläne für die Umbauten angefertigt und
holt gerade Angebote von den Handwerkern ein. Übrigens – sie zieht ins Gärtnerhäuschen ein, wenn es
hergerichtet ist. Was sagst du jetzt?"

„Ich bin platt! Gefallen würde mir der Gedanke
schon, hier zu wohnen. Zur Arbeit sind es zu Fuß
höchstens zwanzig Minuten. Im Moment bin ich etwas überrumpelt, aber ich werde es mir überlegen,
versprochen."

„Komm Vroni, lass uns die Umbaupläne ansehen,
damit du dir vorstellen kannst, was wir hier auf die
Beine stellen wollen", schlug Riccarda vor. Gemeinsam gingen sie ins Arbeitszimmer im Westflügel.

„Hier ist mein Bereich, Vroni. Schau dich nur um."
Sie rollten die Pläne aus und beugten sich über die
Skizzen. Ute erklärte und beantwortete Fragen.

„Der Raum hier", zeigte sie auf den Plan, „könnte
als Gästezimmer dienen, wenn zum Beispiel dein
Maximilian zu Besuch kommt. Ich könnte dafür
noch ein kleines Badezimmer anschließen. Den nöti-
gen Platz kann ich vom Abstellraum dahinter abzwa-
cken. Noch ist es möglich. Wenn du weitere Wünsche hättest, ich plane gerne nochmal um. Du solltest
die Entscheidung bitte nicht zu lange hinauszögern.

Die Anfragen an die Handwerker sind schon rausgeschickt worden."

„Riccarda, ich bin begeistert und danke dir aufrichtig für das Angebot. Allerdings müssen wir das Finanzielle noch klären."

Riccarda nannte ihr den Mietpreis, den sie sich vorstellte, Vroni nickte erleichtert.

„Ich würde mich wirklich freuen, dich als Mitbewohnerin in der Villa zu haben. Ute sähe das bestimmt auch gerne. Wir haben uns immer gut verstanden, und, da jede von uns nun allein lebt, würden wir wieder etwas näher zusammenrücken", entgegnete Riccarda.

Sie packte den Rest Käsekuchen ein und gab jedem davon mit. Begleitet von Moritz gingen sie gemeinsam durch den Park. Gustav und Vroni verabschiedeten sich am Tor. Ute wollte noch kurz im Gärtnerhaus etwas nachmessen. Riccarda sperrte die Türe auf, der Kater schlüpfte sofort hinein und forderte laut miauend sein Abendfutter. Während sie die Schale füllte und frisches Wasser holte, fragte sie Ute im Vorbeigehen: „Na, was meinst du? Wird Vroni zu uns kommen?"

„Ich habe ein gutes Gefühl. Sie wird sich schnell bei dir melden. Ich werde in jedem Fall schon mal das Bad für das Gästezimmer mit einplanen. Ich schicke dir den Entwurf dann per E-Mail."

„Gerne. Hast du alles gemessen?"

„Ja, ich bin fertig. Moritz, bis bald, pass mir gut auf das Häuschen auf. Riccarda, danke für den

interessanten Sonntagnachmittag. Also, bis bald!",
verabschiedete sich Ute und trat die Rückfahrt an.

Maximilian

Die neue Woche verging wieder rasant. Im Büro hatte Ute gut zu tun, daheim änderte sie abends die Pläne des Ostflügels und gab die Änderungen und zusätzlichen Anfragen an die Handwerksfirmen weiter. Riccarda rief sie am Donnerstag an und teilte ihr mit, dass Vroni vermutlich einziehen würde. Sie wollte am Samstag mit ihrem Sohn zu ihr kommen, um ihm die Räume zu zeigen. Ute sollte zur Besprechung dazu kommen. Natürlich sagte sie zu. Sie war gespannt auf Maximilian.

Ute war am Samstag mit ihrer Arbeit fertig. Eingekauft, geputzt, aufgeräumt. Sie prüfte nochmal die Bestellung für ihre neue Kücheneinrichtung: Möbel, Farben, Geräte. Zufrieden mit der Arbeit schickte sie den Auftrag per E-Mail raus.

Nach dem Mittagessen war auch schon Zeit zum Aufbruch. Gespannt war sie auf Vronis Sohn, den sie noch nie gesehen hatte. Sie erreichte die Stadt ohne Stau trotz des schönen Ausflugswetters. Heute hatte der Himmel schon vormittags aufgerissen und die Sonne zeigte allen, was sie draufhatte. Gut gelaunt traf Ute bei Riccarda ein und wurde stürmisch von Kater Moritz begrüßt.

„Komm rein, alle sind schon da. Wir sitzen im Salon!", rief ihr Riccarda zu. Ute wurde von Moritz bis zum Haupthaus begleitet, wie immer. Oben auf der Treppe setzte er sich auf die alte Kokosmatte.

Aus irgendwelchen Gründen betrat er nie die Villa.

Ute legte den Mantel in der Garderobe ab und betrat den Raum.

„Grüß dich Vroni!", begrüßte sie die alte Schulkameradin.

„Hallo Ute, darf ich dir meinen Sohn vorstellen, das ist Maxi!"

Vor Ute stand ein junger Mann auf, der sie mit einem festen Händedruck begrüßte:

„Freut mich sehr, dass wir uns auch mal treffen. Ich kenne nur die alten Schulfotos."

Ute war beeindruckt. Maximilian war groß gewachsen, schlank und hatte hellblaue, wache Augen. Buschige Augenbrauen beschützten sie gegen die von oben herabhängenden lockigen dunklen Haaren. Obwohl es erst März war, trug er ein kurzärmliges blauweiß gestreiftes Hemd, das muskulöse Arme freigab. Die Hände waren zartgliedrig, aber mit einigen Narben, wie oft bei Schreinern. Aus den Augen blitzte der Schalk. Die gesamte Ausstrahlung war positiv.

„Auch ich freue mich, dich kennenzulernen, Maxi. Ich darf dich doch duzen?", fragte Ute zur Begrüßung.

„Das ist schon in Ordnung. Darf ich dir Tee eingießen, wenn ich schon stehe?"

„Gerne, das ist sehr aufmerksam."

Riccarda brachte eine Schale Gebäck. Nachdem sie sich kurz mit Maximilian unterhalten hatten, folgte die Hausbesichtigung. Darauf war er natürlich gespannt. Seine Mutter hatte ihm am Telefon von der Villa vorgeschwärmt. Gemeinsam schauten sie sich die Räumlichkeiten an. Ute erläuterte dabei die vorgesehenen Umbauten und bat ihn, sich die Pläne anzusehen. Zusammen gingen sie Zimmer für Zimmer durch, besprachen ein paar Details und Maxi fragte, ob er etwas helfen könne.

„Nein, im Moment nicht. Die Angebote liegen uns zum Teil schon vor. Es sei denn, es gibt noch Verbesserungsvorschläge von deiner Seite."

Maximilian schüttelte den Kopf: „Nein, so kann ich mir die Wohnung für meine Mutter gut vorstellen."

„Willst du dir noch den Park ansehen, bevor es dunkel wird?", fragte Riccarda. Sie gingen die Treppen nach unten und betraten den Garten, der sich im letzten Sonnenlicht des Spätnachmittags präsentierte. Winzige Tröpfchen glitzerten in einem Spinnennetz, das sich von einer Rosenkugel zu einem schmiedeeisernen Stab erstreckte und sich ganz leicht im Wind bewegte. An den Stellen, wo die Sonne eine Chance hatte, konnte man schon erste Knospen entdecken, die auf das Frühjahr warteten.

„Das ist ja gigantisch!", stellte Maximilian fest. „Macht aber auch ganz schön viel Arbeit, das ist es aber wert. Wie schön muss es sein, hier an einem lauen Sommerabend draußen zu essen. Trotz der Nähe der Innenstadt ist es erstaunlich ruhig. Liegt es daran, dass heute Samstag ist?"

„Nein", erklärte Riccarda, „Auch unter der Woche ist es angenehm leise. Die Hecke und die Sträucher halten viel vom Straßenlärm ab. Außerdem werden die angrenzenden Häuser hauptsächlich von älteren Leuten bewohnt und die nächsten Wohnblöcke sind weit entfernt. Der große Kinderspielplatz liegt unterhalb der Stadtmauer und ist nur bei extremer Wetterlage zu hören. Ich bin mir schon bewusst, dass mir meine Eltern hier ein kleines Paradies hinterlassen haben."

Nach dem Rundgang durch den Südpark zeigte ihnen Ute noch ihr zukünftiges Heim, das Gärtnerhäuschen. Wie zu erwarten, erschien sofort auch Kater Moritz, begrüßte jeden Einzelnen und erwartete großzügige Liebkosungen.

„Ist es dir auch nicht zu klein hier?", fragte Vroni.

Ute meinte, dass sie ja jederzeit auch in die Villa kommen könne. Riccarda hatte ihr angeboten, die Bibliothek, das Musikzimmer und natürlich auch den Hauswirtschaftsraum mitbenutzen zu können. Es muss ja nicht sein, dass jeder Hausbewohner eine eigene Maschine kauft wegen der paar Kleinigkeiten, die es zu waschen gibt, hatte Riccarda festgestellt. „Da werden wir uns wohl einigen, oder?"

Zusammen gingen sie zurück zur Villa und setzten sich nochmal in den Salon.

„Also, jetzt habt ihr alles gesehen. Vroni, kann ich auf dich zählen?", wollte Riccarda wissen. Noch bevor diese etwas sagen konnte, ergriff Maximilian das Wort.

„Etwas Besseres könnte ich mir für meine Mutter gar nicht vorstellen. Ich denke, da gibt es nichts mehr zu überlegen." Er sah seine Mutter auffordernd an. Fast verlegen gab Vroni zu, dass sie das Angebot gerne annehmen wollte. Erleichtert erhob sich Riccarda und kam mit einer Flasche Prosecco zurück, holte vier Gläser aus der Vitrine und sagte, nachdem sie die Flasche zum Entkorken an Maxi gegeben hatte: „Auf gute Nachbarschaft, meine Lieben. Ihr seid herzlich willkommen!"

„Sehr zum Wohl, ich freue mich", erwiderte Ute und stieß mit allen an. Vroni fragte noch, bis wann sie etwa mit der Fertigstellung der Umbauten rechnen könne. Sie musste sich um einen Mieter für ihre Wohnung in Wertingen kümmern.

„So, ich werde euch alleinlassen. Ihr habt noch einiges zu besprechen", sagte Ute und wandte sich an Vronis Sohn: „Maxi, schön, dass ich dich kennenlernen durfte. Ich hoffe, es gibt jetzt mehr Gelegenheiten, uns zu sehen. Ich wünsche dir alles Gute in Köln bei deiner Arbeit. Also, bis bald. Vroni, über deine Entscheidung bin ich glücklich und freue mich wirklich. Riccarda, danke für alles und bis demnächst. Ich schau noch nach Moritz und versorge ihn mit seinem Abendessen."

Der Kater hatte sie schon erwartet und schnurrte, was das Zeug hielt. Sie erneuerte das Wasser in seinem Schüsselchen und ging nochmal durch die Räume des Gärtnerhauses.

Bald würde es ihr neues Heim sein, ihr Seelenheim. Davon handelt das Buch eines lieben Freundes mit dem Titel: *Am richtigen Ort – Der Wohnraum als Spiegel der Seele*. Genau dieses Gefühl verspürte sie in dem Gebäude und eine tiefe Zufriedenheit machte sich im Süden ihres Herzens breit. Das, aber auch, was bleiben sollte und was sie ändern wollte, erzählte sie Johann, als sie durch die Räume schlenderte. So wie sie ihn kannte, wäre er sicher damit einverstanden.

„Moritz, ich komm bald wieder."

Auf der Heimfahrt machte sie einen Abstecher zum Friedhof, richtete die Pflanzen und entzündete das Licht in der Laterne. Nach einem Gebet fuhr sie nach Hause. Dort angekommen, machte sie sich ein Käsebrot und schaltete den PC ein. Sie hatte einige Dinge bei einem Portal eingestellt und wollte sehen, ob jemand etwas ersteigert hatte. Sie erledigte die Korrespondenz und machte die verkauften Artikel fertig für die Post. Die Sachen, auf die nicht geboten worden war, wollte sie auf einem Flohmarkt loswerden. Mit Vroni hatte sie besprochen, zusammen einen Stand zu machen, da diese sich auch von einigem trennen wollte, was sich im Laufe der Zeit angesammelt hatte. Das sollte am kommenden Wochenende passieren. Mal sehen, man muss es probieren.

Renovierungen

In der kommenden Woche gingen die E-Mails zwischen ihr und Riccarda hin und her, die Aufträge für die Umbauarbeiten wurden vergeben und in die Terminlisten eingetragen. Wenn alles funktioniert, steht dem Einzug Anfang Juni nichts im Weg. Bei Ute könnte es eventuell auch schneller gehen. Sie wollte einige Arbeiten selbst erledigen, wie Spachteln, Streichen und Lackieren.

Die Tage vergingen. Im Gärtnerhaus waren die Installateure, die das Bad modernisierten und das Wasser in der Küche verlegten, schneller fertig als veranschlagt. Auch der Elektriker konnte seine Arbeiten früher erledigen, so dass der Fliesenleger das Badezimmer schon kacheln konnte. Riccarda hatte Ute freie Hand bei der Gestaltung gelassen. Sie hatte sich für weiße Keramik mit Lotosoberfläche entschieden, dazu weiße Wand- und Bodenfliesen mit einem Fries in verschiedenen Blau- und Grüntönen. Ute fing an, die Decke zu streichen und die Ytong-Wand, die den offenen Duschbereich vom Waschbecken trennte, zu veredeln. Diese Technik war zwar aufwändig mit spachteln, schleifen, spachteln, schleifen und so weiter, aber nach dem Finish glänzte die Wand wunderbar und brachte mediterrane Atmosphäre in den kleinen Raum, der nach Norden zeigte. Die LED-Beleuchtung war stromsparend und hell. Die Schlafzimmerwände bekamen einen beruhigenden Anstrich in verschiedenen Blau-Schattierungen.

Bevor die Küche eingebaut werden sollte, strich sie Ute an der Fensterwand, wo der Essbereich bleiben sollte, in einem warmen Gelb, die Seite hinter der Kochzeile wurde zartgrün. Diese Kombination würde gut mit Magnolie und Olive harmonieren. Türen und Fenster hatte sie abgebeizt, geschliffen und nur transparent lasiert. So kam das Naturholz wieder zur Geltung. Der Fußboden wurde abgeschliffen und die Holzbohlen neu versiegelt. Vom noch leeren Zimmer gab es Zugang zur Terrasse nach Südwesten. Das Wohnzimmer bekam einen Anstrich in feinem Apricot, was zu den Kirschbaummöbeln gut passte, die Ute mitbringen würde.

Viel Freude machte ihr auch das Aussuchen der Textilien, die sie brauchte. Die Fenster hatten keine Rollläden. Im Schlafzimmer brauchte sie Vorhänge zum Verdunkeln. In der Diele wollte sie duftige Scheibengardinen anbringen. Die Fenster von Wohnraum und Essküche sollten freibleiben, um die Aussicht auf die Terrasse und den Garten nicht zu versperren. Die Zimmerpflanzen mussten außerdem auch irgendwo stehen. Ute ließ eine kleine Satellitenschüssel an einer Stelle anbringen, wo sie nicht störte. Auf Privatsender konnte sie verzichten. Die immer wiederkehrenden Werbeblöcke nervten. Dagegen sah sie sich gerne Reiseberichte und Dokumentationen auf arte oder 3sat an. Auch Italienische, Französische und Schweizer Sender brachten oft interessante Beiträge, die sie früher gemeinsam mit Johann angeschaut hatte.

„Na, Johann, was meinst du zu meinen Renovierungsarbeiten? Hier hätte es dir auch gefallen, da bin ich mir sicher. Schade, dass du das nicht mehr erleben konntest!"

Moritz hatte sich schon daran gewöhnt, dass sie jetzt öfters da war. Ute mochte ihn sehr gerne. Sie hätte selbst früher immer gerne eine Mieze gehabt, Johann war dagegen. Nicht, weil er keine Tiere mochte, sondern weil im zweiten Stock eine Katze, die im Grund ihres Herzens Jäger und Freigänger ist, sich eingesperrt fühlen muss. Ute musste ihm Recht geben, denn solange sie arbeiteten, war auch nicht immer jemand zuhause.

Im Ruhestand hatten sie sich vorgenommen, ihren Wohnwagen fest auf einen Campingplatz am Gardasee zu stellen und die meiste Zeit des Jahres dort zu verbringen. Ihre Lieblingsplätze lagen auf der Westseite, wo die Berge nah und die Touristen spärlicher waren. Da gab es immer streunende Katzen, um die sich die Camper kümmerten. Ohne Johann würde sie das jedoch nicht mehr können. Sie war nie mit Gespann gefahren und traute sich das auch nicht zu. Das höchste der Gefühle wäre ein VW-Bus. Im Moment war aber nicht an Urlaub zu denken. Erst mal hatte sie den Umzug zu organisieren.

Riccarda schaute immer mal wieder vorbei, wenn sie wusste, dass Ute am Werkeln war. Begeistert lobte sie das handwerkliche Geschick der Freundin. Besonders die Spachtelarbeit hatte es ihr angetan.

„Würdest du mir die Freude machen, mit dieser Technik auch das neue Badezimmer für Maria auszustatten? Ich habe ihr so viel zu verdanken und möchte ihr die Jahre, in denen sie noch bei mir sein kann, so schön wie möglich machen."

„Gerne mach ich das. Maria ist unbezahlbar für uns alle. Mit meinen Arbeiten bin ich zeitlich schon weiter als gedacht. Soll ich das Material dafür selbst besorgen?"

„Klar, du weißt am besten, was nötig ist. Hast du denn für deinen Bereich noch einen Wunsch, den ich dir erfüllen kann?"

„Du hast schon genug für mich getan. Aber, ich wüsste da schon was. Meinst du, man könnte hinten am Geräteschuppen einen Carport anbauen? Vorerst möchte ich meinen Wagen gerne behalten. Dann wäre er geschützt und ich müsste ihn nicht draußen am Straßenrand abstellen."

„Da hätte ich auch selbst draufkommen können. Mein Auto steht ja in einer der beiden Garagen. Die andere kann ich dann Vroni anbieten, oder wenn sie ihr Auto nicht behalten will, stellen wir Fahrräder unter. Dann wäre auch Platz für Rasenmäher und die anderen Gartengeräte. Die Dinge sind im Moment in dem Raum im Souterrain untergebracht, aus dem wir von der Villa in den Südpark gehen, als Abkürzung sozusagen. Eigentlich ist er zu schade, um als Abstellraum verwendet zu werden. Damit habe ich eine andere Idee. Davon aber später."

„Soso, die Ideen gehen uns nicht aus, was? Wieweit sind eigentlich die Umbauten im Ostflügel?

Bisher waren die Handwerker gut in der Zeit", stellte Ute fest.

„Das stimmt, die Arbeiten gehen zügig voran und Vroni kann im Mai ihre ersten Sachen bringen. Sie hat wohl auch schon eine Mieterin für die Wohnung in Wertingen gefunden, wie sie mir beim letzten Telefonat erzählt hat. Das freut mich für sie. Dann hat sie das tägliche Pendeln nach Augsburg bald hinter sich. Die Arbeit im Seniorenstift gefällt ihr wirklich gut. Sie hat sich prima eingelebt und ist bei den alten Leuten beliebt. Das hat mir übrigens Gustav gesagt. Wir haben heute telefoniert, und er lässt dich herzlich grüßen."

„Danke schön. Wie wollen wir es denn mit dem Carport machen? Soll ich mal mit Maximilian sprechen? Er hat sich für Holzarbeiten angeboten."

„Das ist eine gute Idee. Ich gebe dir seine Telefonnummer, dann kannst du selbst mit ihm sprechen", erbot sich Riccarda.

„Prima, dann komm ich gleich mit rüber. Wie weit bist du denn mit der Vorbereitung der Sonderschau im Textilmuseum?"

„Schon ganz schön weit. Es funktioniert mit den Behörden besser als gedacht. Auch die Museen, die diverse Exponate zur Verfügung stellen, sind sehr kooperativ. Die Ausstellung wird bestimmt ein Erfolg", meinte Riccarda. Diese Arbeit machte ihr sichtlich Freude und ihr künstlerisches Gespür prädestinierte sie dafür. Das hatten ihre Vorgesetzten schon lange bemerkt und übertrugen ihr zunehmend besonders interessante Tätigkeiten, die sie dann selbstverantwortlich durchführte. Das Textilmuseum gehörte inzwischen zu ihrem Leben. Durch die Ablenkung konnte sie den Tod ihrer Eltern leichter ertragen. Als Einzelkind war sie immer der Mittelpunkt gewesen. Sie hatte nicht nur das Anwesen geerbt, auch die Ferienwohnung bei Dubrovnik gehörte ihr, sowie die Antiquitäten und das gut angelegte Vermögen. Sie wusste, dass sie privilegiert war und konnte daher großzügig zu ihren Freundinnen sein und freute sich, dass sie Mitbewohnerinnen gefunden hatte, die sie lange schon von früher kannte und gerne mochte. Das Schicksal hatte ihr Ute und Vroni zugespielt, und sie war sich sicher, dass die zwei ihre Unterstützung schätzten und für sie da sein würden, wenn sie sie brauchte. Beruhigt ging sie mit Ute zur Villa und gab ihr die Telefonnummer von Maxi. Maria, die Gute, hatte Tee vorbereitet und Kekse dazugestellt. Das warme Getränk tat gut. Ute sah sich noch kurz im Ostflügel um, verabschiedete sich bald, um pünktlich zuhause zu sein. Ein Nachmieter wollte die Wohnung ansehen.

Umzugsvorbereitungen

Als Ute nachhause kam, duschte sie und wusch die Farbreste aus den Haaren. Während sie schnell die Post durchsah, klingelte es an der Tür. Sie hoffte, dass sich diesmal jemand für die Wohnung entschied. Die letzten Interessenten kritisierten an allem herum und waren auch zu keiner Ablöse bereit. Sie hatte oft das Gefühl, für Neugierige waren Wohnungsbesichtigungen ein interessanter Zeitvertreib. Vermutlich hofften sie noch auf ein Kuchenbuffet.

Das Paar, das sie heute begrüßte, machte einen angenehmen Eindruck, gut gekleidet, höflich und mittleren Alters. Ute führte sie zuerst ins Wohnzimmer, wo sie ihnen Espresso anbot. Im Gespräch erfuhr sie, dass sie bis vor kurzem im Ausland gelebt hatten und jetzt nach Augsburg zurückkehren wollten. Er arbeitete als Diplomingenieur bei einem Unternehmen für Schiffsdiesel und wurde ins Stammhaus zurückgerufen. Seine Frau war als freiberufliche Übersetzerin tätig. Sie hatten keine Kinder und sahen sich die Wohnung gründlich an. Von der Kücheneinrichtung und dem Schlafzimmer, das Ute zur Ablöse anbot, waren sie begeistert. Sie wurden sich schnell einig. Zufrieden verabschiedeten sie sich und Ute gab die Info sofort per Fax an ihre Vermieter. Diese waren froh und bestätigten die Auflösung des Mietvertrages. Wenn Ute früher ausziehen wollte, also schon zum Ende April, könnten die Nachmieter nach der Erneuerung der Fußböden und der Malerarbeiten schon Mitte Mai einziehen. Dies ist gut zu schaffen, teilte sie ihnen mit.

*

Anschließend nahm Ute mit Maximilian Kontakt auf. Sie sprachen über den zu errichtenden Carport. Er könne das gerne machen, teilte er ihr mit. Er würde sowieso an den nächsten Wochenenden zu seiner Mutter kommen, um ihr bei den Umzugsvorbereitungen zu helfen. Da könnte er auch nach Augsburg kommen und mit ihr das Vorhaben besprechen.
„Prima, Maxi. Dann bis bald und eine gute Zeit!"

Der Zeitpunkt der Wohnungsauflösung kam immer näher. Ute verpackte, was sie in den nächsten Wochen nicht brauchen würde, schon nebenbei in Kartons und nahm bei jeder Fahrt nach Augsburg mit, was in den Kofferraum passte. Riccarda hatte ihr angeboten, die Sachen vorerst in der Villa im Hauswirtschaftsraum zu deponieren.
Als nächstes stand der Flohmarkt an. Der Termin war an einem Samstag in der ersten Monatswoche. Die Teile, die beim Garagenflohmarkt nicht weggegangen waren, hatte sie gleich in Deckelboxen verpackt und musste sie nur noch ins Auto einladen.
Bepackt mit einer Thermoskanne Tee und ein paar belegten Broten fuhr Ute kurz nach sechs Uhr morgens los. Sie holte Vroni ab und gemeinsam ging es zur Halle. Profiverkäufer warteten schon auf Einlass, eine Würstelbude war aufgestellt und die ersten

Stellplätze wurden vergeben. Die Gebühr errechnete sich nach Laufmeter des Standes. Ute baute den Tapeziertisch auf, legte die Tischtücher darauf und begann, die Angebotsware zu dekorieren. Um neun Uhr sollte dann Einlass für die Kunden sein. Sie genehmigten sich noch einen heißen Tee und warteten gespannt, was der Tag bringen würde. Vroni erwies sich als gute Verkäuferin. Sie hatte schon mehrere Märkte besucht und brachte viel Erfahrung mit, die Artikel zu entsprechendem Preis loszuschlagen. Ihr Verhandlungsgeschick und Utes Hartnäckigkeit, nicht unter Wert zu verkaufen, brachten den gewünschten Erfolg. Als gegen Schluss der Veranstaltung nur noch wenige Artikel auf dem Tisch lagen, machten Profis die Runde, um für wenig Geld noch an gute Stücke zu kommen. Die meisten Anbieter wollten nichts mehr mit nach Hause nehmen und gaben den Rest oft für einen Apfel und ein Ei her. Nicht so Vroni. Die beiden hatten vereinbart, nicht um jeden Preis ihre Sachen loswerden zu müssen. Daher kam mancher Interessent mehrmals vorbei.

Das Resümee des Tages konnte sich sehen lassen. Bis auf vier Sachen waren sie alles losgeworden und rundum zufrieden. Der Erlös erlaubte locker noch abends einen gemeinsamen Besuch beim Italiener mit Lasagne al forno. Maxi war inzwischen bereits aus Köln gekommen und leistete ihnen beim Essen Gesellschaft. Morgen wollten sie sich in Augsburg treffen. Vroni hatte auch schon Umzugskartons gepackt zum Mitnehmen.

Maxi besprach mit Ute und Riccarda das Vorhaben Carport, vermaß alles und sah nochmal nach dem Freisitz im Südpark. Dort hatte er beim letzten Besuch eine schadhafte Stelle im Dach entdeckt, die er ausbessern wollte und schrieb die Materialbestellung zusammen. Ute sollte sie in Auftrag geben und anliefern lassen.

*

Die Photovoltaik-Anlage war montiert. Nun wartete sie auf den Einbau der neuen Küche, der für die kommende Woche terminiert war. Auch das klappte prima. Sie war glücklich.

Bett, Schlafzimmerschrank und Kommode wurden die Woche darauf geliefert und aufgebaut. Der Umzugswagen brachte anschließend die restlichen Sachen aus der alten Wohnung, Mitte Mai erfolgte die Übergabe.

Neues Heim

Für Ute begann ein neuer Lebensabschnitt. Sie hatte sich lange nicht vorstellen können, wieder zurück in die Stadt zu ziehen. Hier kam es ihr jedoch nicht so vor, denn das Anwesen mit dem großen Park schützte seine Bewohner vor Lärm und schlechter Luft.

Im Gärtnerhaus, ihrem Seelenheim, hatte sie sich gut eingewöhnt, fand sich prima zurecht, alle Dinge hatten ihren Platz gefunden. Sie genoss es, allein mit Moritz zu leben. Wenn sie Gesellschaft suchte, ging sie in die Villa. Maria war meistens da, Riccarda abends auch und Vroni, die inzwischen eingezogen war, je nach Schichtdienst. Jede hatte auf Wunsch Gesellschaft oder ihre eigene Intimsphäre.

Vroni ging zu Fuß zum Altenheim, bei gutem Wetter fuhr sie mit dem Fahrrad. Ihre Arbeit bei den Senioren erfüllte sie mit Zufriedenheit, denn trotz mancher Mühsal kam viel Dankbarkeit zurück.

Ende Mai beim Nachmittagstee auf der sonnigen Veranda, zu dem Riccarda geladen hatte, kam von ihr dieser Vorschlag: „Was haltet ihr davon, wenn wir das anstehende Klassentreffen und unsere Einweihungsfeier verbinden und hier bei uns im Park feiern?"

„Gute Idee, wenn das Wetter mitspielt und wenn nicht?", bemerkte Vroni.

„Daran habe ich natürlich gedacht. Vroni braucht keine Garage, daher habe ich die Gartengeräte dort untergebracht. Der Raum unter der Veranda ist doch viel zu schade, um ihn als Abstellkammer zu benutzen und jetzt ist er leergeräumt. Die Glastüre geht ebenerdig zum Südpark raus und er hat bodenhohe Fenster, also viel Licht. Ich möchte daraus einen Ausstellungsraum machen und habe schon den Maler bestellt. Die Bodenfliesen sind noch gut, an Elektrik brauchen wir nicht viel neu dazu, nur für die Beleuchtung. Eine Heizung gibt es auch, eine Gästetoilette ist daneben, was will ich mehr? Inzwischen kann er für die Feier verwendet werden, wenn es regnen sollte. Na, jetzt staunt ihr!", eröffnete Riccarda.

Ute war sofort Feuer und Flamme und bot an:

„Gerne helfe ich bei den Vorbereitungen. Das wird bestimmt spitzenmäßig. Um die Einladungen kümmert sich diesmal Jutta, wie wir es beim letzten Treffen vereinbart hatten."

„Wie machen wir es mit dem Essen? Kochen wir selbst oder lassen wir etwas kommen?", fragte Maria.

„Nein, Maria, du hast schon genug zu tun. Wir bestellen bei einem Caterer", entschied Riccarda. „Ute, kennst du da jemand?"

„Logisch, das lassen wir Verena machen. Die freut sich über einen Auftrag."

„Super, das wäre klasse. Organisierst du das?"
„Klar."

Als Termin war schnell ein Samstagnachmittag Mitte Juni gefunden. Die Einladungen ergingen laut

Riccarda diesmal auch an Familienangehörige und an Gustav und Maximilian.

Einige Tage später kamen die Maler und tünchten die langen Seitenwände weiß, weil davor später mal Gemälde gezeigt werden sollten. Für die kurzen Querseiten hatte Riccarda ein wunderbares Zitronengelb gewählt, für die Decke ein Blauton, um die Raumhöhe optisch zu reduzieren. Der Raum sollte nun die Bezeichnung Galerie tragen, denn dafür wollte ihn Riccarda in Zukunft verwenden. Die Ausstellung im Textilmuseum, die sie organisiert hatte, war ein großer Erfolg gewesen. Diese Art von Arbeit gefiel ihr zusehends.

Riccarda sprach begeistert von ihrem Vorhaben, als sie nach den Handwerkern zusammen mit Maria den Raum sauber machten. „Es ist eine Freude, sich mit schönen Dingen umgeben zu können. Ich möchte hier jungen Künstlern den Raum günstig zur Verfügung stellen, die sich teure Galerien nicht leisten können. Ich denke außerdem an einen Antiquitäten-Markt, den man zweimal im Jahr veranstalten könnte. Auch fände ich kleine Konzerte hier gut!"

„Übermorgen kommt Verena vorbei. Sie hat für das Catering zugesagt und möchte sich bei uns umschauen. Wir besprechen dann alles Nötige", erläuterte Ute, die gerade mit Fenster putzen fertig war. Gestern Abend habe ich die Teilnehmerliste bekommen. Stell dir vor, diesmal kommen sogar Gerlinde und ihr Mann von der Ostsee, Herta hat zugesagt und Ursula aus Oldenburg. Wir rechnen diesmal mit insgesamt 24 Personen. Die bekommen wir auch hier gut unter, falls es doch regnet. Das wollen wir aber nicht hoffen. Das Satellitenbild des Deutschen Wetterdienstes zeigte gestern Abend ein beständiges Hochdruckgebiet, das bis nächste Woche anhalten soll. Also, dann bis morgen um zehn!"

Ute verabschiedete sich und Moritz und wartete schon auf sie.

„Soll ich heute Hühnchen oder lieber Rind servieren?", fragte ihn Ute ganz offiziell. Der Kater sah sie erwartungsvoll an. Vermutlich war es ihm so was von egal, Hauptsache, er bekam seine Portion. Am Gärtnerhaus angekommen wechselte Ute erst mal die Schuhe und schlüpfte in die Hauspantoffel. Im Badezimmer wusch sie sich die Hände, zog die Freizeithose an und das weiche Sweatshirt. Moritz bekam sein Futter, Ute schälte ein paar Kartoffeln, viertelte sie, putzte den Broccoli und legte zwei gelbe Rüben dazu in den gelochten GN-Behälter. Im Dampfgarer zubereitet behielt das Gemüse Geschmack und Farbe. Dazu briet sie ein Stück Kalbsleber mit Schalotten und ein paar Apfelwürfeln. Die Soße goss sie mit Calvados an und gab noch ein paar Spritzer alten Balsamico dazu. Sie stellte mit etwas in Wasser angerührter Stärke die Bindung her und gab zum Schluss noch einen kleinen Würfel kalter Butter dazu. Sie hatte sich angewöhnt, auch wenn sie allein war, den Tisch in der Wohnküche schön zu decken, eine Kerze anzuzünden und hatte immer Blumen in der Vase. Moritz saß auf seinem Stuhl daneben, wohl wissend, dass er nichts vom Tisch zu essen bekam.

Trotzdem ließ er es sich nicht nehmen, zu schnuppern und beim Speisen zuzuschauen. Nach dem Aufräumen der Küche ging Ute ins Wohnzimmer, setzte sich an den PC und druckte die Gästeliste aus, die sie morgen Verena mitgeben wollte. Sie freute sich, ihre alte Kameradin wiederzusehen. Vergangenes Jahr hatten sie sich einmal getroffen, als sie mit Vroni zum Essen in ihrer Gastwirtschaft gewesen war. Mit einem Glas Merlot ließ Ute den Tag ausklingen. Moritz hatte sich bereits auf seinen allabendlichen Spaziergang begeben. Mit der Katzenklappe war das eine gute Regelung. Er konnte jederzeit raus und rein, wie es ihm beliebte.

Vorbereitung Treffen

Am nächsten Tag trafen sich die Mädels um zehn, wie vereinbart. Verena wurde durch das Grundstück geführt und war begeistert.

„Ein schönes Ambiente für unser Treffen!", stellte sie fest. „Für die Außen-Bestuhlung kann ich sorgen und bringe sie von unserem Biergarten mit. Wie sieht es aus, falls wir drinnen feiern müssen?"

„Komm mit in unsere Galerie. Da steht schon alles bereit. Wir haben die übrigen Möbel aus dem ganzen Haus zusammengetragen und es gibt ausreichend Tische und Stühle. Wasser und Strom sind vorhanden. Einen Kühlschrank könnten wir auch noch auftreiben. Ist das ausreichend?", fragte Riccarda.

„Wie viele Gäste erwarten wir denn überhaupt?", fragte Verena.

„Schau mal, hier hab' ich die Liste ausgedruckt. Wir rechnen mit ca. vierundzwanzig Personen. Was sollen wir denn zu Essen anbieten? Hast du Vorschläge?", wollte Ute wissen. Verena überflog das Schriftstück.

„Natürlich habe ich mir schon Gedanken gemacht. Ich würde zur Begrüßung am Nachmittag ein Glas Prosecco ausschenken oder Lillet. Wer keinen Alkohol möchte, bekommt einen fruchtigen Cocktail. Dann werden wir zur Kaffeezeit Cappuccino, Espresso oder Latte Macchiato reichen. Wie sieht es mit Gebäck aus?"

„Darum kümmere ich mich", erklärte Maria, die zu ihnen gestoßen war. „Ich backe verschiedene

Kuchen. Ute macht zum Dessert Joghurt-Frucht-schichtcreme und Erdbeersorbet."

„Das klingt ja hervorragend! Zur Vorspeise empfehle ich ein mediterranes Buffet. Zum Hauptgericht bringen wir unseren Gas-Grill mit und reichen Fleisch und Fisch, Maiskolben und Folienkartoffeln. Als Getränke kann ich neben Wasser und Wein ein kleines Fass Bier besorgen. Das dürfte vor allem den Männern gefallen. Was meint ihr dazu?"

„Perfekt! Ich habe keine Verbesserungsvorschläge zu machen. Ute, was denkst du?", wollte Riccarda wissen.

„Ich finde die Vorschläge gut. So ist wirklich für jeden etwas dabei. Besorgst du die Zutaten selbst?", wandte sich Ute an Verena.

„Logisch, ich mache die Bestellungen bei meinen Lieferanten, die ich kenne. Da weiß ich, dass ich gute, frische Qualität bekomme. Geschirr und Besteck bringe ich natürlich mit. Tischwäsche auch. Sorgt ihr für Kerzen?"

„Gerne, und passende Servietten. Wie wollen wir denn das Finanzielle regeln, Riccarda?", fragte Ute.

„Ich stelle ein Sparschwein auf, in das jeder einwirft, was er meint. Falls es nicht reicht, lege ich den Rest drauf. Maria und Ute, ihr bringt mir die Kassenbons der Zutaten, die ihr für Kuchen und Desserts braucht, wenn ihr schon die Arbeit macht."

„Gut, wir fahren morgen gemeinsam zum Einkauf. Da fällt mir ein, wir werden Gäste haben, die von weit herkommen und nicht nachts heimfahren können. Verena, hast du Fremdenzimmer frei?

Gerlinde, Ursula und ihre Männer werden hier übernachten wollen."

„Das klappt, ich bin nicht ausgebucht. Kannst du die beiden selbst informieren? Gib mir bitte Bescheid, ob sie die Zimmer brauchen. Ich reserviere schon mal vorsorglich."

„Das mache ich gerne", antwortete Ute. „Ich rufe heute Abend noch an. Maria, können wir heute Nachmittag die Einkaufsliste schreiben?"

„Ja, komm so gegen zwei Uhr zu mir in die Küche. Ich richte bis dahin die Kuchenrezepte her. Jetzt geh ich kochen. Also, Verena, bis bald", verabschiedete sich Maria.

„Magst du noch auf einen Espresso kurz mit reinkommen, Verena?", fragte Riccarda.

„Ja gerne, aber wirklich nur kurz. Michael wartet schon auf mich."

Ute lief zum Gärtnerhaus, um die Zutaten für die Desserts zusammenzustellen. An Ursula schrieb sie eine E-Mail wegen des Zimmers, Gerlinde erreichte sie telefonisch.

Diese sagte gleich zu und ließ ein Doppelzimmer reservieren. Ihre eigene Pension sei zwar ausgebucht, aber ihre Kinder mussten halt für dieses Wochenende einspringen. Sie war bisher nie bei einem Klassentreffen dabei und freute sich wahnsinnig auf das Wiedersehen.

Die Antwort von Ursula kam erst gegen Abend. Sie schrieb, dass sie ihr Mann jetzt doch nicht begleiten würde. Er hat Standdienst auf einer Fachmesse für Luft- und Raumfahrt in den USA. Sie nahm für sich das Zimmerangebot gerne an. Ute telefonierte kurz mit Verena, um die Reservierungen zu bestätigen.

Die nächsten Tage vergingen schnell. Am Freitag, dem Vorabend des Klassentreffens, gingen Ute und Riccarda nochmal in die Galerie, um nach dem Rechten zu sehen. Den Standkühlschrank von Riccardas Eltern hatte Maria sauber gemacht und angesteckt. Morgen früh wollte Michael die Getränke bringen und kaltstellen. Auch die Gartenbestuhlung und das Geschirr würde er anliefern. In der Galerie hatten sie Tische für das Buffet aufgebaut.

„Na, zufrieden?", fragte Ute die Gastgeberin. „Hier bauen wir die Vorspeisen auf, da kommen Kuchen und Nachtisch hin und daneben stellen wir die Espressomaschine."

„Prima, alles bestens. Was verkündet der Wetterbericht?", erkundigte sich Riccarda.

„Alles gut, Riccarda. Ideal für unser Event." Ute war zufrieden.

Sie bemerkte jedoch bei ihrer Freundin nicht die Vorfreude, die sich bei ihr selbst eingestellt hatte. Irgendwas schien Riccarda zu beschäftigen. „Ist alles in Ordnung mit dir?"

„Jaja, keine Sorge. Es geht mir halt so manches durch den Kopf. Lass uns nach der Feier darüber sprechen. Das hat keine Eile. Also dann, danke erst mal für deine Hilfe. Ich gehe jetzt nach oben. Schlaf gut!"

„Du auch, bis morgen!" Ute verabschiedete sich und grübelte auf dem Weg zum Gärtnerhaus noch, worüber Riccarda wohl nachdachte.

Ein Windhauch umfing sie und fasziniert lauschte sie dem Flüstern der Blätter im Park. Moritz erwartete sie schon sehnsüchtig. Ute machte sich nur ein Schnittlauchbrot, schenkte sich ein Hefeweißbier ein und ging bald ins Bett. Sie freute sich sehr auf morgen und war auch etwas aufgeregt, ob alles funktionieren würde. Diesmal sollten viele Kameradinnen kommen, die sie jahrelang nicht gesehen hatte. Besonders gespannt war sie auf Gerlinde und Ursula. Irgendwann fiel sie schließlich in einen unruhigen Schlaf.

Klassentreffen in der Villa

Samstagmorgen, sieben Uhr. Riccarda, Ute und Maria waren auf den Beinen. Sie hatten sich zum Frühstück in der Villa getroffen. Maria musste noch zwei Kuchen backen, Ute die Joghurt-Fruchtschichtcreme zubereiten. Riccarda wollte sich um die Tischdekoration kümmern, sobald die Gartenmöbel angeliefert waren. Verena und Michael hatten sich für zehn Uhr angekündigt. Jede machte sich an die Arbeit. Ute und Maria gingen in die Küche, Riccarda holte die Rosenschere und schnitt im Park die Blumen für die Arrangements. Das Wetter ließ sie nicht im Stich, wie bestellt strahlte die Sonne schon am Vormittag. Wenige Federwolken bewegten sich am blauen Himmel wie Wattebäuschchen ganz langsam Richtung Osten.

Pünktlich brachten Verena und Michael die Gartenmöbel, den Gas-Grill und das Geschirr. Riccarda begann mit dem Eindecken, stellte Blumen und Kerzen auf die Tische und legte die Getränkeflaschen in den Kühlschrank. Sie hatten Prosecco bestellt, Chardonnay, Merlot und einen Pinot Noir, außerdem Campari, Aperol, Ramazzotti, Grappa und Fruchtsäfte für alkoholfreie Cocktails.

Utes Dessert war fertig. Sie kam zum Polieren der Gläser und des Bestecks dazu.

Verena verabschiedete sich mit den Worten:

„Ich bereite bei uns in der Küche die Vorspeisen zu und bin um zwei Uhr wieder zurück, wenn die ersten Gäste kommen. Michael bringt dann gegen fünf die Zutaten für den Grill. Also, bis später!"

Die Kuchen kühlten gerade aus. Maria kam in den Garten um nachzufragen, ob sie helfen könne.

„Nein danke, mach mal eine Pause. Du wirst später noch genug zu tun bekommen", meinte Riccarda und faltete die Servietten zu schönen Fächern. Maria setzte sich kurz dazu und bewunderte die Blumenarrangements, die die Gastgeberin gesteckt hatte. Inzwischen war es Mittag geworden. Noch zwei Stunden, bis die ersten Gäste erwartet würden. Ute hatte sich ins Gärtnerhaus zurückgezogen, um die Speisenkarten zu schreiben und zuzuschneiden. Sie wollte sie in Riccardas Büro noch laminieren, damit sie in den Aufstellern nicht umkippten. Maria war in der Küche zugange, glasierte den Gugelhupf und überzog den Wiener Nusskuchen mit der erwärmten Kuvertüre. Der Streuselkuchen bekam einen Hauch Puderzucker aufgestäubt, den Obstkuchen vom Blech schnitt sie in Rechtecke, die Windbeutel füllte sie mit Vanillesahne aus dem Spritzbeutel. Maria brachte alles in den kühlen Vorratsraum und machte sich frisch. Das taten auch die anderen beiden.

Kurz vor zwei Uhr klingelte Gustav in Begleitung von Vroni. Als erstes begrüßte er Moritz, der vorne an der Gartenpforte interessiert wartete, da er bei der allgemeinen Hektik spürte, dass etwas in der Luft liegt. Der Kater genoss die Zuneigung laut hörbar mit einem anhaltenden Schnurren. Ute schickte die beiden in den Südpark: „Ihr kennt ja den Weg!"

Sie selbst wartete am Tor auf die anderen Besucher. Als nächstes parkte Jutta ihren Wagen, in dem auch Ilse und Rita gefahren waren. Mit großem Hallo begrüßten sich die Schulfreundinnen. Ute führte sie durch den Garten und übergab sie Riccardas Obhut. „Herzlich willkommen!", begrüßte diese die eingetroffenen Gäste und bot ihnen einen Platz an. Ute ging wieder zurück zum Eingang.

Die Nächsten, die schon an der Pforte warteten, waren Herta mit ihrem Ehemann Peter, Angela und Frank, sowie Petra und Rüdiger und Gabi mit Werner. Auch Verena fuhr gerade mit ihrem Transporter vor und lieferte die Vorspeisen an. Nach kurzer Begrüßung und Vorstellung boten die Männer sofort an, ihr die Servierplatten abzunehmen. So gingen sie im Gänsemarsch in den Südpark. Ute schloss das Tor und folgte der Prozession, denn die noch fehlenden Gäste aus dem Norden und München hatten angekündigt, später zu kommen. Verena ließ die Speisen in die Galerie bringen. Nachdem sich alle begrüßt und die Mädels ihre Männer vorgestellt hatten, gab Riccarda die Anweisung: "Ute, bitte öffne den Prosecco."

„Nichts lieber als das!"

Als jeder ein Glas in Händen hielt, ergriff Riccarda das Wort: „Ich heiße euch alle ganz herzlich willkommen und freue mich, dass wirklich alle gekommen sind, die sich angemeldet haben. Etwas später erwarten wir noch die Ursula aus Oldenburg, die Gerlinde mit ihrem Mann Hans und die Claudia mit ihrem Partner. Ich denke, hier ist eine gute Location für unser Klassentreffen, besser als in einem Bistro, und der Petrus da oben belohnt uns mit einem Super-Wetter. Im Vorfeld möchte ich schon mal ein herzliches Dankeschön aussprechen an meine Helferinnen, Maria – meine Perle, Ute und Verena, die mich bei den Vorbereitungen so toll unterstützt haben. Das gilt ebenso für Jutta, die die Einladungen gestaltet und verschickt hat. Also lasst uns anstoßen auf unser Wiedersehen. Ich wünsche uns allen einen schönen Tag und erhebe mein Glas. Zum Wohlsein."

Das helle Klingen der Gläser erfüllte den Garten und belebte den sonst so ruhigen Park. Nach kurzer Zeit bildeten sich kleine Grüppchen, die sich dann angeregt unterhielten.

Riccarda verkündete: „In einer Stunde wird die Kaffeetafel eröffnet." Anschließend ging sie von Gruppe zu Gruppe und stellte Gustav vor, den ja außer Ute und Vroni niemand kannte. So lernte sie auch die Herren kennen, die erstmals mit ihren Frauen dem Klassentreffen beiwohnten.

Angela war wie immer modern gekleidet. Perfekt frisiert und geschminkt sah man ihr Alter nur an ein paar Falten am Hals, der mit einer Süßwasserperlenkette dekoriert war. Ihr Mann Frank war eine stattliche Erscheinung, groß, gut gebaut und trotzdem schlank. Die dunklen, vollen Haare waren nur mit wenig silbernen Strähnen durchzogen. Ein schönes Paar, die beiden. Gerade vom Golfurlaub in Dubai zurück, empfanden sie das Sommerwetter bei uns als angenehm.

„Das Geschäft in der IT- Branche läuft gut und wir können schöne Golfplätze besuchen. Um unsere Hunde und Katzen kümmert sich in dieser Zeit unsere Haushälterin. Du, Riccarda, hast ja wohl mit Maria auch eine unbezahlbare Hilfe im Haus", stellte Angela fest.

„Das ist wohl wahr. Sie ist schon lange in unserer Familie und hat sich bis zum Schluss rührend um meine Eltern gekümmert und natürlich auch um mich. Ohne sie hätte ich das alles nicht geschafft und mich meinem Beruf widmen können. Die Arbeit macht mir immer noch Freude, obwohl ich jetzt auch nur noch in Teilzeit tätig bin. Die letzte Ausstellung im Textilmuseum war ein großer Erfolg. Jutta, du hast sie ja auch besucht."

„Das stimmt. Es war beeindruckend. Dafür hast du ein ausgesprochen gutes Händchen, Riccarda, das muss man dir lassen. Und ich als Galeristin kann das beurteilen", erwiderte Jutta. Sie hatte diesmal für ihre Kleidung zwei Farben ausgewählt, weiß und türkis. Um die Schultern hing dekorativ ein Pashmina-Tuch aus Seide. Mit ihrer immer noch dichten silbergrauen Haarpracht, die wie früher schon als kurzer Bob exakt geschnitten war und den leicht mandelförmigen, weit auseinanderstehenden rehbraunen Augen, machte sie einen rassigen Eindruck. Diesen unterstrich eine silberne Brosche mit einem Stein aus Türkis, der das Tuch zusammenhielt. Sie erzählte, dass es ihr gut ginge, den Kindern auch, und die Galerie ganz gut laufe.

Riccarda ging weiter zur nächsten Gruppe, die sich angeregt unterhielt. Viele hatten sich jahrelang nicht gesehen. Darunter war auch Herta, die Allgemeinmedizinerin, mit ihrem Mann Peter, der wie sie im Klinikum arbeitete, jedoch in der Medizintechnik. Die beiden hatten keine Kinder. Herta war erst vor einem Monat aus Tansania zurückgekommen. Ihr Engagement bei der Organisation Ärzte ohne Grenzen war vorbildlich. Hauptsächlich kümmerte sie sich um Waisen. Die Krankenstation, die an ein Kinderheim angegliedert war, hatte sie vor über vier Jahren mit aufgebaut und verbrachte dort jedes Jahr mindestens drei Wochen des Jahresurlaubs. Da ihr Mann Peter gerne zum Hochseefischen nach Skandinavien fuhr, funktionierte diese Ferienplanung perfekt. Den Winterurlaub verbrachten sie dann gemeinsam in den Bergen. Die beiden waren sportlich gekleidet in Designerjeans, Poloshirts und flachen Leder-Schnürern. Herta war immer schon recht burschikos gewesen und hatte nicht gerade typisch weibliche Züge. Der Kurzhaarschnitt, die funktionelle Armbanduhr und der glatte Ehering waren der einzige Schmuck, den sie trug. Dasselbe galt auch für Peter.

„Wenn du die Kinder in Afrika erlebst, wirst du demütig! An den Luxus, den wir hier in Deutschland haben, muss ich mich erst wieder gewöhnen. So ganz angekommen bin ich noch nicht", stellte Herta fest. Ihr Peter nickte dazu.

Vroni erzählte von ihrer Tätigkeit im Krankenhaus, der Umschulung zur Altenpflegerin und ihrem
Einzug in die Villa. Gerade jetzt kam ihr Sohn Maximilian aus Köln angereist, der auch eingeladen war.
Stolz stellte sie ihn der Gesellschaft vor.

Gabi stand mit ihrem Gatten Werner in der
Gruppe zusammen.

„Die Beschäftigung mit behinderten Kindern und
den kleinen Erfolgen gibt mir viel", sagte sie. „Unsere eigenen Kinder sind gesund. Alle drei haben einen Beruf gefunden, in dem sie aufgehen. Was will
man mehr. Mein Mann ist Rektor an der Sonderschule, hat aber bald sein Pensionsalter erreicht. Das
Haus ist abbezahlt, wir sind zufrieden und wollen
später einige größere Reisen unternehmen. Darauf
freuen wir uns schon heute." Sie war klassisch elegant angezogen in einem beigen Mantelkleid mit
doppelreihiger Knopfleiste, dunkelbraunen Pumps
mit Fersenriemchen und trug eine dunkelbraune
Clutch aus feinem Wildleder bei sich. Goldkette und
Armreif waren der ganze Schmuck. Werner stand dabei im beigen Sommeranzug, schwarzem Hemd und
gemusterter Krawatte. Er sprach nicht gerade viel,
hörte aber zu.

Birgit erzählte von ihrem Besuch bei der Tochter
in der Dauphiné während der Pfingstferien.

Als Lehrerin war sie immer noch mit Leib und
Seele dabei, genauso wie ihr Mann Martin.

„Als Gastgeschenk habe ich dir Bio-Ziegenkäse von meiner Tochter aus Frankreich mitgebracht. Ich hoffe, du magst ihn. Dazu ein Glas Feigensenf, auch von ihr."

Riccarda bedankte sich.

„Das ist ja vielleicht eine Überraschung. Maria, sei so nett und bringe den Käse nach drinnen."

Birgit hatte noch immer die lustigen Sommersprossen auf der Nase, die die französische Sonne wohl noch etwas vermehrt hatte. Die zart karierte Bluse zur dunklen Baumwollhose und die flachen Römersandalen unterstrichen gekonnt ihren Typ. Auch Martin schien Humor zu haben. Er beteiligte sich an den Gesprächen.

Ilse hörte gespannt den Urlaubserzählungen von Birgit zu.

„Wie geht es deiner Tochter Karin in Brüssel?", erkundigte sich die Freundin.

„Ganz ausgezeichnet. Sie bewohnt ein nettes Appartement in der Innenstadt, kann zu Fuß ins Büro und hat in der Zwischenzeit einen kleinen Freundeskreis aufgebaut. Ich freue mich schon auf ihren nächsten Besuch. Bei mir ist alles beim Alten. Ich bin zufrieden, wie es ist", erwiderte Ilse. Sie trug noch immer den Ehering.

Rita, die Modistin, stand daneben und hörte gespannt zu. Auch sie hatte ein tolles Outfit aus dem Schrank gepflückt: Klatschmohnrote Kombination aus Marlene-Hose und kurzärmeligem Blazer, dazu ein Top in schwarz-weiß. Das Brillengestell ebenfalls rot, die Haare ebenso gesträhnt. Sie erzählte davon, dass sie fast nicht am Klassentreffen hätte teilnehmen können, da sie bis zur Generalprobe einen größeren Auftrag fertigstellen muss. Für ein Musical hatte das Theater Hüte und Kopfbedeckungen bestellt.

„Das Klassentreffen wollte ich mir dann doch nicht entgehen lassen. Mit einigen Nachtschichten werde ich die Arbeit schaffen. Petra, schön, dass du diesmal auch dabei bist. Was macht das Immobiliengeschäft?", fragte sie ihre Banknachbarin aus der zehnten Klasse.

„Wir sind sehr zufrieden. Mein Partner Rüdiger kümmert sich hauptsächlich um das Geschäft im Inland, ich bin für das Ausland zuständig und daher viel unterwegs. Mir ging es aber wie Rita, diesmal wollte ich unbedingt dabei sein. Letzte Woche war ich mal wieder auf Rhodos. Die Ferienanlage ist ein Traum und sehr gut verkauft, bzw. vermietet, trotz der finanziellen Situation des griechischen Staates. Auch das neue Hotel Bella Spiaggia mit neuem Spa-Bereich auf Sardinien wurde gut angenommen. Die ganze Ferienanlage dort ist ein Traum und wird von betuchten Familien gebucht. Meine Fremdsprachenkenntnisse helfen mir unheimlich bei den Verhandlungen. Als Schülerin erkennt man die Wichtigkeit der Sprachen gar nicht."

Petra trug immer noch den Pagenschnitt, der ihr schmales Gesicht mit der olivfarbenen Haut fast erdrückte. Die zierliche Figur erlaubte ihr, Designermode aus Milano zu tragen, wie sie auf Riccardas

Frage erklärte. Zwei Tage auf der Shoppingmeile mussten sein, meinte sie. Auch Rüdigers leichter Sommeranzug stammte aus Italien. Ebenfalls sonnengebräunt wie Petra gaben sie ein schönes Paar ab.

*

Die Glocke der nahen Jakobskirche verkündete die Zeit: fünfzehn Uhr. Riccarda rief die Gesellschaft zum Kaffee. Maria hatte in der Zwischenzeit mit Ute das Kuchenbuffet in der Galerie aufgebaut, Verena erfüllte die verschiedenen Kaffeewünsche. Großes Lob kam von allen Seiten für die hervorragende Patisserie, wie man die Tortenauswahl durchaus nennen konnte. Manche gingen mehrmals zum Buffet, um zu probieren. Die Tische waren fast alle besetzt, als endlich Claudia und Hubertus aus München eintrafen.

„Sorry, der Stau auf der Autobahn war nicht vorauszusehen. Man rechnet eher damit Richtung Salzburg, aber nicht nach Augsburg. Aber jetzt sind wir da. Darf ich euch vorstellen, Hubertus, mein Partner."

„Herzlich willkommen! Sucht euch einen Platz. Ihr kommt gerade rechtzeitig. Soeben haben wir das Kuchenbuffet eröffnet. Bitte bedient euch!", begrüßte Riccarda die neuen Gäste.

Claudia hatte sich in ein duftiges, wadenlanges Sommerkleid in Blautönen geworfen und um den Hals flatterte ein Seidenschal und eine große Sonnenbrille saß auf der Nase. Hubertus erschien in einem Outfit aus einer Edelherrenboutique in München. Er war etwas kleiner als Claudia. Böse Zungen würden behaupten, sie würde wegen ihm keine hohen Schuhe tragen. Mit dem Goldschmuck hatte er etwas dick aufgetragen, weniger wäre mehr gewesen. Wie sich später herausstellte, war Claudia vor zwei Jahren von ihrem Mann geschieden worden. Er hatte sich mit einem Teil des Vermögens und einer jungen Mitarbeiterin ins Ausland abgesetzt. Unter großen Anstrengungen konnte Claudia das Antiquitätengeschäft weiterführen, sogar vergrößern. Hubertus hatte sie bei einer Auktion kennengelernt. Er kannte sich in dieser Branche bestens aus und brachte hervorragende Kontakte mit. Sie bot ihm schließlich die Partnerschaft in ihrer Firma an. Der Altersunterschied von acht Jahren machte ihr zu schaffen. Für einen jüngeren Mann wollte sie attraktiv aussehen. Also hatte sie sich einer Runderneuerung unterzogen, wie sie es nannte. Ihr Leben lang hatte sie dem Nikotin zugesprochen, doch inzwischen wollte sie nicht mehr wie ein geräucherter Dinosaurier vor sich hin knittern. Das volle Programm war angesagt. Für Fettabsaugung an den Oberschenkeln, Schildkrötenhals liften lassen, die Augenlidstraffung und Tränensäcke retuschieren, daher die Sonnenbrille mit stubenfliegenaugengroßen dunklen Gläsern, hatte sie dem Chirurgen einige Tausend Euro hingeblättert. Die Narben waren noch nicht ganz verheilt. Lange hatte sie überlegt, das Treffen abzusagen. Nachdem die Geschichte jetzt endlich raus war, nahm sie später zum Abendessen erleichtert die Brille ab. Ihre

Offenheit, gleich die Operation anzusprechen, bevor getuschelt wurde, kam allgemein gut an. Jede freute sich, dass sie trotzdem gekommen war.

In der Zwischenzeit war auch Michael eingetroffen, wurde von der Gastgeberin vorgestellt und schickte sich an, den Gas-Grill in Gang zu bringen. Er stellte ihn so auf, dass der leichte Westwind, der aufgekommen war, den Rauch nicht zu den Tischen trieb. Verena und Maria trugen die Reste der Kuchenauswahl in die Küche zurück und brachten die Vorspeisen und Grillzutaten in die Galerie.

Endlich trafen die letzten Gäste ein. Gerlinde und ihr Mann Hans hatten mit Ursula einen Treffpunkt am Autobahndreieck Walsrode nördlich von Hannover ausgemacht und dann eine Fahrgemeinschaft gebildet. Nun führte Ute die Besucher durch den Garten in den Südpark. Beeindruckt von dem schönen Anwesen betraten sie die Terrasse.

Riccarda begrüßte sie herzlich und machte sie mit den Anwesenden bekannt.

„Was darf ich euch anbieten nach der langen Autofahrt: Prosecco, Fruchtcocktail, Wasser, Espresso?"

„Ein kühler Prosecco ist genau das Richtige, was meinst du, Ursula?", fragte Gerlinde.

„Der Meinung bin ich zwar auch, ich hätte lieber ein Mineralwasser gegen den Durst. Lasst uns anstoßen auf unser erstes Treffen nach dem Abi."

„Habt ihr hier im Süden auch ein kaltes Bier?",
wollte Hans wissen und musste über seine Frage
selbst herzlich lachen.

„Stell dir vor, in Augsburg haben wir sogar eigene
Brauereien! Was sagst du nun? Halte dich an Gustav,
der zapft dir ein frisches Glas."

Die drei Nordlichter verdrängten die Müdigkeit
der Anreise.

Ursula hatte sich nicht sehr verändert und ihre
zierliche Figur und das mädchenhafte Aussehen be-
wahrt, trug praktische Kleidung, Jeans, Streifenbluse
und locker um die Schulter geknoteten marine-
blauen Pulli zu Sportschuhen. Das einzig richtig
teure Accessoire war eine wunderschöne Armbanduhr von Cartier. Ihr Übersetzungsbüro lief gut. Sie
konnte sich ihre Zeit frei einteilen und genoss dies
auch. Wegen einer wichtigen Fachmesse im Ausland
war es ihrem Mann nicht möglich, sie zu begleiten,
erklärte sie sein Fernbleiben.

Gerlinde war immer noch sehr schlank. In der
Schule war sie eine der Größten und wusste sich zu
behaupten. Ihre beiden älteren Brüder nahmen sie
immer zum Spielen mit, und sie wurde wie ihresgleichen behandelt. Die knabenhafte Figur steckte in
praktischer Freizeitkleidung. Um den Hals baumelte
eine Gliederkette mit einem Anker. Ungeschminkt
und vom Seewind gegerbt war sie authentisch, wie
ihr Mann. Hans war ebenfalls hager, groß und
schlaksig. Semmelblonder störrischer Haarschopf,
hellblaue Augen, markante Nase, kräftige Arme, das
alles machte ihn unübersehbar.

Barfuß steckten seine großen Füße in Seglerschuhen. Schnell merkte man, dass er viel Humor hatte. Zugegeben, nicht jedes Wort war zu verstehen, wenn er in seinem norddeutschen Dialekt loslegte. Trotzdem hielten sich an seinem Tisch die meisten Lacher. Gerlinde erzählte von ihrer Gästepension in dem Ort Haffkrug an der Ostsee zwischen Neustadt und Timmendorfer Strand gelegen, ihren beiden Kindern, die für die zwei Tage einspringen mussten. Aus dem Hobby ihres Mannes war eine Geschäftsidee geworden und aus zunächst mit nur einem Boot war langsam eine Segelschule gewachsen, die nicht nur ihre Hausgäste gerne in Anspruch nahmen.

Gerlinde erinnerte sich:

„Unser Sohn Hans sparte eisern für einen Ten Cate. Mit dem Windsurfen fing seine Leidenschaft für den Wassersport an. Schnell machte er sich in der Szene einen Namen. Den Segelschein und den Sportbootführerschein hatte er bald in der Tasche."

„Oft ging er als Sieger bei Regatten hervor", ergänzte Vater Hans stolz. „Gelernt hatte er Tischler oder Schreiner, wie man bei euch sagt. Schnell verstand er es jedoch, wie man Surfboards herstellt und versuchte sich auch an Eisseglern. Bis der erste Bootsrumpf entstand, war abzusehen. Wir erkannten das Talent. Als das Nachbargrundstück zum Verkauf stand, griffen wir zu, bauten eine Bootshalle und eine Werkstatt. Der Grundstock für die Segel- und Surfschule war gelegt. Das Angestelltenverhältnis in der Tischlerei gab er auf und widmete sich seinem eigenen Geschäft."

Gerlinde berichtete genauso enthusiastisch über die Tochter Silke. Sie ist ausgebildete Masseurin und war zunächst in einer Rehaklinik angestellt. Ihr Interesse an den Lehren Asiens brachte sie zu weiteren Ausbildungen. An der Volkshochschule gibt sie Kurse in Yoga, Tai-Chi, Qigong und hilft bei der Berufsberatung an Schulen, den Beruf im Gesundheitsbereich Jugendlichen zu erklären und sie dafür zu begeistern.

„So meine Lieben, ich denke, wir sollten langsam in der Galerie die Vorspeisen auszusuchen. Danach bitte ich euch, bei Michael die Wünsche für den Grill anzumelden. Die Auswahl findet ihr auf den Speisenkarten, die Ute so perfekt gestaltet hat. Danke dafür. Also, los gehts!", ermunterte Riccarda ihre Gäste.

Gespannt begab sich die Gruppe in den geschmackvoll gestalteten ehemaligen Abstellraum. Die indirekte Beleuchtung goss warmes Licht auf das wunderbar aufgebaute Buffet. Jeder bediente sich und suchte sich auf dem Rückweg in den Garten aus, was Michael grillen sollte, und nahm wieder am Tisch Platz. Die Gespräche verstummten, ein Zeichen dafür, dass es gut schmecken musste. Verena ging mit dem Chardonnay von Tisch zu Tisch und schenkte nach. Die Antipasti wurden allgemein gelobt. Vom Grill her sandten die Fleischstücke ihre Lockstoffe aus, die Michael in unterschiedliche Marinaden eingelegt hatte. Jedes Stück war würzig, mürbe und butterzart. Die Gäste holten sich, was sie vorher bestellt hatten, und genossen die hervorragend zubereiteten Speisen. Auch Maiskolben und Ofenkartoffeln schmeckten gut zu verschiedenen Dips. Einige der Gäste gingen zum Rotwein über, der gut dekantiert war. Die Gespräche entwickelten sich wieder, Lachen erfüllte den Park. Langsam dämmerte es. Gustav entzündete die Gartenfackeln und die Teelichter auf den Tischen. Riccarda und Ute gingen von Tisch zu Tisch und unterhielten sich angeregt abwechselnd mit ihren Gästen. Sie erfuhren viel über die jeweiligen Lebensgeschichten, die ganz unterschiedlich verlaufen waren. Die Zeit verging viel zu schnell. Maria machte die Runde mit einem Tablett Espresso und bot auch Amaro mit Zitrone und Eis, Grappa Stravecchia und Pastis mit Wasser an.

„Wie wird denn das Finanzielle geregelt?", fragte Claudia, als die Gastgeberin an ihrem Tisch verweilte.

„Ganz einfach. Am Buffet steht ein bemaltes blaues Sparschwein. Da soll jeder das reinstecken, was es ihm wert war."

„Das nenne ich mal eine gute Idee. Hubertus, wollen wir dann langsam aufbrechen? Weißt du, Riccarda, morgen ist in München eine Verkaufsausstellung mit Gold und Silber aus Asien. Vielleicht kann ich einige Stücke für unser Geschäft entdecken. Dafür sollten wir bei den ersten Besuchern sein."

„Das verstehe ich gut. Ich möchte dir auch gerne ein Angebot machen."

„Ja?", fragte Claudia erstaunt.

„Der ehemalige Abstellraum, indem wir das Buffet aufgebaut haben, soll in Zukunft eine würdigere Bestimmung bekommen. Dort möchte ich Ausstellungen abhalten. Gut könnte ich mir vorstellen, dass du einen Antiquitätenmarkt organisierst mit Schmuck, Uhren und Porzellan. Diese Dinge wären einfach von München zu transportieren und dem Augsburger Publikum anzubieten. Ich plane zwei Veranstaltungen im Jahr, Ende Oktober, also vor Weihnachten und vielleicht im Mai. Denke mal darüber nach. Also, dann bedanke ich mich für euren Besuch und wünsche eine gute Heimfahrt", verabschiedete sie sich und wandte sich an Ute:

"Begleitest du die beiden bitte zum Tor?"

„Aber sicher."

Claudia und Hubertus verabschiedeten sich von allen, fütterten das Sparschwein mit zwei großzügigen Scheinen und schlossen sich Ute an. Gustav hatte den Kiesweg zum Ausgang beidseitig mit Solarzellen bestückten LED-Leuchten begrenzt, die jetzt ihr Licht über die Steine gossen. Moritz erkannte Ute aus der Ferne und lief ihr freudig entgegen. Ihm waren es heute eindeutig zu viele Leute gewesen. Er hatte sich bisher auf die Terrasse des Gärtnerhauses zurückgezogen.

„Darf ich vorstellen, das ist Moritz, mein Mitbewohner. Ich habe ihn mit der Wohnung übernommen. Na, komm her und lass dich streicheln." Erhobenen Hauptes empfing er wohlwollend das Kraulen, für das an diesem Tag eindeutig zu wenig Zeit gewesen war.

„Ute, vielen Dank für alles. Es war ein wunderschöner Tag bei euch und das Wiedersehen nach so langer Zeit mit den Mädels eine echte Bereicherung! Ich bereue es, dass ich an den letzten Klassentreffen nie teilgenommen habe. Mit einem Geschäft hat man halt immer eine Ausrede. Das werde ich ändern."

Ute nickte zustimmend. „Kommt gut heim und lasst von euch mal wieder hören!"

Mit diesen Worten verabschiedete sie sich und ging zurück in den Südpark.

Michael war damit beschäftigt, den Grill für den Rücktransport herzurichten. Verena verstaute das gebrauchte Geschirr in den Kisten, ohne dass das von den Gästen als Wink mit dem Zaunpfahl zum Aufbruch verstanden werden konnte. Maria machte kleine Care-Pakete aus den Resten vom Buffet und den Kuchen, wovon sich jeder Besucher bedienen konnte.

Gustav war der Nächste, der sich verabschiedete. Vroni bot sich an, ihn zum Seniorenstift zu begleiten. „Ein kleiner Abendspaziergang tut uns beiden gut nach dem üppigen Essen, meinst du nicht?"

„Da hast du Recht. Ich bin trotzdem jetzt ganz schön müde. Nett von dir, dass du mir Gesellschaft leistest", erwiderte Gustav und warf seinen Obolus ins Sparschwein.

Ursula, Gerlinde und Hans kämpften ebenfalls mit der Müdigkeit. Kein Wunder, sie waren früh aufgebrochen und hatten die lange Anreise hinter sich.

Riccarda lud diese zum Sonntagsfrühstück ein, wenn sie sich vor der Rückfahrt nochmal stärken wollten. Sie verabredeten sich für neun Uhr. Verena packte alles, was nicht mehr gebraucht wurde, in den Lieferwagen und fuhr zum Gasthof voraus, wo für die Übernachtungsgäste die Zimmer hergerichtet waren.

Danach wandte sich Riccarda an Rita: „Komm doch mit mir in die Galerie. Ich würde gerne etwas mit dir besprechen."

„Gerne, was gibt es denn?"

„Auch dir möchte ich anbieten, hier in diesem Raum deine Hutkreationen auszustellen. Das Ambiente wäre ein passender Rahmen. Leute kennen wir genug, und ich könnte mir vorstellen, dass du damit an neue Kunden kommst. Vielleicht wäre eine Kombination mit Schmuck denkbar, falls Claudia mitmacht."

„Eine geniale Idee. Mein Laden wird bald zu klein für die vielen Modelle. Darauf komme ich gerne zurück. Danke für das Angebot und den wundervollen Abend. Schön, dass wir uns diesmal bei euch treffen konnten. Das ist doch ganz anders als in einem Bistro. Ich mache jetzt meine Runde und verabschiede mich von denen, die noch da sind."

„Tu das, Rita. Danke für dein Kommen und bis bald."

*

Wie wenn jemand das Zeichen zum Aufbruch gegeben hätte, lösten sich die Tischgemeinschaften auf und drängten zum Gehen. Ute hatte eine Gästeliste neben das Sparschwein gelegt und darum gebeten, dass jeder seine Telefonnummern und E-Mail-Adresse überprüfen sollte, beziehungsweise korrigieren. Zuverlässig wurde dieser Bitte entsprochen. Gemeinsam begleiteten Ute und Riccarda die Besucher zum Ausgang. Maria war schon nach oben gegangen. Maximilian half Michael beim Abräumen und Zusammenstellen von Tischen und Stühlen. Als Vroni zurückkam, setzte sich die kleine Gruppe noch zusammen auf ein Glas Wein und ließ den Tag ausklingen.

„Ich danke euch für die Mithilfe", begann Riccarda. „Es war ein rundum gelungenes Klassentreffen und alle hatten ihren Spaß gehabt. Besonders gefreut habe ich mich über die Gäste, die eine wirklich weite Anreise in Kauf genommen hatten. Schön zu wissen, dass von unserem Jahrgang doch noch so viele zusammenfinden. Sehen wir uns morgen um neun Uhr hier zum Frühstück?"

„Gerne. Also dann, gute Nacht!", erklang es von allen Seiten. Der harte Kern löste sich auf und jeder ging seines Weges. Moritz erwartete Ute schon und begleitete sie zum Gärtnerhaus. Er verlangte noch ein Betthupferl, bevor er sich wieder zu seiner nächtlichen Erkundungstour begab. Trotz der Müdigkeit konnte sie wegen der vielen Eindrücke des Tages nicht gleich einschlafen und dachte über so manches Gespräch nach.

Auch mit Ursula, die sie so lange nicht gesehen hatte, konnte sie sich lange austauschen. Es muss nach zwei Uhr Frühmorgens gewesen sein, denn die Uhr der nahen Jakobskirche verkündete die volle Stunde, überfiel sie dann doch der Schlaf.

Nachlese

Am Sonntag war Maria die Erste auf den Beinen. Sie deckte draußen den Frühstückstisch ein. Das schöne Wetter ließ sie auch an diesem Tag nicht im Stich. Die Sonnenstrahlen hatten sich bereits den Weg durch die Blätter der Bäume gebahnt und manche Tautropfen im Spinnennetz glitzerten wie Strasssteine. Das noch feuchte Gras reflektierte ebenfalls die Helligkeit und tauchte den Park in eine besondere Stimmung. Die Ruhe am Morgen liebte Maria besonders. Außer dem Tschilpen der Spatzen und dem Lied der Amsel war die Stadt noch ruhig. Nur das Quietschen der Straßenbahn war zu hören, wenn sie um die langgezogene Kurve fuhr, wie eben.

Ute kam mit einem Korb voll frischer Backwaren, die sie beim Bäcker geholt hatte.

„Guten Morgen, Maria! Hast du gut geschlafen?", begrüßte sie die gute Fee des Hauses.

„Ute, guten Morgen. Ja, danke der Nachfrage. Ich war gestern Abend wirklich müde. Bin halt doch nicht mehr die Jüngste. Aber schön war es. Fast wie in alten Zeiten, wo die Herrschaften noch so manches Fest gegeben hatten. Hast du alles bekommen?"

„Ja, schau her, Brezen, Semmeln, Körnergebäck, Croissants, Plunder, wie bestellt. Ich hole den Rest aus der Küche." Ute verschwand auch schon und kehrte nach kurzer Zeit mit einem voll beladenen Tablett zurück.

„Ihr seid ja schon fleißig!", stellte Riccarda fest. „Einen schönen guten Morgen. Maximilian holt bereits die Frühstücksgäste vom Tor ab. Ich schalte mal den Espressoautomaten ein und den Wasserkocher. Na, da sind sie ja! Hallo! Hattet ihr eine gute Nacht?"

„Danke, ich habe geschlafen wie ein Stein", erwiderte Ursula.

„Wir auch, Hans und ich waren ordentlich müde nach dem langen Tag. Aber, er hat sich gelohnt. So viel Spaß hatten wir lange nicht mehr. Es war unterhaltend, mit den Schulkameradinnen die alten Zeiten wieder aufleben zu lassen."

„Das freut mich. Nun bedient euch am Frühstücksbuffet und nehmt im Garten Platz. Es ist alles vorbereitet", forderte Riccarda auf.

„Oh, Brezen! Bei uns im Norden gibt's die zwar auch, aber sie schmecken nicht so gut wie hier. Ihr habt sogar Friesentee besorgt? Wie aufmerksam!", stellte Gerlinde fest und nahm sich welchen mit „Wölkchen", wie man den Löffel flüssige Sahne dazu nennt.

„Hans, probiere mal eine Breze, am besten nur mit Butter. Na, was sagst du? Köstlich, oder?"

„Stimmt, die ist besser als bei uns an der Küste", pflichtete Hans anerkennend bei. „Daran könnte ich mich gewöhnen."

Jeder langte ordentlich zu. Gegen zehn Uhr war allgemeiner Aufbruch. Die Nordlichter hatten ja noch einen langen Heimweg vor sich. Gerlinde sprach an alle Anwesenden eine Einladung in ihr Gästeheim aus, falls mal jemand an die Ostsee kommen wollte. Ursula bedankte sich ebenfalls für die prima Organisation des Festes und umarmte Ute ganz besonders intensiv:

„Ich schreib dir mal wieder!" Gemeinsam begleiteten sie die drei zum Tor und verabschiedeten sich herzlich.

Verena und Michael verluden die Gartenmöbel, den Grill und das restliche Geschirr in den Lieferwagen, Maria und Vroni verschwanden in der Küche, um das Mittagessen zuzubereiten. Maximilian wollte am frühen Nachmittag zurück nach Köln fahren. Riccarda räumte mit Ute die Kerzenleuchter, Tischdecken und Fackeln weg.

„Na, das war doch ein voller Erfolg, meinst du nicht? Eine bessere Location hätten wir gar nicht finden können", meinte Ute.

„Und Petrus hat mit dem prima Wetter mitgespielt. Ich habe das Gefühl, auch dir hat das alles Freude gemacht!"

„Das stimmt. Es hat alles gut geklappt und diesmal sind wirklich viele gekommen. Durch die Abwechslung habe ich meine Trauer um Johann etwas verdrängen können. Wenn jetzt mehr Ruhe einkehrt, wird er mir wieder sehr fehlen. Gut, dass Moritz bei mir wohnt. Er spürt das und kommt dann sofort zu mir auf den Schoß, um mich zu trösten. Wir verstehen uns ohne Worte und sind froh um einander. Du wirst auch glücklich sein, nicht ganz allein in der großen Villa zu leben. Trotzdem bedrückt dich etwas, wenn ich mich nicht irre. Willst du darüber sprechen?"

„Ja, aber nicht heute. Lass uns den Sonntag noch genießen", entgegnete Riccarda. „Ich komme auf dein Angebot gerne zurück." Ute sah in ihren Zügen ein leichtes Unbehagen, das sie jedoch nicht deuten konnte.

Maxi hatte bereits seine Reisetasche gepackt und brachte sie zum Auto.

„Ihr müsst ja eine lustige Clique in der Oberschule gewesen sein. So gut wie ihr euch nach Jahrzehnten noch versteht!", stellte er fest, als er zurückkam und sich zu Ute setzte.

„Das stimmt. Vielleicht lag es an der strengen Erziehung der Klosterfrauen, dass wir so zusammenhielten. Wir hatten wenige Freiheiten. Unsere zivilen Lehrerinnen waren zumindest weltoffener und brachten Abwechslung in den Unterricht. Besonders Frau Müller, unserer Turnlehrerin, war es zu verdanken, dass wir Theaterstücke einstudieren, am Faschingsdienstag zu moderner Musik aus dem Kassettenrekorder tanzen und ins Skilager fahren durften. Auch der Chor bei der Musiklehrkraft war gut. Unsere Frau Lütjens, die Kunsterziehung unterrichtete, las uns während der Doppelstunde beim Zeichnen und Malen immer Gruselgeschichten vor, die wir uns aussuchen durften. Im Ganzen gesehen war es eine schöne Schulzeit. Als ich nach der zehnten Klasse meine Lehre antreten musste, war es für mich eine gewaltige Umstellung, in einem Männerberuf Fuß zu fassen. Als einzige Frau, die bisher nur in Klöstern unterrichtet wurde, tat ich mich anfangs besonders in der Berufsschule schwer. Heute noch bin ich unserem ersten Klassleiter dankbar, dass er gleich zu Beginn des Lehrjahres klargestellt hat, dass ich dazugehöre, den gleichen Beruf erlerne wie alle andern und dass sie sich mir gegenüber entsprechend zu verhalten hätten. Schon wurde ich zur Klassensprecherin gewählt. Gestern war es interessant, von den damaligen Mitschülerinnen zu erfahren, wie es ihnen im Leben ergangen ist. Schade, dass das Wochenende vorbei ist, findest du nicht auch?"

„Das stimmt!", pflichtete Maxi bei. „Für mich ist es eine große Beruhigung, meine Mutter bei euch zu wissen. Sie hat sich so gut eingelebt. Die Arbeit bei den Senioren ist für sie sehr befriedigend. Es entspricht genau ihrem Naturell. Angenehm ist natürlich, dass dort nicht der Zeitdruck aufgebaut wird wie in anderen Einrichtungen, das Pflegepersonal gut ausgebildet ist und entsprechend entlohnt wird. Die Geschäftsleitung ist sehr menschlich und nicht nur am Profit orientiert. Mit Gustav hat sie sich angefreundet, was für ihn auch positiv ist und die Verbindung zu diesem Anwesen aufrechterhält. Dass du dich um den Garten kümmerst, ist ihm auch wichtig, denn sein Lebenswerk in andere Hände geben zu müssen, war für ihn nicht einfach."

„Das kann ich gut verstehen. Er erklärt mir viel und ich lerne unwahrscheinlich dazu. Früher hätte ich nicht gewusst, wie man Rosen richtig zurückschneidet und Obstbäume. Riccarda besorgt jetzt einen Aufsitzmäher, damit wir nur für die richtig schweren Arbeiten fremdes Personal brauchen. Ich freue mich schon darauf, in wenigen Stunden den Rasen perfekt schneiden zu können. Mein kleiner Gemüsegarten versorgt mich gut, frische Küchenkräuter habe ich immer zur Verfügung und das Gewächshaus hat natürlich im Frühjahr gute Dienste geleistet. Die Natur macht mir zusehends Freude. Die Möglichkeiten von Gemüseanbau und Blumenarrangements auf unserem Balkon der früheren Mietwohnung waren da natürlich eingeschränkt. Johann hätte das hier auch gut gefallen, da bin ich mir sicher."

„Schade, dass ich ihn nicht kennenlernen konnte", meinte Maximilian. „Ich bin jedes Mal froh, wenn ich heil in Köln ankomme, denn die Verkehrssituation wird immer schwieriger. Wie du mir erzählt hast, ist sein Unfall ja auch auf dieser Strecke passiert."

„Das stimmt. Hör mal, Maria ruft zum Essen!" Gerade rechtzeitig, bevor die traurige Erinnerung Ute einholen konnte, trafen sich alle zu Mittag. Die Gespräche lenkten sie wieder in die Gegenwart zurück.

Nach dem Espresso verabschiedete sich Maximilian. Er versprach seiner Mutter, anzurufen, wenn er in Köln angekommen war. Darauf bestand Vroni, sonst würde sie nicht einschlafen können.

*

Der Nachmittag gestaltete sich genauso spätsommerlich warm wie der am vergangenen Tag. Insekten flogen von Blüte zu Blüte, die Vögel, die im Park wohnten, schmetterten ihre Lieder, als wäre ein Wettbewerb ausgeschrieben worden und übertrafen sich fast selbst. Nachdem der Tisch abgeräumt war, verzog sich jeder in seinen Bereich. Müdigkeit hatte sich allgemein breitgemacht. Ute ging zurück ins Gärtnerhaus, holte sich ein Buch und stellte den Liegestuhl auf ihre Terrasse. Moritz gesellte sich hocherfreut dazu, sprang auf ihren Schoß und rollte sich schnurrend in Schlafstellung. Auch Ute kam in ihrem Buch nur um zwei Seiten weiter. Die Müdigkeit übermannte auch sie, das beruhigende Schnurren des Katers tat sein Übriges.

Erst der Schatten, der nach einiger Zeit auf ihr Gesicht fiel, ließ sie aufwachen. Ein leichtes Lüftchen umfing sie wie eine Umarmung. Wie lange hatte sie geschlafen? Erholt erhob sie sich, um die Gießkanne aus der Regentonne zu füllen und ihren abendlichen Rundgang anzutreten. Die Vogeltränke brauchte Wasser, denn dort bediente sich auch Moritz. Er wich nicht von ihrer Seite, wie wenn er ihr deutlich machen wollte, dass er in den letzten Tagen von ihr schwer vernachlässigt wurde. Na ja, und die vielen Leute war er in seinem Territorium auch nicht gewöhnt. Als älterer Herr hatte er es lieber gemütlich.

Neues Arbeitsgerät

Die Woche nach dem großen Klassentreffen begann mit Alltag: Montag war Müllabfuhr, das Spalier an bunten Abfalltonnen musste in Reih und Glied am Straßenrand aufgestellt werden. Riccarda war schon am frühen Morgen ins Museum gefahren, Maria hatte Waschtag und Ute erwartete die Lieferung des Aufsitzmähers. Gustav wollte gerne dabei zu sein, was Ute ganz recht war. Er war die Pünktlichkeit in Person. Gegen zehn Uhr sollte das Gartengerät abgeladen werden.

„Bin ich zu früh?", begrüßte er Ute.

„Nein, guten Morgen, Gustav. Schau doch, das müsste der Transporter sein. Ich öffne gleich mal das Gartentor, dann kann er mit dem Anhänger rückwärts reinstoßen und abladen."

Gustav winkte den Fahrer ein, der froh darüber war, denn ständig wollten Fußgänger noch hinter dem Anhänger durchschlüpfen. Nachdem die hintere Klappe abgelassen war, rollte der Fahrer den Mäher auf einer schrägen Rampe in den Garten.

„So, da wäre das gute Stück!", verkündete er. „Kann ich den Transporter inzwischen dort stehen lassen? Prima, dann werde ich Ihnen das Gerät mal erklären. Es ist einfacher zu bedienen als Sie denken."

Nach der Einführung drehte er eine kleine Runde auf dem Rasen, zeigte die Höhenverstellung des Messers und dessen Ausbau zum Reinigen.

„Haben Sie noch Fragen?", erkundigte er sich bei den beiden.

„Nein, im Moment nicht. Sie haben ja alles gut erklärt", stellte Ute fest, und Gustav nickte bestätigend.

„Wenn Sie mit etwas nicht klarkommen, rufen Sie ganz einfach bei uns an. Herr Möller, unser Werkstattleiter, ist jederzeit für Sie zu sprechen. So, nun bekomme ich noch eine Unterschrift auf dem Lieferschein und wünsche Ihnen viel Freude mit dem neuen Gartengerät! Wenn Sie zufrieden sind, empfehlen Sie uns bitte weiter." Mit diesen Worten verabschiedete sich der Fahrer und bedankte sich für das Trinkgeld, mit dem Ute nicht knauserig war.

„Gustav, ich sehe dir an, dass du eine Runde drehen willst. Nur zu!", ermutigte ihn Ute. „Das Stück Rasen gehört nun dir!"

„Bin ich denn so leicht zu durchschauen? Ja, es juckt mich schon, das neue Gefährt zu testen. Also – wenn du unbedingt darauf bestehst", zwinkerte er ihr zu, schwang sich auf den Sitz und tuckerte los. Nach einer ausgiebigen Runde hielt er neben Ute an und ermunterte sie, es ihm gleichzutun. Skeptisch meinte sie: „Ob ich damit zurechtkomme? Probieren geht über studieren."

Schon nach den ersten Metern hatte sie ein Gefühl für das Gefährt und meisterte den Parcours zwischen den Sträuchern bravourös.

„Siehst du, ist doch ganz einfach. Du darfst dir ruhig etwas zutrauen", stellte Gustav fest. „Wie wäre es jetzt mit einem Cappuccino?"

„Recht hast du. Den haben wir uns jetzt verdient. Komm mit auf meine Terrasse und mach es dir gemütlich."

„Das lass ich mir nicht zweimal sagen."

Als Ute mit dem Tablett nach draußen ging, gesellte sich auch der Kater dazu, der sich wegen des neuen, unbekannten Geräusches erst mal in Sicherheit gebracht hatte. Nun strich er Gustav um die Füße und forderte seine Streicheleinheiten ein. Er bekam sie reichlich. Nach der kleinen Pause fragte Ute: „Ich fahre anschließend mit Maria zum Einkaufen. Willst du vielleicht mitkommen oder sollen wir etwas für dich besorgen?"

„Ja, ihr könntet mir Rasierseife aus der Drogerie mitbringen. Ich schreibe dir auf, welche ich verwende."

„Rasierseife? Gibts nicht auch fertigen Schaum? Das geht doch schneller", meinte Ute. „Obwohl, damit kenne ich mich nicht aus, denn Johann hat seit ich ihn kenne einen Trockenrasierer verwendet."

„Ute, ich habe jetzt alle Zeit der Welt und brauche beim Rasieren nicht zu hetzen. Seit Jahr und Tag verwende ich diese Seife und meinen alten Dachshaarpinsel, das ist mein morgendliches Ritual. Außerdem fühle ich mich anschließend so richtig gut. Also, wenn ihr mir die mitbringen würdet, wäre lieb", verabschiedete sich Gustav und dankte für den Kaffee.

„Hallo Ute, so ein Wetter heute! Bis Abend ist die Wäsche trocken. Können wir dann los?" Maria kam mit dem Einkaufkorb auf sie zu.

„Klar, war ja so abgemacht. Ich hole nur noch den Benzinkanister aus dem Schuppen. Für den neuen Aufsitzmäher will ich auf dem Rückweg an der Tankstelle vorbeifahren."

Am späten Nachmittag war Ute mit Rasenmähen fertig und mit dem Ergebnis höchst zufrieden. Die Zeitersparnis mit dem Aufsitzmäher war enorm. Der Auffangbehälter hatte ein großes Fassungsvermögen. Sie konnte anschließend den Rasenschnitt um die Baumstämme verteilen. Einige Graskanten waren noch manuell nachzuarbeiten, der Kiesweg von ein paar trotzigen Löwenzahnpflanzen zu befreien und Blätter aus dem Teich zu fischen. Nach dem Rundgang mit den Gießkannen war die Gartenarbeit für heute erledigt.

„Warum schleppst du dich denn so ab? Nimm doch den Schlauch!", begrüßte sie Riccarda, die gerade mit der Aktentasche aus dem Büro kam und bewundernd den Park besichtigte.

„Wie Moritz wollen Blumen abgestandenes Wasser lieber als das kalte aus der Leitung."

„So, haben sie dir das gesagt?" Riccarda zwinkerte mit den Augen. „Ich weiß, dass du mit ihnen sprichst. Man sieht ja, dass sie es dir mit wunderbaren Blüten danken, die oft sogar Gustav in Staunen versetzen. Wie bist du denn mit dem neuen Mäher zufrieden?"

„Das Ergebnis kann sich sehen lassen. Ich hätte mir die Bedienung schwieriger vorgestellt. Es macht richtig Spaß und kostet einen Bruchteil der Zeit.

Der Händler hat übrigens angeboten, den alten Rasenmäher in Zahlung zu nehmen. Er hat ihn ja immer gewartet und hätte einen Interessenten dafür. Darf ich ihm den Ankauf anbieten?"

„Wenn wir ihn nicht mehr brauchen, muss er auch nicht herumstehen. Geschäftstüchtig bist du schon, das muss man dir lassen. Apropos Geschäft, du hast mir erzählt, dass der neue Kollege im Architekturbüro gut eingearbeitet ist. Wenn man dich dort nicht mehr braucht, stelle ich dich auf geringfügiger Basis fest an. Dann hast du einen zulässigen Nebenverdienst neben der Rente. Ich kann es mir finanziell leisten und bin wirklich froh, dich hierzuhaben. Dafür möchte ich mich auf diese Weise revanchieren.

„Damit tust du mir einen großen Gefallen. Die Spritkosten sind inzwischen erheblich, ganz zu schweigen vom Zeitaufwand. Das Angebot nehme ich gerne an."

„Das freut mich. Wollen wir gemeinsam zu Abend essen? Vroni kann auch dazukommen und Maria. Gegen acht Uhr? Ich gehe erst mal duschen." Weg war sie. Eine gute Idee, stellte Ute fest und machte sich auf ins Gärtnerhaus. Wieder vernahm sie das Flüstern der Blätter im Park. Das versetzte sie jedes Mal in eine ganz besondere Stimmung.

Der Koffer

Nach dem Essen, das Maria aus den Resten des Buffets vom Klassentreffen köstlich zubereitet hatte, fragte Riccarda:

„Ute, hast du noch ein paar Minuten für mich?"

Vroni und Maria hatten sich bereits verabschiedet.

„Freilich, ich merke schon die ganze Zeit, dass dich etwas bedrückt. Was hast du auf dem Herzen?"

„Das soll bitte unter uns bleiben. Danke, dass ich dir mein Herz ausschütten darf. Es ereignete sich, als ich beim Ausräumen des ehemaligen Abstellraumes, unserer neuen Galerie, auf einen alten, scheinbar achtlos hier deponierten Koffer meiner Eltern stieß. Ich öffnete ihn kurz, entdeckte einige Fotos und Schriftstücke darin und nahm ihn mit nach oben. Noch vor dem Klassentreffen habe ich den Inhalt genauer angesehen. Außer einigen Fotos, die in den Ferien bei Dubrovnik entstanden waren, fielen mir Briefe in die Hand, von deren Existenz ich keine Ahnung hatte. Sie stammten von einem Arzt in der Klinik, in der ich geboren wurde, und waren an meine Eltern gerichtet."

Riccarda faltet einen handgeschriebenen Brief auf. „Den wichtigsten Teil davon will ich dir vorlesen:

Die Diagnose Knochenkrebs veranlasst mich,
die mir noch verbleibende Lebenszeit zu nutzen,
bevor ich meine letzte Reise antrete.

... Ihre Schwangerschaft war nicht einfach
und die Geburt noch weniger. Wir mussten Sie
in Narkose versetzen. Trotz unserer Bemühungen
hat Ihre Tochter nur wenige Minuten gelebt.
Ich brachte es nicht übers Herz, Ihnen diese
Nachricht zu überbringen, nachdem Sie im Auf-
wachraum die Augen geöffnet hatten und freudig
nach Ihrem Kind gefragt hatten. Ich beruhigte
Sie: Wir haben noch einige Untersuchungen zu
machen. Schlafen Sie noch etwas und ruhen
sich von den Anstrengungen aus. Dankbar
schliefen Sie wieder ein. Im anderen Kreissaal
lag eine junge alleinstehende Mutter im Sterben, deren Tochter gerettet werden konnte. Sie
hatte keine Angehörigen, denen sie ihr erstes und
einziges Kind anvertrauen konnte. Ihr letzter
Wille war es, für ihren Säugling einen guten
Platz zu wissen, denn sie spürte, sie konnte für

ihr Baby nicht mehr sorgen. Ich musste es ihr versprechen. Was also lag näher, als es Ihnen zu geben. Lange Zeit zum Überlegen blieb nicht. Ich nahm es also auf mich und präsentierte Ihnen das winzige Bündel als Ihre Tochter. Der Glanz in Ihren Augen und die Freude, die Sie ausstrahlten, als ich Ihnen den Säugling an die Brust legte, bestätigte mir, das Richtige getan zu haben. Hungrig nuckelte das Kind die Erstmilch und damit hatte es die Verbindung zu Ihnen hergestellt. Diese Nachricht erhielt kurz danach die junge Frau, die mit einem beruhigten Lächeln aus dem Leben schied. Ich kann nur inständig hoffen, dass es Ihnen und dem Kind gutgeht und Sie mir meine Entscheidung nachsehen, die ich nach bestem Wissen und Gewissen gefällt hatte.

Hochachtungsvoll
Dr. Hubert Cramer

Meine Eltern – und ich werde sie nach wie vor so nennen – hatten dem Arzt eine Antwort geschrieben. Der Brief kam jedoch ungeöffnet zurück mit dem Postvermerk: Empfänger verstorben. Was sagst du nun?"

Fassungslos hatte Ute der Freundin zugehört. Ihr Herz quoll über vor Mitleid. Sie konnte nicht anders, als aufzustehen und sie in den Arm zu nehmen. Sprachlos und erleichtert, sich ihre Geschichte von der Seele geredet zu haben, erwiderte sie dankbar die Liebkosung. Beiden standen Tränen in den Augen, die dann loskullerten und sich ihren Weg übers Gesicht suchten. Erst langsam lösten sie sich voneinander und setzten sich wieder.

„Das also war es, was dich so bedrückt hat. Gut, dass du es mir erzählt hast. Du hattest also keine Ahnung und deine Eltern haben nie mit dir darüber gesprochen?"

„Nein, nie. Sie haben mich wirklich geliebt wie ihr eigenes Fleisch und Blut und es mir an Nichts fehlen lassen. Wenn ich im Nachhinein so überlege, ist mir nie aufgefallen, dass ich keinem von beiden ähnelte. Meine leibliche Mutter kannten sie nicht. Da diese wohl keine Verwandten hatte, gab es auch keine Nachforschungen. Nun verstehe ich endlich, weshalb wir immer wieder das Grab von Dr. Hubert Cramer im Ostfriedhof besucht haben. Auf meine Nachfrage hin bezeichnete ihn mein Vater als Freund. Heute früh habe ich für ihn ein Dankgebet gesprochen. Wer weiß, was sonst aus mir geworden wäre? Vermutlich hätte ich mein Leben in einem Heim fristen müssen und die sonntägliche Fleischbeschau ertragen von irgendwelchen Paaren, die sich ein Kind aussuchen wollten, am Ende noch wegen des Pflegegeldes, um es bei Nichtgefallen umzutauschen. Gar nicht dran zu denken. So bin ich meinen Eltern dankbar, dass sie mich an Kindesstatt angenommen und erzogen haben. Als ich schon älter war, habe ich meine Mutter mal gefragt, warum ich keine Geschwister habe. Sie erklärte mir damals, dass die Geburt sehr schwierig war und sie keine Kinder mehr bekommen könne. Damit gab ich mich zufrieden, so musste ich ihre Liebe mit niemandem teilen. Ich kann bis jetzt ein privilegiertes Leben führen, habe wunderbare Menschen um mich, angenehme Arbeit im Museum, was will ich mehr?"

„Du hast Recht. Danke für dein Vertrauen. Ich werde es wie einen Schatz hüten. Das geht niemanden etwas an, versprochen." Ute nahm das Weinglas in die Hand und stieß mit Riccarda an. „Auf das Schicksal, das es gut mit dir gemeint hat!"

„Auf das Schicksal!"

Nachdem sie ausgetrunken hatten, wünschten sie sich eine gute Nacht. Ute lag nach diesem Gespräch noch lange wach.

Der Anruf

Freitag, abends kurz nach einundzwanzig Uhr. Das Telefon läutete und überraschte Ute bei einer Kabarettsendung im Dritten Fernsehprogramm. Wer mag das um diese Zeit sein? Das war ungewöhnlich, aber sie dachte sich nichts weiter dabei und meldete sich mit ihrem Namen. Auf der anderen Seite war Jutta am Apparat, deren Stimme anders klang als sonst.

„Was ist denn los? Du klingst besorgt."

„Wärest du auch nach so einem Anruf. Stell dir vor, Ursula wird vermisst. Jan, ihr Mann, ist heute von seiner Geschäftsreise aus den USA zurückgekehrt und fand eine leere Wohnung vor. So wie es aussieht, ist Ursula am Sonntag daheim gewesen, hat dort die Nacht verbracht und am Montag die Wohnung verlassen. Die unmittelbaren Nachbarn sind gerade im Urlaub. Verständlicherweise macht sich ihr Mann Sorgen. Er hat meine Telefonnummer auf der Einladung zum Klassentreffen gefunden und deshalb bei mir angerufen. Hat sie sich bei dir gemeldet?"

„Nein. Gerlinde hat mir Anfang der Woche eine E-Mail geschickt. Sie hatten Ursula am Parkplatz beim Autobahndreieck Walsrode abgesetzt. Mehr weiß ich auch nicht. Hat ihr Mann denn nicht mit ihr aus Amerika telefoniert?"

„Anscheinend hatten sie jeden Tag SMS-Kontakt über Belangloses. Umso erstaunter war er, als er sie bei seiner Rückkehr nicht antraf. Die Oldenburger Freunde und Kollegen konnten ihm auch nichts über ihren Verbleib sagen. Daher kam er auf mich. Seit heute ist sie nicht mehr per Handy zu erreichen. Entweder ist der Akku leer oder ausgeschaltet. Bitte melde dich, sobald du etwas erfährst. Ich habe auch allen anderen Teilnehmerinnen unseres Treffens diese Info weitergeleitet. Hoffentlich ist nichts passiert?"

„Lass uns nicht gleich das Schlimmste befürchten. Sie wird schon wieder auftauchen. Alt genug ist sie, um auf sich selber aufzupassen. Also, wir bleiben in Kontakt, falls eine von uns etwas hören sollte. Danke für deinen Anruf, Jutta. Bis bald", beendete Ute das Gespräch.

Obwohl die Kabarettsendung noch lief, konnte sie sich nicht mehr darauf konzentrieren und schaltete das Gerät aus. Ute überlegte, ob ihr an Ursula oder ihrem Verhalten irgendetwas aufgefallen war. Sie ging die Gespräche in Gedanken nochmal durch, konnte jedoch nichts finden, was außergewöhnlich gewesen war. Zugegeben, allzu gut war der Kontakt zu Ursula nicht außer der gelegentlichen Post. Nach all den Jahrzehnten waren sie sich erst letzte Woche wieder begegnet. An diesem Abend erhielt sie noch einige besorgte Anrufe von den Schulfreundinnen, die beim Treffen dabei waren. Einen Reim auf das Verschwinden konnte sich jedoch keine machen.

Am Sonntagmorgen fragte Riccarda beim gemeinsamen Frühstück: „Sag mal, Ute, bist du in Gedanken nochmal alles durchgegangen, was mit Ursula zu tun hat? Mir ist an ihr nichts aufgefallen."

„Mir auch nicht. Seit ich am Freitagabend davon erfahren habe, zerbreche ich mir den Kopf darüber."

„Irgendwie macht sich bei mir langsam ein ungutes Gefühl breit. Es ist jetzt eine Woche vergangen, seit sie sich von uns verabschiedet hat. Ich hatte wirklich den Eindruck, dass ihr das Wiedersehen mit den ehemaligen Mitschülerinnen gut gefallen hat. Jutta sagte heute am Telefon, dass sie auf dem Handy weiterhin nicht zu erreichen ist. Auf E-Mails reagiert sie ebenfalls nicht. Ich könnte mir höchstens vorstellen, dass sie noch ein paar Urlaubstage angehängt hat, da sie wusste, dass ihr Mann geschäftlich noch in den Staaten weilt. Vielleicht will sie einfach mal allein sein."

„Das kann gut sein. Trotzdem, irgendwie ist es schon komisch. Ich hätte sie so eingeschätzt, dass sie zumindest ihrem Mann Bescheid gibt, wenn sie einige Tage Auszeit braucht. Angedeutet hat sie mir gegenüber nichts. Trotzdem kann man nicht in die Menschen hineinschauen", meinte Ute und sah Riccarda vielsagend an.

„Die Sache wird sich schon aufklären", beruhigte Riccarda.

Urlaubsplanung

Riccarda fragte Ute nach dem gemeinsamen Frühstück: „Wie sieht es eigentlich mit Ferien in diesem Jahr aus? Hast du irgendwelche Pläne?"

„Einen Wunsch habe ich schon. Ende September bin ich immer mit Johann an den Gardasee gefahren. Wir haben fast alle Campingplätze ausprobiert und uns auf der Westseite am wohlsten gefühlt. In unserer Jugend fuhren wir mit Zelt und Windsurfer, später mit VW-Bus und Segelboot, mal auch mit Camper und Motorboot oder Wohnwagen. Vor einigen Jahren hatte Johann einen Transporter so ausgebaut, dass man drinnen schlafen konnte. Er wollte nicht mehr mit Gespann fahren. Es ging ihm zu langsam voran. Der Urlaub machte jedoch nur Freude, wenn es trocken war. Die Campingküche, Tisch und Stühle und die Kühlbox standen im Freien, alles prima bei gutem Wetter. Wenn es jedoch regnete, musste alles abgedeckt werden, nichts wurde mehr trocken. Auf so engem Innenraum geht man sich irgendwann auf den Wecker." Ute machte eine Pause.

„Nach dem Unfalltod meines Mannes hat sich das alles erledigt. Ich werde Segelboot und Wohnwagen verkaufen. Damit kann ich allein nicht umgehen. Ich möchte mir ein einfaches Hotel in Maderno oder Umgebung aussuchen und mit kleinem Gepäck reisen. Geplant habe ich Mitte September nach den großen Schulferien für etwa zehn bis vierzehn Tage. Ist das für dich in Ordnung?"

„Natürlich, denn ich würde gerne nach Dubrovnik fliegen und in meiner Ferienwohnung nach dem Rechten zu sehen. Dort ist es im Oktober noch angenehm warm. Mir wäre es eine Beruhigung, wenn Maria und Vroni in der Zeit nicht allein wären."

„Dann passt ja unsere Terminplanung perfekt. Maria will nirgends mehr hin und ist am liebsten daheim. Sie bekommt von ihrer Schwester im Oktober Besuch, die Vroni fährt im August nach Köln zu ihrem Sohn und so ist das Anwesen immer bewohnt. Gut! Was hast du heute noch vor?"

„Ich werde am Nachmittag im Seniorenstift erwartet. Gustav hat mich zum Tee eingeladen und möchte mir seine neue „Heimat" zeigen. Dafür werde ich noch eine Roulade backen mit Käsesahne-Pfirsichfüllung." Damit erhob sich Ute und dankte Riccarda für das Frühstück.

„Ich werde auf der Veranda mein Buch weiterlesen, Der Koch von Martin Suter. Interessiert dich bestimmt auch. Es ist spannend und hochinteressant. Übrigens, nächste Woche soll ein Tiefdruckgebiet über uns hinwegziehen. Dann ist erst mal aus mit schönem Wetter. Also, lass es uns noch genießen und Grüße an Gustav."

„Mach ich!" Ute spaziert zum Gärtnerhaus um den Kuchen zu backen.

Besuch im Seniorenheim

Moritz wich Ute in der Küche nicht von der Seite und sah sie mit erwartungsvollen Augen an, ob nicht etwas für ihn abfallen könnte. Ute war jedoch konsequent, er bekam nur katzenverträgliche Snacks. Richtig so, keine Ausnahmen! „Das ist nicht gut für dich, mein Lieber, das weißt du ganz genau, Moritz. Also, verzieh dich nach draußen!"

Der Biskuit war gut gelungen, die Füllung ebenso. Sie stäubte Puderzucker darüber und legte das Backwerk auf einer Glasplatte in den Kühlschrank. Das Mittagessen ließ Ute ausfallen. Sie machte die Küche sauber und hängte die Wäsche auf. Auf ihrer Terrasse, die windgeschützt wie ein U von Küche und Wohnzimmer umgeben war, schrieb sie ein paar Glückwunschkarten. Dazu zog sie aus einem Glas violette Tinte in den Kalligrafie-Füller auf, suchte besonders schöne Sonderbriefmarken aus und frankierte die Umschläge. Jeder Empfänger bekam einen passenden Text. Manchmal legte sie noch ein Foto bei. Im Zeitalter von Kommunikation per Internet freuten sich die Beglückwünschten über handgeschriebene Briefe besonders. Diese Tradition wollte Ute fortführen, solange sie den Füller halten konnte. Das hatte sie sich vorgenommen.

Gegen vierzehn Uhr zog sie sich um. Anschließend packte Ute den Kuchen in den Korb und machte sich zu Fuß auf den Weg zum Seniorenstift. Unterwegs warf sie ihre Post in den Briefkasten und spazierte am alten Stadtgraben entlang, wo sich Wildenten und ein Schwanenpaar im ruhigen Wasser spiegelten. Am Fünffingerlesturm vorbei erreichte sie nach gut einer Viertelstunde das Altenheim. Gustav erwartete sie bereits an der Pforte und begrüßte sie herzlich.

„Ich freue mich, dass du gekommen bist. Lass uns den Lift nehmen. Mein kleines Reich liegt im obersten Stock."

„Gerne, du kennst dich hier aus", erwiderte Ute. Das Haus machte einen sauberen, gepflegten Eindruck. Sie fuhren in den fünften Stock und gingen den breiten Gang bis fast zum Ende. Der Kommunikationsbereich mit bequemen Stühlen und Tischen, Sofas und einem großen Flachbildschirm lud zum Verweilen ein. Gustav zog sie ins Appartement Nummer 511. Sie betrat einen großzügigen, freundlichen Raum und sah sich um. Die beiden Fenster zeigten nach Süden und Westen und tauchten das Zimmer in ein warmes Licht, das die duftigen Gardinen nicht verhinderten. Die gemütliche Einrichtung bestand aus einem hohen Bücherregal, einer Sitzgruppe mit zwei Sesseln, einem alten Sekretär mit Holzstuhl und dem Schlafbereich mit Bett und Schrank hinter einem Paravent. Mit Spüle, Induktionskochfeld mit zwei Platten, Kühlschrank und Hängeschränken in sonnigem Zartgelb war die Kochnische ausgestattet und mit einer raumhohen Schiebetüre abzutrennen. Daneben befand sich ein ausreichend großes Badezimmer. Die Balkontüre führte auf einen winzigen Dachgarten, den Gustav so liebevoll bepflanzt hatte.

Weihrauch, Fuchsien, Wundernüsschen wechselten sich ab mit Geißblatt, Röschen und einigen Küchenkräutern. Der Blick über die Dächer war umwerfend. Zwei Klappstühle und ein Tischchen luden ein, sich in die Sonne zu setzen.

„Schön hast du es dir gemacht, wie ich sehe. Das Gärtnern kannst du nicht lassen", stellte Ute fest und fragte lächelnd: „Hab' ich Recht?"

„Richtig erkannt. Ohne Blumen und Sträucher will ich nicht sein. Es ist groß genug und ich freue mich über jede einzelne Blüte, die sich der Sonne entgegenstreckt. Die Ausrichtung nach Südwesten ist perfekt. Oft sitze ich abends noch bei einer Kerze und einem Glas Wein hier draußen und genieße die Stille, wenn sich der Berufsverkehr gelegt hat. Ich habe mit großem Glück dieses Appartement bekommen und bin dankbar dafür, dass es bis zur Villa nicht allzu weit ist. Meine Wurzeln werden immer dortbleiben. Ich bin froh, dass mein altes Gärtnerhaus weiter bewohnt und gepflegt wird. Du hast ein kleines Schmuckstück daraus gemacht – was vermutlich nur Frauen können. Die liebenswerten Kleinigkeiten, die du mit Geschmack ausgesucht hast, strahlen eine ganz besondere Atmosphäre aus. Wichtig ist mir natürlich, dass sich Moritz bei dir so wohlfühlt. Wie geht es ihm denn?"

„Hervorragend, er hat sogar ein wenig Gewicht verloren, seit ich ihn konsequent ernähre. Auch Maria hat eingesehen, dass sie auf sein Betteln nicht reagieren darf. Es tut seiner Gesundheit gut.

Die Tierärztin war letzte Woche sehr zufrieden mit unserem alten Herrn."

„Das höre ich gern. So, ich setze jetzt Teewasser auf. Darf ich draußen eindecken bei diesem herrlichen Wetter?"

„Nein, ich decke den Tisch!", empörte sich Ute unter Augenzwinkern. Gemeinsam gingen sie zur Kochnische und richteten alles Notwendige her. Ute schnitt die Roulade auf und trug das Tablett auf die Dachterrasse. Sie genossen die Teestunde miteinander.

„Gibt es sonst Neuigkeiten?", erkundigte sich Gustav. Ute erzählte ihm von Ursula, die immer noch nicht aufgetaucht war.

Auch er machte ein besorgtes Gesicht.

„Ich hatte ein nettes Gespräch mit ihr am letzten Sonntag. Ich hoffe, dass nichts passiert ist. Halte mich auf dem Laufenden."

Sie hatten sich richtig verplaudert und die Zeit vergessen. Pünktlich mit dem Glockenschlag um Vier klopfte es an der Tür.

„Das wird Otto sein, dem habe ich beim Schach Revanche versprochen. Er ist die Pünktlichkeit in Person, war früher Lehrer in Sankt Stephan für Latein, Altgriechisch und Literatur." Gustav öffnete und stellte ihn Ute vor. „Du musst unbedingt ihre Roulade probieren, einfach spitzenmäßig. Eine Tasse Tee dazu? Komm mit nach draußen."

„Wenn das so ist, will ich die Herren nicht weiter stören. Ich mache Platz auf dem Tisch."

Gustav holte das Schachbrett aus dem Bücherregal, brachte die Schatulle mit den Figuren mit und stellte diese auf. Sie waren aus Holz und wunderbar geschnitzt. Ute nahm die weiße Dame in die Hand und betrachtete sie eingehend. Johann war in seiner Jugend ein guter Spieler in seiner Pfadfindergruppe. Sie hatten von Freunden zur Hochzeit ein Schachspiel bekommen, etwas einfacher in Kunststoffausführung, aber mit den klassischen Figuren wie diese hier. In den letzten Jahren hatten sie nie mehr gespielt, schade. Johann käme bestimmt mit etwas Übung schnell wieder in die Spielzüge rein. Wenn … Eine Träne schlich sich in ihre Augen.

Gustav riss sie aus den traurigen Gedanken: „Du kannst gerne noch bleiben und zuschauen."

„Nein, nein, schon gut. Gustav, ich danke dir für die Einladung. Es ist schön hier und du scheinst dich wohlzufühlen. Das ist das Wichtigste. Fangt ruhig an zu spielen, ich finde allein hinaus. Bis bald mal wieder bei mir!", verabschiedete sich Ute und machte sich auf den Heimweg. Es war ein schöner Nachmittag gewesen.

Befragung

Es vergingen einige Tage, ohne dass sich etwas Besonderes ereignete. Ute verrichtete Gartenarbeiten, Maria kümmerte sich in der Villa um Vorhänge und Gardinen, während Mitarbeiter einer Reinigungsfirma damit beschäftigt waren, alle Fenster des großen Hauses zu säubern. Riccarda führte eine Delegation aus Augsburgs Schwesterstadt Bourges durch die aktuelle Ausstellung im Textilmuseum.

Ute zupfte auf einem niedrigen Schemel Unkraut aus dem Kiesweg, der vom Portal zum Haupthaus führte, als das Telefon in ihrer Tasche vibrierte. Jutta war dran und informierte sie darüber, dass Jan, Ursulas Mann, jetzt die Vermisstenmeldung an die Polizei gegeben hat, nachdem sie immer noch nicht aufgetaucht war. Er machte darauf aufmerksam, dass sich eventuell Ermittler bei uns melden könnten. Die Teilnehmer des Klassentreffens waren derzeit die wichtigsten Personen, die mit ihr in den vergangenen Tagen Kontakt hatten. Jutta bat Ute, auch Riccarda, Maria und Vroni davon in Kenntnis zu setzten. Sie versprach es.

Am nächsten Morgen erreichte Ute ein Anruf der Kripo Augsburg, ob ein Beamter am Nachmittag vorbeikommen könnte, um sie zum Verschwinden von Ursula zu befragen. Sie bot an, ihre Schulfreundinnen zum Termin um sechzehn Uhr einzuladen. Das nahm der Beamte gerne an.

Ute tätigte den Rundruf. Fast alle aus dem Augsburger Raum wollten sich einfinden.

Kurz vor vier trafen Herta und Peter ein, Birgit und Martin und Ilse.

„Dass wir uns so schnell wieder treffen, hätte wohl keiner gedacht", begrüßte sie Ute am Portal und schickte sie zur Terrasse, wo Maria schon für den Kaffee eingedeckt hatte.

Dann trafen Jutta, Rita und Verena ein. Ein fremder Wagen parkte in der Einfahrt, der Kripobeamte in Zivil stellte sich vor und zeigte seinen Ausweis. Gemeinsam gingen sie zur Veranda. Riccarda, die Hausherrin, war nun auch von ihrem Büro heruntergekommen, begrüßte Herrn Korntheuer und stellte die Anwesenden vor, nachdem alle Platz genommen hatten. Maria bot Kaffee und Tee an.

Der Beamte ergriff das Wort.

„Der Anlass zu diesem Treffen ist Ihnen bereits bekannt, nämlich die Vermisstenmeldung ihrer ehemaligen Schulkameradin Ursula Jenssen aus Oldenburg. Ich danke Ihnen sehr, dass Sie sich hier zur Befragung eingefunden haben. Diese Tatsache beschleunigt das Ganze, denn ich muss nicht jeden Teilnehmer einzeln aufsuchen. Wir müssen der Sache nachgehen, weil Frau Jenssens Aufenthaltsort nicht bekannt ist und eine Gefahr für Leib und Leben besteht."

Betroffen schauten sich die Anwesenden an.

„Was soll das heißen?", sprach Ute an, was alle denken.

„Mehr kann ich dazu nicht sagen und bitte um Verständnis. Darf ich zunächst um die Teilnehmerliste des Treffens bitten? Ich möchte dann jede einzelne Person von Ihnen unabhängig voneinander befragen. Gibt es einen Raum, wo das möglich ist?", fragte der Beamte die Hausherrin.

„Ich führe Sie in die Bibliothek." Riccarda ging voraus.

„Wenn es in Ordnung ist, würde ich gerne den Anfang machen, denn ich muss wieder zurück zur Arbeit", wollte Verena wissen.

„Natürlich, kommen Sie gleich mit." Herr Korntheuer setzte sich und zückte Stift und Notizblock.

„Beschreiben Sie mir bitte den Tag der Abreise, die Kleidung, die sie trug und was sie bei sich hatte. Kleinste Details können wichtig sein."

Verena ergriff das Wort: „In meinem Gasthof hat Ursula übernachtet, wie auch Gerlinde und Hans Gerdes, mit denen sie eine Fahrgemeinschaft gebildet hatte. Bekleidet war sie am Sonntag mit dunkelblauer Jeans, einer weißen, kurzärmeligen Bluse mit kleinem Revers, blauen Knöpfen und einer maritimen Stickerei auf der Brusttasche, dazu ein langärmeliger Pulli, auch Troyer genannt, und trug flache, dunkelblaue Sportschuhe. Sie hatte wenig Reisegepäck bei sich. Der Sporttasche sah man an, dass sie nicht schwer und vollgestopft war. Diese war grau mit rotem Aufdruck PUMA, roten Reißverschlüssen und schwarzen Trageriemen. Beim Aufräumen des Zimmers ist mir nichts Besonderes aufgefallen. Sie hat für das Zimmermädchen einen Zehn-Euro-Schein auf dem Tisch hinterlassen und die Übernachtung bar bezahlt, falls das für Sie wichtig sein könnte."

„Ja, vielen Dank. Das war schon eine Menge. Wären Sie so freundlich, die nächste Person hereinzubitten?"

Rita erklärte anschließend dem Beamten: „Die Handtasche kann ich genau beschreiben, denn sie gefiel mir gut", erklärte Rita. „Sie war ein elegantes Modell aus hellbeigem Kalbsleder, einer Vortasche mit Reißverschluss und einem langen Schulterriemen. Daran hatte Ursula ein kurzes Seidentuch gebunden mit kleinem Ankersymbol. Diese Tasche hatte sie beim Eintreffen umgehängt und trug sie den ganzen Tag bei sich." Die Kleidung hatte sie beschrieben wie Verena.

„Danke für Ihre Ausführung. Können Sie sonst noch etwas beitragen?", fragte der Beamte, der ständig mitschrieb.

„Sie hat sich seit der Schulzeit nicht sehr verändert. Das mädchenhafte Aussehen unterstrich ein burschikoser Bob, durch den sich ihr krauses Haar einigermaßen bändigen ließ. Außer einem schlichten Ehering aus Gelbgold trug sie keinen Schmuck. Das einzig Auffällige war eine edle Armbanduhr von Cartier", fügte die Modistin noch an.

Birgit erzählte dem Polizisten, dass Gerlinde Gerdes davon sprach, dass sie eine sehr gute Seglerin ist, ein eigenes, einfaches Boot hat und der Segelclub, dem sie angehört, Ende Sommer einen Törn in der Ägäis geplant hat. Ob sie teilnehmen könne, wusste Ursula noch nicht.

Inzwischen ging Ute zum Gärtnerhaus, um ihr Notebook zu holen. „Ich gehe davon aus, dass niemand etwas dagegen hat, wenn ich Herrn Korntheuer die Fotos zeige, die ich beim Treffen aufgenommen habe."
Darauf folgte allgemeine Zustimmung.

Herta, der Medizinerin, und ihrem Mann Peter war nach einiger Überlegung eine Einstichstelle mit einem kleinen Hämatom in der linken Armbeuge aufgefallen. Sie könnte von einer Blutabnahme stammen.

Ilse erzählte dem Beamten, dass sie bei Ursulas Verabschiedung eine gewisse Wehmut verspürt hatte. „Mal sehen, ob ich nochmal nach Bayern kommen kann", hatte sie gesagt, als ich sie in den Arm genommen habe. „Ist ja auch eine lange Fahrt. Es hörte sich für mich irgendwie so endgültig an, aber vielleicht täusche ich mich auch."
Herr Korntheuer fragte weiter: „Hat sie irgendwelche Pläne angedeutet? An welchen Projekten hat sie gearbeitet?"

„Über ihre berufliche Tätigkeit hat sie nicht viel erzählt, nur dass sie technische Texte, Bedienungsanleitungen und Fachberichte aus dem Englischen ins Deutsche und umgekehrt übersetzt. Vermutlich hat sie gedacht, dass das von uns niemand so brennend interessiert. Firmen und Verlage, mit denen sie zusammenarbeitet, hat sie nicht erwähnt."

Jutta kam als Nächste in die Bibliothek. Sie beschrieb Ursulas Kleidung und die Abschiedsworte. „Ich habe mich sehr gefreut, euch alle noch mal wieder zu sehen." So oder mit ähnlichen Worten hat sie sich von mir verabschiedet. Ich hab' mir dabei weiter nichts gedacht, denn es waren ja mehr als vierzig Jahre nach dem Abitur vergangen."

Riccarda war die letzte der Befragten. Auch sie sagte aus, was sie angeben konnte.
„Kennen Sie Ursulas Mann Jan?", fragte Herr Korntheuer. Riccarda verneinte das. Ursula hätte nur erzählt, dass er im Vertrieb tätig sei für ein Elektronikunternehmen der Luft- und Raumfahrt. Mehr wisse sie nicht über ihn.
„Jetzt schicke ich Ihnen noch Ute Müller mit einer Überraschung."
„Gerne, bin gespannt!", forderte der Beamte auf.

Ute betrat den Raum, erzählte, was ihr wichtig erschien und klappte ihr Notebook auf und zeigte die Fotos vom Treffen.

„Das ist sehr hilfreich", antwortete der Kripobeamte erfreut. Ute waren durchaus gute Schnappschüsse gelungen. Sie übergab ihm einen USB-Stick mit relevanten Bildern vom Treffen. Da fiel ihr ein:

„Hat man denn eigentlich ihr Auto irgendwo gesehen?"

„Darüber darf ich im Augenblick keine Auskunft geben."

Damit gesellten sich die zwei wieder zu den anderen auf der Terrasse.

„So, wenn niemand mehr etwas beitragen kann, werde ich weitere Kontaktpersonen befragen, die auf der Liste stehen. Ihnen danke ich fürs Kommen und Ihre Mitarbeit. Sie haben mir Zeit und manchen Weg erspart. Ich werde mich melden, wenn ich noch Fragen habe." Mit diesen Worten verabschiedete sich der Kripobeamte, Ute begleitete ihn zum Portal.

Die Gruppe saß noch etwas beieinander. Es kam jedoch keine Unterhaltung mehr zustande. Schließlich verabschiedeten sie sich voneinander und gingen ihres Weges.

Entwarnung

Am Montagvormittag gegen halb zehn hatte Ute im Krankenhaus Donauwörth einen Termin zur Mammographie. Auf dem Rückweg besuchte sie Johanns Grab und erzählte ihm, was sich in ihrem Leben gerade ereignet hat, während sie die vertrockneten gelben Blüten am Rosenstämmchen abzupfte. Das Immergrün als Bodendecker war dicht und umfing die Laterne. Ute zündete ein Öllicht an und bat Johann um gute Begleitung ihrer geplanten Reise an den Gardasee. Wehmütig dachte sie an die gemeinsamen Urlaubstage mit ihrem Mann. Einmal noch wollte sie die Orte aufsuchen, die sie damals gemeinsam erkundet hatten. Mit einem tiefen Seufzer und feuchten Augen nahm sie Abschied, verließ den Friedhof und fuhr nach Augsburg zurück.

Die Tage der nächsten Woche verliefen ohne besondere Vorkommnisse. Ute kümmerte sich mit Hingabe um den Garten, mähte den Rasen, schnitt verblühte Rosen ab, entfernte Unkraut und freute sich über die Gemüseernte.

Von Ursula hörte sie keine Neuigkeiten. Am Mittwoch war ein Schreiben aus München in der Post. Darauf hatte Ute schon gewartet. Etwas beunruhigt öffnete sie den Umschlag und las das Ergebnis des Screenings. Eine Röntgenaufnahme zeigte eine Auffälligkeit, die aber nichts bedeuten musste, stand da. Zur Sicherheit sollte sie möglichst bald eine

Fachärztin in Augsburg anrufen, um einen Termin auszumachen für eine weitere Untersuchung. Trotz der Beruhigung im Brief hatte sie doch Bedenken und bekam gleich am kommenden Freitag einen Termin in der Praxis. In ihrer Familie gab es Fälle von Krebs, auch Brustkrebs.

Der Ärztin lag bereits das Ergebnis der Mammographie vor. Ute wurde diesmal mit Ultraschall untersucht. Der Schatten von etwa einem Zentimeter Durchmesser entpuppte sich als entzündete Talgdrüse, die sie mit Zugsalbe behandeln sollte. Sonst war alles in Ordnung.

Erleichtert verließ Ute die Praxis im Einkaufscenter und wollte noch Sommerschuhe kaufen. Sie schaute die Auswahl im Schaufenster an und betrat den Laden. Dabei dachte sie an ihre Kindheit, als neue Schuhe bekommen ein besonderes Erlebnis für sie war.

In der Augsburger Maximilianstraße gab es eine Filiale der Firma Salamander. Die Verkäuferinnen trugen Kittelschürzen aus dunklem Glanzstoff und Schnürhalbschuhe mit Blockabsatz. Die Kundin nahm in einer Stuhlreihe Platz, legte den dünn bestrumpften Fuß auf einen schrägen Holzhocker, hinten mit Sitzplatz für die Bedienung, die den Fuß fachmännisch vermessen musste. Nach Feststellung der Größe fragte die Angestellte nach der Art der Schuhe, die sie bringen sollte und verschwand für einige Zeit hinter einem Vorhang im Lager. Mit drei, vier Kartons beladen kam

*sie wieder zurück. Erwartungsvoll schaute damals
Ute, was für ein Schuh aus dem Seidenpapier befreit
wurde. Mit einem Schuhlöffel bewaffnet half die Verkäuferin bei der Anprobe. Man hatte sich gerade hin-
zustellen, mit einem Druck auf die Schuhspitze stellte
diese fest, ob die Zehen vorne anstoßen oder noch Luft
war. Dann lief man mehrmals auf und ab, der Druck-
test wurde wiederholt und der Schuh wurde am Fuß
begutachtet. Diese Prozedur wiederholte sich mit allen
Paaren, die in den Kartons nur darauf zu warten
schienen. Bei dem Schuh, der der Mutter am besten gefiel und sich als bequem, zweckmäßig und langlebig
erwies, wurde dann auch der zweite anprobiert. Meistens musste die Verkäuferin eine Schachtel mit einer
Nummer größer holen, da das Kind ja hineinwachsen
würde. Wenn man das alles brav über sich ergehen
ließ, ohne zu protestieren, bekam man nach dem Bezahlen an der Kasse ein Heft mit Lurchis Abenteuern
geschenkt. Heute würde man den Feuersalamander
mit Jägerhütchen und braunen Schnürern als Comic-
figur bezeichnen. Wenn man Glück hatte, kamen zwei
Hefte im Jahr zusammen.*

*

Damit zurück in die Gegenwart. Heute stehen in
den Schuhläden die Fußbekleidungen in langen Re-
galen aufgestellt, nach Größen sortiert und zur
Selbstbedienung. Einen Stuhl findet man zwischen
den Reihen. Wenn man Glück hat, hängt irgendwo
ein langer Schuhlöffel und man probiert selbst an.

Auf einem Sonderaufsteller präsentieren sich Bequemschuhe für malträtierte Füße mit Hühneraugen, Hammerzehen oder Hallux valgus in Sonderbreiten, mit atmungsaktiven Sohlen, Klettverschluss und Stoßdämpfern im Absatz für den reifen Fuß. Die modischen Folterinstrumente locken mit hohen Absätzen, tollen Farben, Schnallen, Passformen und Qualitäten, denen man ansieht, dass sie maximal eine Saison überstehen und dem Fuß Höllenqualen verursachen werden. Heutzutage bekommt man an der Kasse keinen Comic, nur die Frage nach einer Punktesammelkarte und die Aufforderung, Pflegeprodukte dazuzukaufen.

Ute suchte Schuhe passend für ihre orthopädischen Einlagen und erstand ein Paar in schönem Blau mit niedrigem Absatz, bequem und trotzdem ein wenig modisch.

Daheim angekommen, erwartete sie schon Riccarda und fragte nach dem Ergebnis der Untersuchung.

„Kein Grund zur Sorge. Es ist nur eine entzündete Talgdrüse. Ich bin erleichtert."

„Das kann ich mir sehr gut vorstellen. Dann bin ich auch beruhigt. Übrigens – heute Vormittag hat mich Jutta angerufen."

„Gibt es Nachrichten von Ursula?"

„Nein, von ihr fehlt jede Spur. Herr Korntheuer bittet um Information, falls sich Ursula meldet."

Riccarda schaute besorgt zu Ute. „Ich werde mich jetzt um Moritz kümmern. Es ist Zeit für sein Futter."

Ute ging langsam zum Gärtnerhaus. Der Kater wartete schon ungeduldig und begrüßte sie freudig. Sie zog sich erst einmal um und setzte Teewasser auf. Moritz bekam seine Portion auf der Terrasse, Ute setzte sich dazu. Könnte Ursula doch etwas zugestoßen sein? Die Ungewissheit machte ihr zu schaffen. Moritz merkte, dass sie bedrückt war und sprang auf ihren Schoß. Er schnurrte, was das Zeug hielt, drückte sich ganz dicht an sie und verzichtete zunächst auf seine Abendrunde, die er sonst nach seiner Mahlzeit drehte.

Post aus Holland

Zwei Wochen später bekam Ute Post. Zwischen der Monatszeitschrift, der Zahnarztrechnung und der kostenlosen Stadtzeitung befand sich ein brauner Luftpolsterumschlag mittlerer Größe. Darauf stand außer ihrer Anschrift kein Absender. Die Briefmarke war aus den Niederlanden in Amsterdam abgestempelt.

„Ursula!", schoss es ihr durch den Kopf. „Ist das Post von Ursula? Ich kenne niemanden in Holland, der mir schreiben würde", sagte sie zu sich selbst. Auf dem Weg ins Gärtnerhaus betrachtete sie die Schrift. Sie war ihr bekannt. So schreibt nur Ursula. Am Schreibtisch öffnete Ute langsam das Kuvert. Außer zwei eng beschriebenen Blättern Papier kamen drei Samentütchen zum Vorschein. Hierbei handelte es sich um besondere Gemüsesorten: Flaschentomaten, gelbe Zucchini und Schlangengurken. Sie faltete die Briefbögen auf, es war eindeutig Ursulas Handschrift. Neugierig las sie die Zeilen. Endlich ein Lebenszeichen von ihr! Was sollte sie tun? Gleich Herrn Korntheuer anrufen? Das erschien ihr sinnvoll. Sie fasste nichts mehr an und informierte den Ermittler.

Keine Viertelstunde später traf Herr Korntheuer ein.

„Danke, dass Sie gleich angerufen haben, Frau Müller. Ist das die Sendung?"

„Ja. Wie Sie sehen, liegt alles auf dem Schreibtisch. Ich habe nur die Papierblätter aufgefaltet, um die Schrift zu prüfen und zu lesen. Auf dem Kuvert steht kein Absender. Die Samentütchen habe ich nicht angefasst, nur auf den Tisch geschüttelt, falls Sie nach Fingerabdrücken suchen müssen."

„Da haben Sie sehr überlegt gehandelt." Er streifte sich Latexhandschuhe über und entnahm seiner Aktentasche durchsichtige verschließbare Plastiktüten.

„Sie werden verstehen, dass ich das zur Untersuchung mit ins Labor nehmen muss. Kennen Sie diese Samen?"

„Nicht direkt, es sind Tomaten, Gurken und eine Zucchinisorte laut Abbildungen. Die lateinischen Bezeichnungen müsste ich nachschauen."

„Den Brief muss ich natürlich auch mitnehmen. Kann ich ihn irgendwo kopieren?", fragt der Beamte.

„Gerne. Mein Drucker kann das auch", bot Ute an.

Das Original war auf ungebleichten Briefbögen mit königsblauer Tinte eng beschrieben. Die Adresse jedoch war in Druckbuchstaben mit Kuli auf den Umschlag beschriftet worden, vermutlich, dass nichts wie bei Tinte verwischen konnte.

Ute wollte den Brief erst nach dem Weggang des Beamten nochmal in Ruhe lesen. Herr Korntheuer ergriff das Wort.

„Wenigstens haben wir jetzt eine Bestätigung, dass sie sich in den Niederlanden aufhält oder aufgehalten hat. Der Poststempel ist von vergangener Woche, also wurde das Kuvert in Amsterdam aufgegeben, von wem auch immer."

„Was heißt das, von wem auch immer? Denken Sie, dass nicht Ursula den Umschlag in den Briefkasten gesteckt hat?" Ute hatte das nicht verstanden.

„Bevor die Laborergebnisse nicht ausgewertet sind, kann ich dazu nichts sagen."

„Ich darf doch meinen Freundinnen von dem Brief erzählen? Alle machen sich große Sorgen um Ursula."

„Selbstverständlich, und ihren Mann zu kontaktieren ist unsere Aufgabe. Ich danke Ihnen, Frau Müller, dass Sie mich gleich in Kenntnis gesetzt haben. Guten Tag."

Damit verabschiedete sich der Ermittler.

Ute blieb nur die Kopie des Schreibens. Sie setzte ihre Brille auf und begann nochmal genau zu lesen:

Meine liebe Ute,

sicherlich wunderst du dich über Post von mir. Wie du an der Briefmarke erkennen kannst, halte ich mich gerade in Holland auf. Dort habe ich in einem großen Gartencenter die Spezialsamen entdeckt und möchte dir damit eine Freude machen. Als Dank für die Einladung zum Klassentreffen, das ja doch hauptsächlich auch von dir arrangiert wurde, und für die tolle Organisation des schönen Festes, habe ich ein paar besondere Gemüsesorten ausgesucht, die es bei euch vielleicht nicht zu kaufen gibt. Ich bin darauf gekommen, weil ich gesehen habe, wie du dich um den Garten und Park kümmerst und sichtlich Freude daran hast, wie alles grünt, blüht und gedeiht. Sogar dein eigenes kleines Gemüsebeet am Gärtnerhaus hast du zu einem wirklichen Kleinod gemacht. Die Einrichtung des Häuschens spiegelt deinen guten Geschmack und die Liebe zum Detail wider.

Ich habe mich ehrlich gefreut, dass es dir nach dem so tragischen Verlust deines Mannes wieder einigermaßen gut geht und du dich dort sehr wohl fühlst. Möge es so bleiben!

Bereut habe ich schon, an den vorangegangenen Klassentreffen nicht teilgenommen zu haben. Es war wirklich ein schönes Erlebnis, mit den alten Kameradinnen zu plaudern und die doch ganz unterschiedlichen Lebenswege und Schicksale zu erfahren. Die einzige, mit der ich außer mit dir bisher einen losen Kontakt hatte, war Gerlinde, die ja auch im Norden ihre neue Heimat gefunden hat. Ilse hat mir erzählt, dass es bei den ersten Einladungen damals recht schwierig war, die ehemaligen Schülerinnen ausfindig zu machen. Die meisten Mädchen hatten ja nach der Heirat den Familiennamen des Ehemannes angenommen. Wie wir festgestellt haben, sind wir auch örtlich sehr verstreut. Trotzdem sind diesmal viele gekommen. Dass

nach so langer Zeit dieser Zusammenhalt unter-
einander noch herrscht, ist schon erstaunlich. Du
hast dich ja damals schon im Gymnasium als
Klassenclown betätigt und für prima Stimmung
gesorgt, wenn ich nur an unsere Skilager denke.
Die Gitarre war immer dabei und das Leibhaf-
tige Liederbuch mit bayrischen Schnaderhüp-
feln, deren Texte ich zugegebenermaßen fast nie
verstanden habe. Du hattest auch die Gabe, aus
dem Stegreif Gedichte zu schreiben oder satiri-
sche Vorträge zu bringen, dass wir uns vor Lachen kaum noch halten konnten. Möge dir diese
Gabe erhalten bleiben!

Sage auch Riccarda nochmals herzlichen
Dank, dass wir alle bei ihr feiern konnten. Eine
schönere Umgebung kann man sich kaum vorstellen. Auch für das Kulinarische habt ihr
prima gesorgt. Die Auswahl an Getränken und
Speisen war genial und köstlich. Bitte grüß
auch Verena und Michael von mir, die mir außerdem eine angenehme Nachtruhe in ihrem

Gasthof bereitet hatten. Ich habe geschlafen wie eine Prinzessin ohne Erbse. Die Rückreise durch Bayern hat alte Erinnerungen in mir geweckt an schöne Landschaften mit Bergen und Hügeln, die ich in Oldenburg natürlich nicht habe. Dafür ist die See nahe, was mich als Seglerin dafür entschädigt. Bei diesem Hobby kann ich prima entspannen und mich auch körperlich den Kräften der Natur stellen. Damit habe ich nach meiner Rückkehr ein paar Tage verbracht, nachdem Jan sowieso noch in den Staaten weilte. So, genug von mir.

Ich hoffe, die Samen aus Holland werden gute Früchte tragen!

Also, ich habe mich gefreut, euch alle nochmal wiederzusehen. Bitte richte an die Teilnehmerinnen des Klassentreffens ganz liebe Grüße von mir aus! Fühle dich fest umarmt.

Eine gute Zeit wünscht dir
Ursula

Ute ließ die Schriftstücke in den Schoß sinken. Nach einer Weile rief sie Riccarda an und versuchte, die Freundinnen telefonisch davon zu unterrichten.

*

Am Donnerstag in der darauffolgenden Woche erhielt sie einen Telefonanruf von Herrn Korntheuer. Er teilte ihr mit, dass die DNA von Ursula eindeutig zu identifizieren war, aber noch jede Menge Fingerabdrücke anderer Personen auf dem Umschlag und den Samentütchen waren.

Ute blieb sitzen und überlegte, ob dies jetzt gute oder schlechte Nachrichten waren. Noch wusste sie es nicht. Zumindest teilte sie in einem Rundruf den Freundinnen die Informationen mit.

„Die Bügelwäsche macht sich auch nicht von allein!", sagte sie so halb zu sich selber, was Moritz wiederum gar nicht verstand und beleidigt von ihrem Schoß sprang, als sie das Kraulen beendete.

Urlaub

Nachdem Vroni Ende August vom Besuch bei ihrem Sohn aus Köln zurückgekehrt war, fing Ute an, ihre Italienreise vorzubereiten. Sie wollte in der zweiten Septemberwoche an den Gardasee aufbrechen, das erste Mal ohne ihren Mann. Den Wohnwagen und das Segelboot hatte sie im Juli vor Beginn der großen Ferien für kleines Geld verkaufen können. Da Johann ein vernünftiger Mann war, würde er verstehen, dass sie sich davon trennte.

Ein paar Tage vor ihrer Abreise kümmerte sie sich um den Park und erntete ihr reifes Gemüse. Maria nahm dieses gerne für die Küche und versprach, sich während der Abwesenheit gut um Moritz zu kümmern. Ute gab ihr den Zweitschlüssel, wies sie ein, wo das Futter stand, und bat sie, den Briefkasten täglich zu leeren und einmal in der Woche die Zimmerpflanzen zu gießen, den Garten nach Bedarf. Gustav hatte ihr ebenfalls versprochen, alle paar Tage vorbeizukommen und nach dem Rechten zu sehen.

Am Samstagabend verabschiedete sie sich auch von Vroni und Riccarda, denn am nächsten Morgen wollte sie zeitig aufbrechen. Ohne den Schwerlastverkehr kam man am Sonntag schneller vorwärts. Der Kater merkte, dass irgendetwas anders war als sonst und wich ihr nicht von der Seite. Um zehn Uhr ging sie ins Bett.

Sonntagmorgen verließ sie leise das Haus und packte die Reisetasche in den Kofferraum. Mit einem letzten Kraulen verabschiedete sie sich von Kater Moritz. *Es geht los!*

Die Strecke zum Gardasee kannte sie auswendig, hatte trotzdem die Straßenkarte auf den Beifahrersitz gelegt. Ute fuhr nach Süden, passierte die Landesgrenze nach Österreich und näherte sich dem Brennerpaß und damit Italien. Nach einer kurzen Stärkung bog sie bei Trento Richtung Gardasee ab. Die Straße führte sie durch die Berge nach Riva. Kurz nach Arco konnte man einen ersten Blick auf den See werfen, welch ein Gefühl! Ute nahm die Gardesana Occidentale, die auf der Westseite des Benaco nach Maderno führte. Dort hatte sie ein Hotelzimmer gebucht und war froh, ohne Probleme angekommen zu sein.

Sie genoss erholsame Tage, lernte interessante Menschen kennen und unternahm verschiedene Ausflüge.

Der ausführliche Reisebericht steht am Ende des Buches.

Wieder daheim

Ute freute sich, so schön es auch war, auf ihr Heim, das nach vielen Jahren auf dem Land nun wieder in ihrer Geburtsstadt Augsburg lag.

Sie öffnete das Gartentor, parkte das Auto im Carport und ging ins Gärtnerhaus.

„Moritz, wo bist du? Ich bin wieder da!", rief sie und sah sich um. Der Kater war nirgends zu sehen. Er würde schon auftauchen. Sie holte das Gepäck ins Haus und lüftete erstmal durch. Als sie die Terrassentür öffnete, lag Moritz auf dem Gartenstuhl. Er hörte sie, streckte sich genüsslich nach seinem Nickerchen, sah sie an und war erst einmal sehr beleidigt, weil sie über eine Woche nicht da war. Lange hielt er es jedoch nicht aus, kam dann auf sie zu, schnurrte um die Beine und erwartete jede Menge Liebkosungen. Die bekam er natürlich.

„Na mein Lieber, geht es dir gut? Ich hab' dich ganz schön vermisst, weißt du das? Ich packe jetzt aus. Willst du mitkommen?"

Natürlich ging er mit, denn Neugier hieß eine seiner Tugenden. Die Reisetasche war für ihn nicht interessant. Außer Wäsche und Schuhe gab es dort nichts Neues zu entdecken. Allerdings schnupperte er an den Tüten und Kartons, die Ute auf den Küchentisch gestellt hatte. Ob wohl für ihn auch etwas dabei war? Sie packte ihre Einkäufe aus und richtete die Dinge her, die sie in die Villa mitnehmen wollte.

Für Moritz öffnete sie eine Schale allerfeinstes Futter in Gelee und füllte den Inhalt in sein Schüsselchen, dazu frisches Wasser. Gierig stürzte er sich darauf, wie kurz vor dem Verhungern. Es schien ihm zu munden.

„Hast du am Ende gedacht, für dich würde ich nichts aus Italien mitbringen? Wie könnte ich dich vergessen!", sprach sie zu ihm. „So, jetzt werde ich in der Villa erwartet. Also, bis später, mein lieber Moritz!"

Auf dem kurzen Weg liebkoste sie ein Windhauch und sie ließ sich wieder vom vertrauten Flüstern der Blätter im Park verzaubern. Sie war daheim wieder angekommen.

Maria öffnete die Tür und drückte sie stürmisch an sich.

„Schön, dich wieder hier zu haben. Du kommst genau richtig zum Essen. Ich serviere in zehn Minuten die Vorspeise. Die anderen erwarten dich schon auf der Veranda. Geh nur gleich nach draußen."

Ute stellte ihren Korb ab und begrüßte die muntere Runde. „So, da bin ich wieder! Ich grüße euch alle!"

„Hallo Ute!" Riccarda bot ihr einen Platz an und drückte ihr ein Glas Prosecco in die Hand. „Schön, dass du wohlbehalten zurück bist. Also, auf deine gesunde Heimkehr! Prosit."

Sie stieß mit allen an. Auch Vroni, sie war zum Nachtdienst eingeteilt, und Gustav saßen mit am Tisch.

„Danke fürs Haus hüten, Moritz betreuen und den lieben Empfang, den ihr mir bereitet habt! Es tut gut, wieder bei euch zu sein, so schön der Urlaub am Gardasee auch war. Jedoch ohne Johann machte es nur halb so viel Freude. Trotzdem wollte ich nochmal die Orte besuchen, wo wir gemeinsam so schöne Tage verbracht hatten. Oh, Maria kommt schon mit der Vorspeise: Melone mit Schinken, wie in Italien!"

Maria servierte und setzte sich dazu. Die Melone war reif und köstlich zu dem hauchdünn geschnittenen Parmaschinken mit Grissini. Vroni half beim Geschirr abräumen und ging mit in die Küche, um den Hauptgang zu holen. Maria trug ein Tablett mit Semmelknödeln, einer Platte Schweinebraten und Krautsalat auf.

„Damit du dich wieder an die heimatliche Kost gewöhnst, hab' ich Krustenbraten gemacht. Was sagst du nun, Ute?"

„Ich bin begeistert, guten Appetit!", sagte sie und nahm sich von allem.

„Maria, du hast dich mal wieder selbst übertroffen, meint ihr nicht auch?", fragte Riccarda in die Runde. Alle nickten zustimmend und ließen es sich schmecken.

„Wie wäre es jetzt mit einem kräftigen Espresso? Dazu ein milder Grappa oder ein Amaro?", fragte Ute und nahm die Bestellungen auf.

Sie verschwand mit Maria in der Küche, nicht ohne aus ihrem Korb die feinen Kaffeebohnen zu holen.

„Oh, das riecht ja schon hervorragend!", stellte Maria fest und schüttete Bohnen in den Behälter des Vollautomaten. Ute holte in der Zwischenzeit passende Gläser aus dem Schrank, füllte drei mit Eiswürfeln, schnitt Zitronenscheiben zu und füllte mit dem Kräuterlikör aus Italien auf. In zwei Kelche schenkte sie Grappa ein und stellte sie auf das Tablett zu den Espresso-Gedecken, dazu Cantuccini. Maria trug die Getränke, Ute ihren Korb.

„Das ist mal ein Aroma, eine neue Bohnensorte?", wollte Riccarda wissen.

„Ja, ich habe direkt in einer Rösterei eingekauft, Bohnen für Espresso und Cappuccino. Steht je ein Kilo für euch in der Küche. Freut mich, dass er schmeckt. Gustav, wie findest du den Grappa?"

„Hervorragend und mild. Auch aus Italien?"

„Natürlich, wenn er dir schmeckt, kannst du die Flasche mitnehmen."

„Nein, die bleibt bei dir, Ute. Dann habe ich einen guten Grund, dich zu besuchen!", lachte er verschmitzt und prostete ihr zu.

„So, nun lasst uns mal den Korb auspacken und schauen, was ich aus Italien mitgebracht habe. Gustav, das ist für dich. Ich habe Holländer kennengelernt, die sich mit Antiquitäten auskennen. Von denen stammt dein Geschenk, bitte sehr!"

Er packte es vorsichtig aus. „Eine Schachuhr, wie originell. Danke, das freut mich sehr. Otto und ich haben bisher den Kurzzeitwecker aus der Küche verwendet."

„Ich weiß. Das habe ich bei meinem Besuch bei dir gesehen. Und das kann ja nicht angehen, oder? So, was haben wir denn da? Dies Päckchen ist für Riccarda, bitte."

Diese öffnete die Schachtel und holte den Seidenschal heraus. „Oh, der ist ja wunderschön! Vielen Dank, Ute, das wäre wirklich nicht nötig gewesen!"

„Doch, das war nötig! Hier habe ich auch etwas für Vroni, bitte schön!" Ute reichte ihr das Geschenk, das diese gleich auswickelte. „Wie du solche Sachen nur findest? Du hast ja schon immer einen Riecher gehabt, besonders passende Dinge zu entdecken. Danke schön, die Teedose bekommt einen Ehrenplatz in meiner Küche. Und natürlich auch der Jasmin Tee."

„Nicht zu vergessen, unsere Maria, Perle des Hauses. Für dich habe ich auch etwas gefunden, das dir hoffentlich gefällt." Ute überreichte auch ihr das Präsent. Maria öffnete vorsichtig die Schleife, schaute in den Karton und holte die Espressotasse heraus. „Das ist ja mal was Besonderes. So eine habe ich noch nirgends gesehen. Und der passende Löffel ist auch gleich dabei. Danke Ute, wie lieb von dir. Du denkst immer an alle." Die anderen am Tisch pflichten ihr mit einem Kopfnicken bei.

„Wenn ihr mir nicht böse seid, würde ich mich gerne zurückziehen. Ich bin von der Rückfahrt richtig müde. Danke für das hervorragende Essen. Bis Morgen, gute Nacht!"

Ute ging zum Gärtnerhaus, ihrem Seelenheim, wo Moritz schon am Haupteingang der Villa auf sie wartete, um sie nach Hause zu begleiten. Ute freute sich auf ihr eigenes Bett und schlief rasch ein.

*

Am nächsten Morgen erwachte sie ausgeruht und nahm erst mal eine warme Dusche. Es war bewölkt und bestimmt um drei bis vier Grad kälter als am Gardasee. Sie stellte die Waschmaschine an und setzte sich an den Küchentisch, um bei einer Tasse Cafè Crema die Post durchzuschauen. Der Stapel war nicht hoch. Sie öffnete die Umschläge und sortierte Rechnungen, Werbung und Sonstiges und sah ebenfalls die E-Mails durch. Keine Neuigkeiten über Ursula.

Eine bunte Urlaubskarte fand sie unter den Briefen: Gerlinde hatte von ihrem Kurztrip nach Dänemark geschrieben. Sie war mit Hans für ein verlängertes Wochenende nach Kopenhagen gefahren. Ihre Pension war nicht voll ausgebucht, ihr Sohn kümmerte sich um die wenigen Gäste. Sie hatten auch prima Wetter erwischt und sich gut erholt. *Nett, dass sie an mich gedacht haben*, freute sich Ute. Anschließend fragte sie Maria, ob sie etwas brauchte, denn sie musste zum Einkaufen, der Kühlschrank war ziemlich leer.

„Nein, ich hab' alles im Haus. Riccarda lässt fragen, ob du nachmittags zum Tee kommen würdest und ihr mit der Vorbereitung für die Ausstellung hilfst. Passt es dir so gegen drei Uhr?"

„Ja, sag ihr, sie kann mit mir rechnen. Bis später, Maria."

Ute nahm Korb, Kühltasche und Autoschlüssel und erledigte ihre Einkäufe. Am meisten freute sie sich auf ein dunkles Roggenbrot und eine Breze. Das hatte sie in Italien etwas vermisst.

Wieder zurück, hängte sie die Wäsche hinten im Garten auf, lief einmal durch den Park und schaute, was zu tun war. In ihrem Gemüsebeet schnitt sie Petersilie, Schnittlauch und Salbei, um einen Vorrat einzufrieren. Sonst war alles in Ordnung. Mittags machte sie ein Paar Weißwürstl heiß und ließ sich dazu die Breze schmecken. Der Kater sah ihr erwartungsvoll zu, obwohl er wusste, dass es nichts vom Tisch gab.

Anschließend setzte sie sich auf die Terrasse und schrieb an Gerlinde einen Brief, bedankte sich für die Karte und berichtete von ihren Urlaubstagen am Gardasee. Auch Ilse und Jutta bekamen ein paar Zeilen von ihr. Wie immer frankierte sie die Umschläge mit Sondermarken und legte sie auf das Tischchen im Hausgang neben das Schlüsselbrett.

Vorbereitung der Ausstellung

Kurz vor drei Uhr lief Ute zur Villa.

„Hallo Riccarda, da bin ich!"

„Prima, schauen wir uns in meinem Büro Claudias Fotos an. Rita kommt später dazu."

„Gerne, habt ihr schon einen Termin ausgesucht?"

„Ja, wir werden in der letzten Oktoberwoche am Donnerstagabend die Vernissage machen. Die Verkaufsausstellung läuft bis Samstagabend. Sonntag kann dann in Ruhe abgebaut werden. Verena und Michael übernehmen das Catering."

Sie setzen sich an den PC, wo Riccarda Claudias Fotogalerie geöffnet hatte.

„Da könnte mir auch manches gefallen." Riccarda hob die Augenbrauen und nickte dazu.

„Oh ja. Hast du die Opal-Ohrringe gesehen? Bezaubernd, oder?", begeisterte sich Ute.

„Stimmt, die würden zu deinem Halsschmuck passen. Mir gefällt diese Vase, die wäre ideal im Musikzimmer, meinst du nicht?" Riccarda ging mit dem Cursor auf das erste Foto.

„Oh ja, sie ist wunderschön. Sieht aus wie eine von Émile Gallé."

Maria kam mit dem Tee, selbst gebackenen Scones und brachte gleich Rita mit.

„Ich grüße euch! Hier ist meine CD mit den Hutkreationen. Oh! Sind das die Ausstellungsstücke von Claudia? Lasst mal sehen!" Neugierig begutachtete Rita die Fotos.

„Da sind absolut schöne Sachen dabei", musste sie zugeben. „Hier ist meine Liste mit den Kunden, die wir einladen sollten. Wer macht das?"

„Riccarda und ich werden uns um die Werbung kümmern. Die Einladungen schreibe ich und schicke sie euch zur Ansicht, Riccarda hat schon einen Entwurf für die Plakate und die Flyer fertig. Es fehlen nur noch zwei, drei Fotos. Welcher von deinen Hüten soll auf das Plakat?"

„Keine Frage, dieser muss es sein!" Sie zeigte auf einen breitkrempigen Hut mit Blumendekoration.

Claudia hatte ein Collier vorgeschlagen und eine Kaminuhr. Alle nickten zustimmend.

„Damit wäre aus jedem Verkaufsbereich ein Stück auf dem Folder abgebildet. Riccarda hatte die Texte schon fertig, fügte nun die Fotos auf die entsprechenden Positionen ein und zeigte das fertige Plakat am Bildschirm.

„Nun, seid ihr zufrieden?", fragte sie. Es kam ein eindeutiges Ja. „Dann schicke ich den Entwurf gleich an Claudia zur Begutachtung und Freigabe. Sie soll uns dann zur Antwort die Namensliste für die Einladungen anhängen. Ute, hast du dir schon ein Konzept dafür überlegt?"

„Natürlich, so könnte sie aussehen." Sie legte einen vorbereiteten Ausdruck auf den Schreibtisch. „Aber es fehlt noch etwas – sollte die neue Galerie nicht einen Namen bekommen? Das hätte sie verdient?"

„Daran hat niemand gedacht. Vorschlag?", kam es von Rita.

„Stimmt, etwas Außergewöhnliches sollte es schon sein. Ute, wie ich dich kenne, hast du eine Idee." Riccarda blickte sie erwartungsvoll an.

„Natürlich. Ihr kennt meine Lieblingsfarben. Ich kann mir BLAUE ZITRONE vorstellen. Das hat mit Süden zu tun, der neuen Wandfarbe zitronengelb an den Querwänden und dem zarten Blauton an der Decke. Es klingt surrealistisch und für Augsburg mutig. Was meint ihr?"

Der Vorschlag wurde sofort angenommen, zumal das leicht zu zeichnen wäre. Ute hatte eine große Zitrone fotografiert, die sie aus dem Urlaub mitgebracht hatte und mit einem Bildbearbeitungsprogramm blau gefärbt.

„Hier habe ich noch einen Tippfehler entdeckt!" Ute korrigierte ihn sofort mit einem Rotstift. „Gibt es noch Verbesserungsvorschläge?"

„Diesen Satz würde ich umstellen, sonst finde ich die Formulierung gut", meinte Riccarda und deutete mit einem Bleistift darauf. „Wir sollten noch auf das Büffet hinweisen, das angeboten wird."

„Stimmt, freilich muss das noch mit drauf." Ute schrieb den Satz mit der Hand dazu, und er wurde von den anderen akzeptiert.

„Gut, dann werde ich ihn als Serienbrief abspeichern und nach Erhalt der Adressen ausdrucken."

„Sobald wir die Freigabe von Claudia haben, fahre ich morgen zur Druckerei und kümmere mich um die Verteilung der Flyer. Wenn das erledigt ist, kann ich beruhigt und wie geplant Anfang Oktober nach

Dubrovnik. Ute, würdest du bitte mit Verena über Buffet und Getränke sprechen?"

„Klar, gerne. Die Mengen können wir nachmelden, wenn wir wissen, mit wie vielen Gästen wir rechnen dürfen. Ich mache heute noch mit Verena einen Termin. Kann ich Maria dazu mitnehmen?"

„Aber sicher. Nun sollten wir uns die Location, die BLAUE ZITRONE, anschauen und besprechen, wo was aufgebaut werden soll. Kommt ihr mit?"

Riccarda ging voraus, machte Licht in der Galerie und zog die Vorhänge auf. Einige Gegenstände hatten schon ihren festen Platz gefunden, wie zum Beispiel die Kleiderständer, zwei große Tische und einige Stühle und Barhocker, die allesamt mit Tüchern gegen Staub abgedeckt waren. Sie besprachen in etwa den Aufbau, Ute skizzierte mit Bleistift auf dem Block mit. Sie gingen wieder nach oben. In der Zwischenzeit war auch schon Claudias Antwort mit der Namensliste angekommen. Ihr gefiel der Vorschlag gut, sie war einverstanden.

„Prima, dann können wir loslegen. Ute, dir sende ich eine Kopie mit den Adressen auf deinen PC wegen der Einladungsschreiben. Danke, Rita, dass du gekommen bist. Ich freue mich, dass ich für deine Kreationen eine neue Plattform schaffen kann und hoffe für uns alle auf gute Geschäfte."

„Ja, ich auch. Euch vielen Dank für die Mühe, natürlich auch für Tee und Gebäck. Bis bald."

„Ich bringe dich noch raus!" Ute schlug mit Rita den Weg zum Tor ein und begleitete sie zum Auto, das gleich neben der Einfahrt geparkt war. Der alte rote Franzose mit dem Löwen hatte bereits einige Jahre hinter sich. Der einstige Hochglanz der Lackierung hatte sich in eine matte Farbe verändert, eine Delle am hinteren rechten Kotflügel und kleinere Kratzer rundum zeugten von manchem Malheur. Für die Stadt war er jedoch wendig und konnte in kleinste Parklücken gezwängt werden. Rita brauchte kein Statussymbol, sondern ein Gefährt, das sie von A nach B transportierte, mehr nicht.

„Also, bis bald!" Sie verabschiedeten sich mit einer Umarmung.

Ute spazierte zum Gärtnerhaus. Mit ihrem Notebook setzte sie sich an den Tisch im Wohnzimmer und machte die Einladungsschreiben fertig. Mit Verena verabredete sie sich für den morgigen Spätnachmittag im Gasthaus. Moritz bekam seine Abendmahlzeit, Ute machte sich selbst ein Brot mit Käse aus Italien, ein paar Oliven und Parmaschinken. Dazu gönnte sie sich ein Glas Amarone und dachte zufrieden an ihren Urlaub am Gardasee.

*

Am nächsten Morgen war es mild, die Sonne schien. Moritz war seit ihrer Rückkehr noch anhänglicher als vorher. Das genoss auch Ute und streichelte ihn ausgiebig.

Gegen fünf Uhr nachmittags fuhr sie mit Maria ins Gasthaus, um mit Verena und Michael das kalte Buffet zu besprechen. Sie wurden schon erwartet und in den Biergarten gebeten, da die Temperatur noch angenehm war. Die beiden Gastronomen hatten bereits Vorschläge zusammengeschrieben. Gemeinsam wählten sie die Speisen aus, wie Bruschette, Canapés, Geflügelteile, Käse- und Fischhäppchen, also alles, was man als Fingerfood bezeichnen würde. Dazu würden ihre Bistrotische und Barhocker ausreichen. Sie wollten bei den Getränken Mineralwasser reichen, Säfte, Prosecco, Wein, Amaro, Pils vom Fass und Hefeweizen mit und ohne Alkohol. Natürlich würden sie auch Kaffee in allen Varianten anbieten. Kleine Kuchenstücke und Gebäck wollte Maria beisteuern. Sie brauchten nur noch die zu erwartende Personenzahl melden. Michael lud Ute und Maria zu einer Brotzeit ein. Sie bekamen Bratensülze mit frischem Bauernbrot serviert, köstlich, dazu ein Radler.

„Das gab es bestimmt nicht in Italien, oder?", fragte Michael.

„Natürlich nicht. Besonders das dunkle Brot hat mir gefehlt. Trotzdem war es schön, mal wieder eine andere Sprache zu hören und ein anderes Land zu besuchen."

„Der Urlaub hat dir gutgetan nach den Veränderungen in deinem Leben. Danke übrigens für das feine Olivenöl!", meinte Verena.

„Bitte schön, gerne. Ich weiß, dass ihr es schätzt. So, dann verabschieden wir uns. Die Speisen- und

Getränkeliste gebe ich an Riccarda weiter. Ich denke, wir haben eine gute Auswahl getroffen."

„Das meine ich auch. Also, bis dann."

Die beiden Gastronomen begleiteten Ute und Maria hinaus.

Zuhause begutachtete Riccarda die Vorschläge und war sehr zufrieden.

„Hast du noch Sonderwünsche?"

„Nein, du kannst Verena die Bestätigung schicken. Die Getränke bezahlen wir nach Verbrauch, wie bei unserem letzten Klassentreffen. Der Druckerei habe ich Auftrag erteilt und für die Verteilung gesorgt. Genügend Flyer bekommst du als Beilage zu den Einladungen. Diese versenden wir dann als Infopost. Danke für deine Mithilfe, Ute. Übrigens, mein Flug nach Dubrovnik ist gebucht."

„Prima, dann sind die Vorarbeiten für die Ausstellung besprochen. Die Korrespondenz mit Claudia und Rita machst ja du selbst. Ich werde mich jetzt zurückziehen. Gute Nacht."

Ute schlenderte zufrieden zum Gärtnerhaus. Sie freute sich auf das neue Ereignis. Es war eine spannende Aufgabe und willkommene Abwechslung.

Ihr Gemüsegarten rief nach Erfrischung. Das Wasser dafür sammelte sie in einer Regenwassertonne und füllte die Kanne. Aus der kleineren bediente sich auch Moritz. Im Gewächshaus hatte sie eine empfindlichere Tomatensorte stehen, sowie Blattsalate. Im Freien wuchsen Endivien, Zucchini, Lauch, Zwiebeln, sowie Küchenkräuter. Beim Komposthaufen machte sich ein Hokkaido-Kürbis breit. Ute freute sich schon auf die bevorstehende Ernte. Im Glashaus könnten später die Terrassenpflanzen überwintern. Dort akklimatisierte sich gerade ein Oleanderstrauch, den sie sich aus Italien mitgebracht hatte. Moritz begleitete sie auf Schritt und Tritt und beäugte neugierig die fremde Pflanze, giftig für Katzen. Moritz wusste das wohl und schaute sie nur an. Nächstes Jahr wollte sie die Sämereien ziehen, die sie von Ursula geschickt bekommen hatte. Ihr fiel ein, dass sie seit der Post aus den Niederlanden nichts von ihr gehört hatte. Nachdem sie die Pflanzen versorgt und natürlich den Kater gefüttert hatte, setzte sie sich an den PC und schrieb eine E-Mail an Jutta, ob sie in der Zwischenzeit etwas von Ursula in Erfahrung gebracht hatte. Die negative Antwort kam kurz darauf. Nichts über ihren Verbleib.

*

Kurz vor neun Uhr abends klingelte es an der Haustür. Ute war überrascht, denn sie erwartete niemand. Durch den Spion sah sie Vroni und öffnete.

„Na, so eine Überraschung. Grüß dich Vroni, komm doch rein!"

„Guten Abend Ute, darf ich dich noch stören?"

„Du störst doch nicht. Hast du deinen Arbeitstag hinter dir oder geht die Nachtschicht an?"

„Nein, ich komme gerade vom Seniorenheim."

„Dann biete ich dir ein Glas Rotwein an. Magst du?"

„Gerne, sehr gerne sogar." Vroni nahm im Wohnzimmer Platz und stieß mit Ute an.

„Hast du etwas auf dem Herzen? Du siehst so betrübt aus!"

„Siehst du mir das an, Ute? Ja, das ist auch der Grund meines spätabendlichen Besuches. Ich will dich fragen oder eigentlich um etwas bitten, nur weiß ich nicht, wie ich anfangen soll."

„Erzähle einfach, ich höre dir zu", sagte Ute.

„Also, wir haben heute im Heim die Anmeldung eines neuen Bewohners bekommen, der bald einziehen wird. Es handelt sich um Herrn Fischer, Anton Fischer. Seine Frau ist vor einem Jahr gestorben. Er hatte sie zuhause bis zum Schluss gepflegt. Ihr Tod hat ihn gebrochen, er wollte selber nicht mehr sein und er lebte nur noch wegen Wasti, dem Rauhaardackel, weiter. Jetzt ist er gestürzt und hat sich einen komplizierten Beinbruch zugezogen. Das Einfamilienhaus und der Garten sind für ihn allein viel zu groß, er hat keine Kinder, und er schafft es nicht mehr, sich darum zu kümmern. Nach dem Aufenthalt im Krankenhaus zieht er nun in unser Seniorenstift. Das Problem ist Wasti, den er nicht mitbringen darf. Derzeit füttern ihn die Nachbarn, er ist jedoch sonst den ganzen Tag allein. Es geht ihm nicht gut. Wenn er den Hund ins Tierheim geben muss, bricht ihm das sein Herz völlig. Ich habe an dich gedacht, Ute."

Vroni machte eine Pause und sah sie fragend an.

„Könntest du dir vorstellen, Wasti aufzunehmen und ab und zu mit ihm den alten Herrn zu besuchen?

Sag mir ehrlich, was du darüber denkst. Ich bin dir nicht böse, wenn du ablehnst."

„Weißt du, dass ich mit Dackeln und Jagdhunden aufgewachsen bin? Meine Großeltern beiderseits hielten immer Hunde. Ich selbst als Stadtkind hatte nie einen eigenen und später, als ich mit Johann auf dem Land wohnte, waren wir beide berufstätig. Heute könnte ich mir das schon vorstellen, vorausgesetzt er käme mit Moritz zurecht und umgekehrt. Natürlich müsste zuerst Riccarda einwilligen."

„Sie hat nichts dagegen. Du würdest also Wasti nehmen?"

„Ja, wenn er mich akzeptiert und Moritz, dann gerne. Wie alt ist er denn?"

„Er ist sechs und hat seinen eigenen Kopf!"

„Das ist mir klar, sonst wäre er kein Dackel."

„Mir fällt ein Stein vom Herzen, wenn nicht gar ein Felsbrocken. Herr Fischer ist so ein liebenswürdiger Mensch. Dann schlage ich vor, sobald er den Gehgips bekommen hat, stelle ich dir die beiden vor. Zum Wochenende wird er entlassen. Ich sage dir Bescheid. Danke für den Wein, er war hervorragend."

„Bitte Vroni, ein Souvenir vom Gardasee. Also, bis bald und schlaf gut!", wünschte ihr Ute und brachte sie zur Tür. Moritz saß davor.

„Na, komm rein. Vielleicht bekommen wir bald einen neuen Mitbewohner, natürlich nur, wenn du dich mit ihm verträgst. Mich hast du ja als Untermieterin auch angenommen." Der Kater strich ihr um die Beine, folgte ihr ins Wohnzimmer und sprang auf ihren Schoß zum Schmusen.

Waldemar und Anton

Die nächsten Tage vergingen mit Vorbereitungen in der Galerie. Alles wurde geputzt und die Tischwäsche hergerichtet.

Vroni kam aufgeregt nach ihrer Schicht bei Ute vorbei.

„Hallo Ute, morgen Nachmittag soll Herr Fischer aus dem Krankenhaus entlassen werden und wird vorübergehend bei uns in der Kurzzeitpflege untergebracht. Darf ich mit ihm und Wasti dann zu dir kommen und euch bekannt machen?"

„Warum nicht, das passt gut. Das Wetter hält. Wir können auf der Terrasse Kaffee trinken. Also bis morgen, Vroni. Ich bin sehr gespannt."

*

Am nächsten Morgen suchte sie ein Kuchenrezept, denn sie hatte bereits Äpfel aus dem eigenen Garten geerntet. Die anderen Zutaten waren vorrätig. Bald duftete es im ganzen Haus nach der Apfeltorte. Nebenbei hatte sie ein Suppenhuhn aufgesetzt. Das Wurzelgemüse stammte ebenfalls aus Eigenbau. Sie deckte schon mal auf der Terrasse ein und spannte den Sonnenschirm auf. Hinten im Park schnitt sie Rosen und stellte sie in eine Vase. So wollte sie ihre Gäste empfangen. Während sie in der Zeitung blätterte, klingelte das Telefon. Vroni war dran und fragte, ob es in einer halben Stunde passt.

„Natürlich, alles ist vorbereitet. Ich freue mich. Bis gleich."

Ute schaltete die Espressomaschine ein und füllte frisches Wasser auf, sowie die Kaffeebohnen aus Italien. Die Spannung stieg. Wie würde der Hund reagieren, und vor allem Moritz, der Hausherr?

Als die Türglocke läutete, ging Ute zum Eingangstor, gefolgt von Moritz. Er wollte nichts verpassen. Sie bat ihre Gäste herein.

Herr Fischer war ein hochgewachsener stattlicher Mann mit weißem Haar und guter Figur. Gesicht und Hände waren etwas faltig und leicht gebräunt, aus den stahlblauen Augen ergoss sich sein Blick auf Ute und Moritz. Ein Hosenteil war wegen des Gehgipses bis zum Knie mit Sicherheitsnadeln befestigt, das schneeweiße Hemd war tadellos gebügelt, das Leinensakko edel geknittert. Eine Fliegerarmbanduhr blinkte in der Sonne.

„Darf ich bekannt machen: Anton Fischer, Ute Müller, und das," sie deutete nach unten, „ist Wasti."

Vroni führte den Dackel an der Leine.

„Sehr erfreut, Frau Müller. Ich danke Ihnen außerordentlich, dass Sie uns empfangen. Frau Vroni hat mir schon ein wenig von Ihnen erzählt."

„Herzlich willkommen, Herr Fischer. Treten Sie ein. Ich habe auf meiner Terrasse gedeckt. So, und du bist also Wasti. Na, komm her zu mir." Ute ging in die Knie, hielt ihm ihre Hand hin zum Beschnuppern. Sehr schnell hatten sich die beiden ins Herz geschlossen. Der Hund wedelte wie verrückt mit dem ganzen Körper, legte sich auf den Rücken und ließ sich kraulen. Er wusste genau, der erste Eindruck zählt!

„Moritz, das ist Wasti, komm ihn begrüßen."

Der Kater war bisher auf Distanz geblieben, stolzierte jedoch langsam auf den Dackel zu, der schon seine Unterlegenheit erkannte. Erst einmal stellte Moritz die Rückenhaare und fauchte ein wenig. Bald aber beschnupperten sich die Tiere und akzeptierten sich.

Die Gruppe ging durch den Garten auf die Terrasse, Ute bot Plätze an und fragte nach den Getränkewünschen: „Espresso, Cappuccino, Latte Macchiato, Tee, was soll ich bringen?"

„Welche Auswahl? Ich würde gerne einen Cappuccino nehmen, wenn es nicht zu viel Umstände macht," meinte Herr Fischer mit seiner sonoren Stimme. Vroni wollte das gleiche trinken. „Ich helfe dir servieren", und ging mit in die Küche.

„Du kannst schon mal den Kuchen raustragen."

„Nun, wie findest du Herrn Fischer, Ute?"

„Er scheint ein angenehmer Mensch zu sein."

„Da bin ich aber froh, denn das ist die Voraussetzung. Dass du den Wasti magst, war ja nicht zu übersehen. Und er mag dich offensichtlich auch."

„Sieht so aus, ja. Hier ist der Tortenheber. Ich komme gleich."

Ute füllte drei Tassen und nahm sie mit nach draußen. „So, Herr Fischer, bitte, Ihr Cappuccino. Darf ich Ihnen ein Stück Apfeltorte anbieten?"

„Aber gerne doch, so wie das duftet. Hausgemacht?"

„Natürlich, und die Äpfel sind hier aus dem Park, ohne Spritzmittel."

Auch Vroni nahm ein Stück.

„Nun, Herr Fischer, erzählen Sie von sich. Haben Sie starke Schmerzen nach der Operation?", erkundigte sich Ute.

„Nun, die Schmerzen sind nicht so schlimm. Was mich stört, ist, dass ich jetzt anderen Menschen zur Last falle. Das bin ich nicht gewöhnt. Bis vor einem Jahr war meine Frau Luise auf mich angewiesen. Jetzt verstehe ich erst, was das heißt. Sie hatte einen Schlaganfall erlitten und war danach teilweise gelähmt. Es hat sie sehr belastet, dass ich im Haushalt so viel machen musste. Das war Jahrzehnte lang ihr Resort. Ich habe mir in diesem schwierigen Jahr viel angeeignet. Luise war die perfekte Hausfrau schlechthin. Trotzdem, Haus und Garten sind mir zu groß, ich werde das Anwesen verkaufen. Im Seniorenstift hat man mir ein schönes Appartement angeboten, das ich beziehen werde. So bin ich versorgt, wenn es nötig ist und allein, wenn ich es möchte. Ein guter Kompromiss, den ich mir Gott sei Dank leisten kann. Der Wermutstropfen ist allerdings, dass ich mich von meinem Gefährten trennen muss. Wasti haben wir als Welpen zu uns genommen, jetzt ist er sechs Jahre alt. Er ist gesund, hat alle erforderlichen Impfungen bekommen und war erst beim Tierarzt zum Zahnstein entfernen. Lange Spaziergänge mag er, andere Hunde und Katzen auch. Er vermisst Luise und mich natürlich auch, doch die Nachbarn hatten nur Zeit zum Füttern, mehr nicht. Er hat mich im ganzen Haus gesucht. Umso freudiger war heute die Begrüßung nach dem Krankenhausaufenthalt. Liebe Frau Müller, ich hege die Hoffnung, dass Sie ihn aufnehmen und für ihn sorgen. Für Steuer und Futterkosten komme ich natürlich auf. Was denken Sie?"

„Sie haben ja gesehen, dass wir uns verstehen. Natürlich nehme ich Wasti auf und er bezahlt, wenn man es so nennen will, doch selbst mit seiner Zuneigung. Geld nehme ich nicht von Ihnen an, soweit kommt es noch!"

Inzwischen saß der Dackel unter dem Tisch und eine Pfote lag auf Utes Fuß. Moritz hat seinen Lieblingsplatz auf dem Liegestuhl besetzt. Schließlich hatte er ältere Rechte und zeigte es dem neuen Mitbewohner.

„Danke, Frau Müller, ich bin erleichtert, ich kann Ihnen gar nicht sagen, wie sehr. Er wird es bei Ihnen guthaben, davon bin ich überzeugt. Wann könnten Sie ihn nehmen?"

„Wenn Sie wollen, gleich. Allerdings habe ich weder Futter noch einen passenden Korb für ihn."

„Das können wir aus Ihrem Haus holen." Vroni bot ihren Chauffeurdienst an.

„Prima, wenn Sie das tun würden."

„Darf ich noch etwas anbieten? Einen Grappa, einen Amaro, einen Cocktail?" Ute stand auf und nahm die leeren Tassen mit in die Küche. Herr Fischer sollte ihren Grappa probieren. Sie holte passende Gläser aus dem Schrank und nahm die Flasche aus

Italien mit hinaus. Vroni trank nur ein Wasser, denn sie musste noch Auto fahren. Herr Fischer probierte wegen der Medikamente nur ein winziges Schlückchen Tresterschnaps.

„Das ist mal etwas Köstliches! Richtig weich und trotzdem ein kräftiges Aroma. Und erst die Farbe!"

„Stimmt, Sie haben einen guten Geschmack. Den habe ich von meinem Urlaub am Gardasee mitgebracht, einen Grappa Stravecchia. Freut mich, dass er schmeckt."

„Dann lassen Sie uns aufbrechen und die Hundesachen holen. Ich brauche auch noch einiges aus dem Haus. Frau Müller, ich danke Ihnen aufrichtig, dass Sie sich meines Dackels annehmen. Natürlich auch für die vorzügliche Bewirtung. Wir werden in etwa einer Stunde zurückkehren."

„Das ist schon in Ordnung. Keine Eile."

Ute begleitete die beiden zum Tor, der Dackel ging mit. Er blieb ohne weiteres im Garten. Der Kater döste im Liegestuhl vor sich hin. Ute schloss das Gartentor, der Hund folgte ihr ohne Zögern zurück ins Haus. Dieses untersuchte er jetzt genauer und schnupperte in jedem Zimmer.

„Na, Wasti, gefällt es dir bei mir? Du musst dich allerdings in die zweite Reihe stellen, denn Moritz wohnt schon sein ganzes Leben hier und ist der Boss. Aber ihr werdet schon miteinander klarkommen."

Ute räumte den Terrassentisch ab und stellte das Geschirr in die Spüle. Das Suppenhuhn war in der Zwischenzeit gar. Sie zog die Haut ab, schnitt das ausgebeinte Fleisch in Stücke und gab diese zurück in die Brühe. Erst jetzt kam Salz, Pfeffer, Lorbeerblatt, Zwiebel und Wurzelgemüse dazu. Sie schnitt die Haut in kleine Stücke und mischte einige zurückbehaltene Fleischstückchen darunter. Sie wusste, dass Moritz ganz wild danach war. Er strich bereits um ihre Füße.

„Du musst etwas warten, es ist noch zu heiß! Geduld, mein Lieber, Geduld." Auch Wasti schnupperte mit erhobener Nase. Kurz danach ging die Klingel und der Dackel schlug an. Sofort lief er mit Ute zur Pforte.

„So, da sind wir wieder." Herr Fischer und Vroni hatten den Kofferraum des Autos vollgepackt. Ute half beim Ausladen. Gemeinsam trugen sie die Sachen ins Haus.

„Das ist sein Korb, seine Decke, seine beiden Näpfe, sein Futter und seine Spielsachen", erklärte Herr Fischer. Er übergab ihr die Urkunde mit dem Stammbaum, den Impfpass und instruierte sie über die Futtergabe.

„So, er heißt also Waldemar Korbinian von der Tannenhöhe! Wasti ist sein Rufname", stellte Ute fest.

„Genauso ist es, gell Wasti. Jetzt bist du hier zuhause. Ich erwarte von dir tadelloses Benehmen, hast du verstanden?" Herr Fischer sprach mit erhobenem Zeigefinger auf den Dackel ein, der einmal kurz bellte und dann mit dem Schwanz wedelte, als hätte er es verstanden.

Ute war es wichtig, dass sein Herr ihn zu ihr gebracht hat und nicht sie ihn vom Haus geholt hatte. Mal sehen, wie sie sich aneinander gewöhnen würden.

„So, Frau Müller, ich darf mich verabschieden und Ihnen nochmals danken für die Aufnahme meines Kameraden. Frau Vroni bringt mich jetzt zur Kurzzeitpflege. Sobald mein Appartement renoviert ist, werde ich meine Möbel holen lassen und mich um den Verkauf des Hauses kümmern, am einfachsten mit einem Makler."

„Haben Sie einen Immobilienfachmann, Herr Fischer?"

„Nein, bisher nicht. Kennen Sie jemand?"

„Ja, ich kann mal mit Petra sprechen. Sie ist auch aus unserer früheren Schulklasse?"

„Natürlich gern, hier ist meine Telefonnummer."

Sie gingen gemeinsam zum Gartentor. Herr Fischer tat sich beim Einsteigen in den Wagen mit dem Bein etwas schwer.

„Ich schau abends nochmal bei dir vorbei, wie es dem Dackel geht!"

„Gerne, tu das, Vroni. Bis später!"

Ute winkte ihnen nach, ging dann mit Wasti nach drinnen. Sie suchte im Wohnzimmer einen guten Platz für seinen Korb und in der Küche für sein Futter. Einen Napf füllte sie mit frischem Wasser, den anderen erst einmal mit dem Trockenfutter, das er gewohnt war. Sobald das markante Geräusch zu hören war, erschien sofort auch Moritz und forderte ebenfalls sein Abendessen. Natürlich probierte er erst das Hundefutter, was der Dackel zuließ und seinerseits an dem Katzenfutter schnupperte. Sofort vertrieb ihn jedoch Moritz mit einem energischen Tatzenhieb. Somit waren die Fronten geklärt und jeder widmete sich seiner eigenen Schüssel. Ute war zufrieden und bot beiden vom ungewürzten Suppenhuhn an, was sie allzu gerne annahmen.

Nach der Mahlzeit machte sie einen Spaziergang durch den Park. Sie leinte Wasti an, ging langsam mit ihm den Weg entlang und ließ ihn schnuppernd den Garten erkunden. Als sie an der Villa angelangt waren, kam Riccarda und Maria heraus und machten sich mit dem neuen Mitbewohner bekannt. Wasti betrug sich sehr gut, ließ sich streicheln und begutachten. Er wusste sehr genau, dass er eine Schönheit war und trug stolz seine Rute. Schnell hatte er alle Herzen erobert.

Nach der Rückkehr ins Gärtnerhaus schöpfte sie sich einen Teller Hühnersuppe aus dem Topf und setzte sich damit an den Küchentisch. Köstlich. Da klingelte es an der Tür.

„Wuff, wuff", meldete Wasti. Das wird Vroni sein, dachte Ute und drückte den elektrischen Öffner. Sie hatte Recht.

„Komm rein. Magst du einen Teller Hühnersuppe?"

„Oh ja, das wäre jetzt genau richtig, danke."

Sie setzten sich an den Küchentisch und löffelten die Brühe.

„Na, wie kommt ihr miteinander zurecht?"

„Gut bis jetzt, Wasti kennt schon Riccarda und Maria und war zu beiden sehr freundlich. Den Park hat er auch schon erkundet. Ich bin mal gespannt, wie die Nacht wird."

„Liebe Grüße von Herrn Fischer. Er ist wirklich erleichtert, dass er einen guten Platz für seinen Liebling gefunden hat. Zufrieden ist er zu uns ins Heim gezogen. In einer guten Woche wird sein Appartement fertig renoviert sein. Bis dahin ist er in einem kleineren Zimmer untergebracht. Er hat sich damit abgefunden, dass er nicht mehr in sein Haus zurückkann. Ich werde ihm bei der Eingewöhnung helfen, so gut ich kann", sagte Vroni.

„Da bin ich mir sicher. Du kannst eben gut mit Menschen umgehen, das war schon immer so. Dein Beruf ist Berufung, könnte man sagen."

„Das stimmt. Die alten Herrschaften sind zwar manchmal schwierig, aber außerordentlich dankbar. Gut, dass wir in diesem Heim etwas mehr Zeit haben, uns um die Senioren zu kümmern. Die freuen sich über jedes Wort. Ich selbst gehe täglich erfüllt von der Arbeit heim."

„Das kann ich mir vorstellen. Noch etwas Suppe?"

„Danke, das reicht. Wir haben ja bei dir nachmittags die Apfeltorte verputzt. Sie war allerfeinst."

„Dann nimm wenigstens ein Stück davon zum Frühstück mit."

„Das ist eine gute Idee, danke, Ute."

„Bitte, bringe doch auch Riccarda und Maria etwas davon."

„Natürlich. Also, bis dann."

„Schlaf gut, Vroni."

Ute räumte den Tisch ab und ging ins Wohnzimmer. Die Nummer von Petra suchte sie in ihrem Telefonverzeichnis und wählte. Prima, nicht belegt. Petra meldete sich.

„Es geht mir gut, sowohl als Mensch, als auch im Geschäft. Dir auch, Ute?"

„Ja, danke." Sie erzählte kurz von ihrem Italienurlaub und von Wasti. So kam die Sprache auf den eigentlichen Grund des Anrufes. Sie erklärte ihr, dass Herr Fischer sein Einfamilienhaus verkaufen und nach seinem Umzug einen Makler damit beauftragen wolle.

Petra sagte zu und wünschte ihr eine gute Nacht.

Ute rief Herrn Fischer an, um ihm mitzuteilen, dass es Wasti gut ginge. Er hätte seine Abendmahlzeit verspeist und erkunde gerade nochmal das Haus. Sie versprach, sich morgen wieder zu melden.

Ein ereignisreicher Tag ging zu Ende. Wasti stand vor der Haustür und jaulte. Ute holte die Leine und ging mit ihm raus. Er machte sein kleines Geschäft und lief noch eine Runde mit ihr. Zurück im Haus nahm Ute eine warme Dusche. Der Hund lief währenddessen suchend durch die Räume. Moritz hatte schon seinen Schlafplatz eingenommen, würde aber später wieder auf Tour gehen.

Als Ute dann auf dem Sessel Platz genommen hatte, kam der Dackel ins Wohnzimmer und legte sich zu ihren Füßen. Die Streicheleinheiten nahm er dankbar an. Er musste viel Kontakt zu Menschen nachholen. Moritz sprang sofort eifersüchtig auf ihren Schoß und schnurrte wie eine Nähmaschine. Auch er wurde gekrault. Er sollte nicht durch einen neuen Hausbewohner ins Hintertreffen kommen. Ute hörte noch die Nachrichten im Radio und ging danach Schlafen.

Kennenlernen

Gegen sieben Uhr in der Früh hörte sie ein leichtes Kratzen an der Schlafzimmertür. Wasti will raus, schoss es ihr durch den Kopf. Sie schlüpfte in den Morgenmantel, begrüßte ihren neuen Mitbewohner, der mit heftigem Schwanzwedeln und Jaulen hocherfreut antwortete. Vorsichtshalber leinte sie ihn an und ging mit in den Garten. Kurz darauf erledigte er sein Geschäft. Moritz hatte durch die Katzenklappe das Haus längst verlassen und kam auf sie zu. Die beiden Tiere beschnupperten sich kurz, dann ließ sich der Kater streicheln.

„Na, wie sieht es aus mit Frühstück?" Sie versorgte die Vierbeiner und ging ins Badezimmer. Nach Milchkaffee und Brot mit selbstgemachter Aprikosenmarmelade schrieb sie den Einkaufszettel. Nachdem die Pflanzen gegossen waren, klingelte sie bei Maria.

„Kümmerst du dich bitte um Wasti? Ich bringe deine Sachen vom Einkauf mit."

„Ja natürlich. Na, Wasti, hattest du eine gute Nacht?" Maria kraulte ihn hinter den Ohren, was er sichtlich genoss. Sie gab Ute den Besorgungszettel.

„Also, bis später, Maria."

Die Lebensmitteleinkäufe waren bald erledigt. Vorher war sie im Fachgeschäft für Tiernahrung und ließ sich ausführlich beraten, was für den Dackel geeignet war.

Vollbepackt kam sie zurück.

Maria und Wasti empfingen sie freudig und der Dackel schnupperte an den Tüten.

„Erst muss ich die Lebensmittel in den Kühlschrank tun, dann kommst du dran, Wasti. Maria, hier dein Einkauf. Heute hast du nicht viel gebraucht, was?"

„Riccarda fliegt doch in ein paar Tagen nach Kroatien."

„Richtig, daran habe ich vor lauter Hund gar nicht mehr gedacht."

„Verständlich. Wollen wir uns nachmittags zum Kaffee treffen? Ich backe den Kuchen und du kannst gerne die Herren dazu einladen!"

„Das ist ein Vorschlag, danke. Ich wollte sowieso Herrn Fischer anrufen. Ist drei Uhr in Ordnung?"

„Prima." Maria verschwand mit ihrem Korb in der Villa.

Ute packte die Tiernahrungstüte aus. Zwei Nasen schnupperten erwartungsvoll. Jeder bekam ein neues Spielzeug, Leckerli kamen zum Vorschein und natürlich Feucht- und Trockennahrung auf Vorrat. Sie räumte die Tüten und Dosen in der Speisekammer in ein eigenes Regal, wo auch das Katzenstreu stand. Danach setzte sie sich mit dem Telefon in den Garten, wählte die Nummer von Gustav und lud ihn zum Kaffee ein. Er sollte auch gerne Otto und Herrn Fischer mitbringen.

„Also, bis um drei Uhr", sagte sie. Danach informierte sie auch Herrn Fischer, schließlich musste er der Einladung zustimmen. Es war warm genug, um auf der Terrasse zu sitzen. Ute hatte noch Zeit, bis die Gäste eintreffen würden, setzte sich an ihr Notebook und checkte die Mails. Es war eine Anfrage von Rita dabei. Sie wollte wissen, wie viele Gäste sich zur Vernissage angemeldet hatten. Claudia aus München hatte die Zusagen mitgeteilt. Einige Mädels vom Klassentreffen würden ebenfalls kommen. Ute freute sich schon jetzt auf das Ereignis und meldete die Teilnehmerzahl an Michael.

Pünktlich zur vereinbarten Zeit kamen die Kaffeegäste. Otto hat im Heim einen Rollstuhl ausgeliehen und Herrn Fischer geschoben. Er traute sich die Strecke zu Fuß mit dem Gehgips noch nicht zu.

„Das war schlau! Willkommen, meine Herren. Auf der Terrasse ist gedeckt."

Wasti hörte die Stimme seines Menschen und flitzte um die Ecke. Mit Jaulen und Wedeln begrüßte er ihn und legte sich sogleich auf den Rücken. Moritz kam gemächlich auf Gustav zu und schnurrte, so laut er konnte. Nach der tierischen Begrüßungs-Zeremonie nahmen die Herren Platz und Maria trug einen wunderbar duftenden, mit Pfirsichstückchen gefüllten Käsekuchen auf. Ute nahm die Kaffeebestellungen entgegen und eilte in ihre Küche. Mit vollem Tablett erschien sie wieder in der Türe und servierte.

„Ihr habt euch schon bekannt gemacht, nehme ich an. Maria, wo bleibt Riccarda? Hast du ihr Bescheid gegeben?"

„Sicherlich, sie führt noch ein Telefonat und kommt nach. So, wem darf ich Kuchen anbieten?" Jeder hielt seinen Teller hin.

„Besser als aus der Konditorei!", stellte Herr Fischer fest. „Hervorragend! Ich kann das beurteilen, denn meine verstorbene Frau war gelernte Konditorin und hat bis zu unserer Heirat in einer Confiserie gearbeitet."

„Na, dann sind Sie ja ganz schön verwöhnt worden. Beneidenswert! Sie vermissen Sie sicher sehr", meinte Maria voller Mitleid.

„Ja, sie fehlt mir."

„Herr Fischer, was haben Sie denn früher beruflich gemacht?" Ute wollte ihn gerne etwas näher kennenlernen.

„Ich hatte das große Glück, als einziger meiner Geschwister eine höhere Schule besuchen zu dürfen. Damals hieß es, ein Mann muss später eine Familie ernähren können, meine Schwestern würden ja wohl geheiratet werden. Ich wohnte zu der Zeit bei einem weitläufigen Verwandten, an den meine Eltern monatlich für Kost und Logis bezahlten. Dieser „Onkel" hielt mich sehr kurz. Meine Pausenbrote waren mit einem Hauch Margarine und dünn mit Marmelade bestrichen. Andere Klassenkameraden am Gymnasium hatten Wurst oder Käse auf den Broten. Ich sagte immer, dass ich Marmelade viel lieber hätte, um nicht als armer Schlucker dazustehen. Trotzdem war ich meiner Mutter sehr dankbar, dass sie manchmal einige Pfennige vom Haushaltsgeld abzwackte und mir zusteckte, wenn ich bei ihr zu Besuch war.

Bevor ich dann am Sonntagabend wieder in die Stadt fuhr, bekam ich zur gewaschenen und perfekt gebügelten Wäsche auch ein Stück Käse oder Geräuchertes dazu.

Beide Schwestern leben leider nicht mehr. Meine Frau Luise war Einzelkind, daher stehe ich jetzt ganz allein auf der Welt da, außer Wasti, meinem treuen Gefährten. Er hat nach seinem Frauchen lange im Haus gesucht, bis er irgendwann aufgab. Daher ist er nun anhänglicher als zuvor."

„Durften Sie später studieren?", wollte Ute wissen.

„Nein, der Krieg war vorbei, mein Vater kehrte sehr spät aus der Gefangenschaft in Sibirien zurück und war völlig verändert. In seinem alten Beruf konnte er nicht mehr arbeiten, denn er war auch körperlich gebrochen und hatte ein Bein verloren. Meine Mutter wollte ihm mit viel Geduld und Aufopferung wieder ins normale Alltagsleben helfen. Es gelang ihr nicht, und uns Kindern war er fremd geworden. Ein Jahr später verstarb er. Mutter und Schwestern versuchten, uns irgendwie durchzubringen. Ich durfte eine Lehre machen und verdiente etwas Geld mit Reparaturen von Volksempfängern, Bügeleisen und sonstigen Elektrogeräten. Später suchte man bei MBB, also Messerschmidt-Bölkow-Blohm in Augsburg-Haunstetten Arbeitskräfte und ich bekam eine Anstellung. Schnell arbeitete ich mich hoch, viele Fachleute waren ja im Krieg gefallen. Ich kam schließlich in die Konstruktionsabteilung und durfte später an der Entwicklung von

Flugzeugen mitarbeiten wie dem Airbus. Diese Arbeit machte mir viel Freude."

„Deshalb auch die Fliegeruhr", stellte Ute fest.

„Richtig, gut erkannt. Ich war Mitglied in der Flugsportgruppe. Als ich dann in Rente kam, erkrankte meine Frau so schwer, dass ich mich ausschließlich um sie kümmerte. Sonst hätte ich sie nicht zuhause behalten können, bis sie schließlich im letzten Jahr verstarb. Sie fehlt mir unheimlich und es vergeht kein Tag, an dem ich nicht an sie denke. Mein einziger Trost war Wasti, bis ich so unglücklich gestürzt bin und mir diese Fraktur zugezogen habe. Meine Nachbarn haben ihn gefüttert, aber der menschliche Kontakt fehlte ihm natürlich sehr. Bei Ihnen, Frau Müller, fühlt er sich anscheinend wohl."

„Sieht so aus. Mit Moritz verträgt er sich auch. Er hat schon gemerkt, dass er bei ihm zurückstecken muss. Wir kommen gut miteinander aus."

„Das denke ich auch. Hätten Sie etwas dagegen, wenn wir uns duzen?"

„Nein, das ist in Ordnung, also – Ute."

„Und ich heiße Anton."

„Und hier kommt Riccarda, die Hausherrin dieses Anwesens und das ist Anton Fischer", machte sie die beiden miteinander bekannt. Riccarda setzte sich. Auch ihr wurde Kuchen und Cappuccino serviert.

„Übrigens", erwähnte Anton, „ich habe vormittags mit der Maklerin telefoniert wegen des Hausverkaufs. Sie soll das nach meinem Umzug übernehmen. Das klappt ja prima, wenn Sie das in die Hand nehmen, also du. Vielen Dank dafür, Ute."

„Gerne, wenn ich helfen kann."

Der Nachmittag verflog schneller als gedacht. Gustav und Otto packten Anton wieder in den Rollstuhl und verabschiedeten sich dankend.

Riccarda und Maria bleiben noch sitzen. Sie besprachen, was während der Abwesenheit von Riccarda zu tun war. Für den kommenden Tag hatte sie einen Wagen vom Flughafentransfer bestellt, der sie nach Memmingen bringen sollte. Von dort flog eine Maschine direkt nach Dubrovnik. So musste sie nicht nach Erding und ewig lang vorher einchecken. Sie freute sich, mal wieder in den Süden zu kommen.

Nach der Verabschiedung gingen die beiden zurück zur Villa.

Neuigkeiten aus Köln

Ute räumte gerade auf, als es an ihrer Tür klingelte. Wasti schlug sofort an und rannte in den Garten. „Hallo Vroni, komm doch auf die Terrasse. Darf ich dir ein Stück Kuchen anbieten?"

„Sehr gern. Habe gerade die Herren getroffen, die waren ganz angetan. Ich habe das Gefühl, das wird eine richtig gute Männerfreundschaft. Herrn Fischer erleichtert das die Eingewöhnung", antwortete Vroni und ließ sich auf dem Lehnstuhl nieder.

„Du wirkst angeschlagen, Vroni. Ist etwas?", fragte Ute. „Oder war dein Arbeitstag einfach nur anstrengend?"

„Nein, nicht anstrengender als sonst. Du scheinst mich gut zu kennen. Sieht man mir das an?"

„Ich schon. Also, raus mit der Sprache, und falls ich dir helfen kann, sag es."

Ute brachte zwei Cafè Crema und setzte sich zu ihr.

„Also, es ist so: Maximilian hat die Tage angerufen. Er will seine Arbeit an der MÖFA aufgeben und nach Augsburg ziehen."

„Ja und, das ist doch schön für dich, ihn in der Nähe zu wissen. Allerdings hatte ich den Eindruck, dass ihm seine Tätigkeit dort gefallen hat. Aber, er wird schon seine Gründe haben."

„Genau, die hat er. Du weißt ja, er sieht verdammt gut aus. Kein Wunder, wenn ihn junge Damen anhimmeln. Maxi hat sich ernsthaft verliebt in eine Studentin, die kurz vor ihrem Abschluss steht.

Trotz Geheimhaltung muss eine Kollegin etwas gemerkt haben, die ein Auge auf ihn geworfen hatte. Aus gekränktem Stolz und Abweisung folgte ein regelrechtes Mobbing mit Verleumdungen und unwahren Geschichten. Sie ging sogar so weit, ihm sexuelle Belästigung vorzuwerfen! So hat er gekündigt und hört nach dem Sommersemester auf. Seine Freundin Heidi bestand die Abschlussprüfung mit Bravour und steigt ins elterliche Geschäft ein. Es handelt sich um eine Firma für Interieur, die unter anderem den Innenausbau für Luxusyachten macht. Maxi wurde angeboten, dort als Designer zu arbeiten und eventuell später in die Geschäftsleitung einzusteigen. Daher suchen die zwei eine Bleibe in der Nähe. Du kennst doch jede Menge Leute. Weißt du ein Haus, das zum Kauf steht? Oder soll ich Petra bemühen?"

„Das tut mir leid für Maximilian. Übel, dieses Mobbing. Aber – es hat auch was Gutes, wenn er hierherziehen will. Da wüsste ich tatsächlich was. Das Haus von Anton steht doch zum Verkauf!"

„Stimmt. Das hat er erzählt. Daran hab' ich gar nicht gedacht. Gibt es schon Interessenten?"

„Soweit ich weiß, nicht. Aber Petra hat sich schon bei ihm gemeldet, um behilflich zu sein. Das Anwesen liegt im Spickel und wird bald einen Käufer finden, denn in dieser Wohngegend bleibt nichts lange leer."

„Dann sollten wir schnell reagieren", meinte Ute und holte das tragbare Telefon. Ich hab' die Nummer von Anton schon eingespeichert. Du hast nur die

Acht zu drücken, dann bist du mit seinem Zimmer verbunden." Ute reichte Vroni den Apparat.

„Guten Abend, Herr Fischer, störe ich gerade? – Nein, das ist gut. Ich wollte auf Ihr Haus zu sprechen kommen, das zum Verkauf steht. Haben Sie schon einen Interessenten? – Nein? Das ist gut, denn mein Sohn sucht etwas in Augsburg. Er kommt an diesem Wochenende zu mir. Wäre eine Besichtigung möglich?" Vroni war ganz aufgeregt.

„Natürlich, dann werde ich der Maklerin Bescheid geben, denn sie wollte nächste Woche zu mir kommen. Wenn es Ihrem Sohn nicht gefällt, können wir sie immer noch einschalten", stellte Anton fest. Also, Samstagnachmittag gegen drei?"

„Ja, das würde prima passen. Also, bis Morgen, schlafen Sie gut, Herr Fischer."

„Das mit dem Herrn Fischer vergessen Sie schnell, ich bin der Anton und basta!"

„Also gut, Anton, Vroni wünscht eine angenehme Nachtruhe!"

„Genau so, das wünsche ich dir auch."

Vroni gab das Telefon an Ute zurück und war erleichtert.

„Weißt du Ute, ich trage das mit dem Mobbing schon längere Zeit mit mir rum. Ich wollte damit niemand belasten. Jetzt bin ich froh, mit dir gesprochen zu haben, es befreit mich ungemein. Heidi ist so ein nettes Mädel, offen, ehrlich und fleißig. Ich könnte mir keine liebere Schwiegertochter wünschen. Ich mochte sie sofort. Es scheint auch ihm ernst zu sein.

Ich dachte schon, er bleibt Single. Diesmal hat es ihn voll erwischt."

„Schön, er ist ja auch ein liebenswerter Mensch. Wenn er am Samstag kommt, sehen wir uns ja und du kannst mir Heidi vorstellen. Also, gute Nacht, Vroni, schlaf gut!"

„Danke, du auch!"

Sichtbar erleichtert verließ sie die Terrasse. Moritz begleitete sie ein Stück des Weges, Wasti suchte seinen Herrn, immer mit der Nase am Boden entlang. Enttäuscht blieb er am großen Gartentor stehen.

„Abendessen!", rief Ute den Vierbeinern zu. „Es ist angerichtet."

Gesättigt kamen dann beide zum Kuscheln.

Abends hörte sie sich noch die Nachrichten an, als das Telefon läutete. Verena war dran.

„Störe ich gerade? Nein? Das ist gut. Zunächst danke für die Meldung mit der Teilnehmerzahl. Dann können wir planen. Ich wollte dir etwas erzählen, aber lieber persönlich."

„Komm vorbei. Bei der Gelegenheit kannst du gleich unseren neuen Untermieter kennenlernen." Ute unterdrückte ein Lachen.

„Was, du hast einen Untermieter? Da bin ich mal gespannt."

„Ja, er heißt Waldemar und ist ein Adeliger, also ein von. Da bist du sprachlos, was?"

„Stimmt, das hätte ich nicht gedacht. Passt es dir morgen nachmittags, Ute?"

„Ja, gerne, ich bin da. Gruß an Michael!", beendete Ute das Gespräch. Ein ereignisreicher Tag ging zu Ende und sie begab sich zu Bett.

Abgehauen

Der neue Tagesrhythmus verschob sich mehr in die Morgenstunden, wegen Wasti. Aber es hatte auch etwas Gutes, früher aufzustehen. Der Tag war einfach länger. Und für den Dackel tat es Ute gern. Sie mochte ihn sehr. Gemeinsam drehten sie die erste Runde. Ute sammelte die Hinterlassenschaften in einer Tüte, um nichts Unangenehmes im Park zu hinterlassen. Anfangs lief sie mit ihm an der Leine, bald jedoch ließ sie ihn ohne laufen, was er sehr begrüßte. Er war ganz schön wendig und genoss es, rennen zu dürfen. Er jagte Eichhörnchen nach und Amseln, jedoch ohne jegliche Chance. Enttäuscht kam er jedes Mal zu Ute zurück und ließ sich beruhigen. Sie drehte ihre Runde durch den Garten und Park, vernahm immer wieder dieses geheimnisvolle Flüstern des Windes in den Blättern. Ja, Ute deutete es als Zeichen von Johann. Eine Karte stand auf ihrer Anrichte: *Mir gefällt der Gedanke, dass ein Windhauch die Streicheleinheit eines lieben Menschen ist, der nicht mehr unter uns ist.*

In Gedanken versunken schnitt sie verwelkte Blumen ab, erntete Kräuter, zupfte Unkraut aus und hängte die Küchenkräuter im Glashaus zum Trocknen auf. Bis sie sich versah, war der Mittag hereingebrochen. Riccarda hatte sehr früh das Haus verlassen und müsste vielleicht schon gelandet sein. Sie wollte sich abends melden. In der Zwischenzeit klingelte der Briefzusteller und brachte die Post, darunter ein Einschreiben, das für Riccarda bestimmt war.

Ute nahm es entgegen und legte es zu den anderen Sendungen in den Korb, den sie dafür bereitgestellt hatte. Sie sah nach der Waschmaschine und hängte die Wäsche in ihrem Garten auf. Es war noch nicht richtig kalt, ein laues Lüftchen wehte und Ute nützte die Zeit, ihre Mails zu checken. Nichts Wichtiges. Sie machte sich Suppe heiß, die sie eingefroren hatte und setzte sich an den Küchentisch. Moritz kam rein und wartete, ob für ihn etwas abfallen würde. Wo war Wasti?

„Wasti?", rief Ute. „Wasti, wo bist du?" Ute wurde unruhig und legte den Suppenlöffel zur Seite. Sie ging in den Garten, lief durch den Park, kein Dackel zu sehen. Wo mag er sein? Maria hörte Utes Rufen und kam ihr zu Hilfe. Der Hund war nicht aufzufinden. Ute ging resigniert zum Gärtnerhaus zurück. Da sah sie, dass die Gartenpforte nicht ganz geschlossen war, vermutlich vom Briefträger. Da wird er entwischt sein. Oh je, hoffentlich ist ihm nichts passiert! Ute schnappte sich Schlüssel, Leine und Handy und lief mit Maria auf die Straße.

„Am besten, wie trennen uns. Heiliger Antonius, hilf uns suchen! Du bekommst auch gutes Trinkgeld. Bitte hilf!"

Instinktiv schlug sie den Weg zum Fünffingerlesturm ein, suchte das Ufer des Stadtgrabens ab, fragte Passanten nach ihm und stand schließlich vor dem Seniorenstift. Wie in Trance ging sie durch die automatisch öffnende Glastüre zum Empfang.

„Wasti, da bist du ja! Was machst du denn für Sachen? Komm her." Ute ging in die Knie und knuddelte ihn.

„Gehört der Hund Ihnen? Ich wollte gerade das Tierheim verständigen. Wie kommt er überhaupt hier herein? Hier sind keine Haustiere erlaubt. Haben Sie das Schild nicht gesehen?"

„Ich schon, aber der Dackel kann noch nicht lesen. Wir üben noch."

„Jetzt werden Sie auch noch frech, was? Nehmen Sie den Störenfried mit, und verlassen Sie augenblicklich das Haus. Am Ende bringt er noch Flöhe oder Zecken mit, das hätte uns gerade noch gefehlt", beendete die resolute Dame mit dem straff nach hinten gezogenen Haarknoten das Gespräch und vertiefte sich wieder in ihre Schreibarbeit, froh, nichts mehr tun zu müssen in Sachen Hund. Ute war so erleichtert und nahm den Dackel auf den Arm. Sie hatte überlegt, Anton rufen zu lassen, die Idee aber gleich wieder verworfen. Ute schlug den Heimweg ein mit Wasti auf dem Arm.

„Heiliger Antonius, dein Trinkgeld hast du dir verdient. Beim nächsten Kirchenbesuch bezahle ich. Danke!", sagte Ute leise. Daheim angekommen, erwartete sie schon Maria, die ebenfalls erleichtert war.

„Er hat nach seinem Herrn gesucht und war zum Seniorenstift gelaufen." Erleichtert schloss Ute das Gartentor, ging ins Haus und wählte Antons Nummer, belegt. Einige Minuten später kam sie durch und erzählte, was vorgefallen war.

„Haben Sie, also, hast du nicht einen alten Pulli oder eine Jacke, die du entbehren könntest? Ich würde sie in Wastis Korb legen, dann hat er deinen Geruch in der Nase und bleibt vielleicht lieber da."

„Das ist eine gute Idee. Wenn wir meinen Haushalt auflösen, wird sich bestimmt etwas finden. Vielen Dank, Ute, dass du dich um ihn gekümmert hast."

„Du hast ihn mir anvertraut. Also werde ich mich auch um ihn liebevoll kümmern, Anton, bis bald."

Ute streichelte den Dackel ausgiebig, was natürlich der Kater missbilligte und sich dazwischendrängte. Auch er bekam seine Liebkosungen. Der Appetit war ihr vergangen. So stellte sie die kalte Suppe in den Kühlschrank. Bald danach ging sie erschöpft zu Bett, schickte Gebete für Johann und ihre Lieben nach oben. Auch Ursula bezog sie mit ein, von der sie schon lange kein Lebenszeichen bekommen hatte.

Hausbesichtigung

Am Samstag kam Verena vorbei und erzählte:

„Michael und ich renovieren gerade die letzten zwei Zimmer, um sie als Gästeräume anbieten zu können. Stell dir vor, was wir entdeckt haben – eine alte Handschrift mit Kochrezepten. Sie sind mit Tinte in einem Schulheft notiert in altdeutscher Schrift. Wir können sie kaum lesen. Ich weiß, dass du auf diesem Gebiet besser bewandert bist. Würdest du uns helfen, die Rezepte zu entziffern?"

„Klar. Hast du die Aufzeichnungen dabei?"

Verena fischte ein Päckchen aus dem Korb und entfernte das Umschlagpapier.

„Das Heft ist sehr abgegriffen. Ich werde vorsichtig damit umgehen. Eine schöne Aufgabe, die ich gerne übernehme. Soll ich sie als Word-Datei schreiben?"

„Ja, das wäre prima. Stell dir vor, in der hölzernen Truhe waren noch alte Küchengeräte zu finden. Eine unerwartete Entdeckung. Vielleicht lässt sich herausfinden, aus welcher Zeit diese Dinge stammen."

„Halte sie in Ehren und dekoriere damit euer Lokal. Übrigens, darf ich dir meinen Untermieter vorstellen?"

„Logisch, da bin ich echt gespannt, Ute."

„Na Wasti, komm mal in die Küche." Sie öffnete die Haustüre und ließ den Dackel ein, der zuerst Ute, dann Verena freudig begrüßte.

„Ja, du bist mir ja ein Lieber! Dann werde ich in Zukunft feine Kalbsknochen für ihn aufheben."

Damit verabschiedete sich Verena von Ute.

„Mach bitte die Gartentür richtig zu, dass er nicht wieder entwischt", erinnerte sie Ute.

*

Am Nachmittag erwarteten sie Besuch von Maximilian und Heidi. Sie wollten sich das Haus von Anton anschauen und bei Vroni bis Sonntag dableiben. Ute hatte angeboten, das Abendessen zu kochen und ging dazu in die Küche der Villa. Gerade war sie mit Abschmecken fertig, als es klingelte. Vroni war von der Besichtigungstour zurück und fragte: „Kann ich dir etwas abnehmen, Ute?"

„Ja, gerne, das Tablett mit der Vorspeise ist fertig. Getränke stehen schon auf dem Tisch. Habt ihr das Tor geschlossen?"

„Selbstverständlich, die Hinweistafeln, die du angebracht hast, sind ja nicht zu übersehen", meinte Vroni. Die jungen Leute haben ganz schön Hunger nach der langen Anreise."

„Das kann ich mir gut vorstellen. Also, gehen wir."

Ute ging voraus. Vroni und die Tiere folgten bis zur Villa, blieben aber dann beide vor der Treppe sitzen. Alle begrüßten sich herzlich und Heidi wurde vorgestellt. Ein nettes, sympathisches Mädel mit natürlichem Lachen und positiver Ausstrahlung, dachte sich Ute, als sie ihr die Hand schüttelte. Sie hatte schulterlange blonde Haare, war groß und schlank, trug sportliche Kleidung zu flachen Ballerinas. Der dezente Schmuck war echt.

„Freut mich sehr, ich bin die Ute, Ute Müller. Herzlich willkommen bei uns!"

„Ganz meinerseits. Schön ist es hier. Und wie das riecht! Bei wem darf ich mich bedanken?"

Vroni erklärte, dass Ute sich um das Essen gekümmert hatte.

„Bitte, nehmt Platz und lasst euch die Vorspeise schmecken, Geflügelsalat mit frischer Focaccia. Ich wünsche guten Appetit", forderte Ute auf, alle griffen zu.

Maria holte anschließend den Kartoffelgratin aus der Küche, wo er im Backofen warmgehalten wurde.

„Köstlich, da merkt man halt, alles hausgemacht", stellte Anton fest.

„Das stimmt, es schmeckt hervorragend." Diese Meldung kam von Maximilian, der noch eine zweite Portion vertilgte.

Der Auflauf wurde ratzeputz aufgegessen, ebenfalls das Dessert.

„Nun, spannt uns nicht länger auf die Folter. Sagt euch das Haus zu?", fragte Ute neugierig.

„Das Haus und der Garten sind ein Traum." Fast gleichzeitig sprudelte es von Heidi und Maximilian raus. „Es ist einiges zu renovieren, aber wir könnten uns dort wohlfühlen. Als nächstes werde ich wegen der Finanzierung mit meiner Bank sprechen. Herr Fischer hat uns ein faires Angebot gemacht und wir haben versprochen, bei seinem Umzug zu helfen", meinte Maxi. „Ich werde mich um einen Transporter kümmern. Nochmals vielen Dank, Herr Fischer!"

„Gern geschehen, ich habe bei Ihnen ein gutes Gefühl und freue mich, dass meine alte Heimat von sympathischen jungen Leuten weiter bewohnt und mit Leben erfüllt wird. Bei fremden Käufern hätte mein Herz mehr geblutet." Anton Fischer war mit seiner Entscheidung zufrieden, die jungen Leute ebenfalls.

„Ich bin sehr erleichtert, so schnell etwas Passendes gefunden zu haben", pflichtete Heidi bei. „Maxi ist in der Nähe seiner Mutter, wir beide sind schnell im Geschäft meiner Eltern und doch wohnen wir in der Stadt. Wenn ihr uns nicht böse seid, würden wir uns jetzt verabschieden. Wir haben einen langen, interessanten Tag hinter uns und sind rechtschaffen müde."

„Das ist verständlich, also, schlaft gut!", verabschiedete sie Ute.

„Ihr auch, und danke für das gute Abendessen!"

„Dem schließe ich mich an, du hast exzellent gekocht, Ute", lobte Anton. „Auch für mich wird es Zeit, zu gehen."

„Dann begleite ich dich langsam zurück, gell Wasti!" Ute holte die Leine, erfreut wurden sie vom Dackel erwartet. Sie bekam eine abgetragene Lederjacke für den Hundekorb, an dem der Dackel freudig schnupperte. Maria und Vroni räumten unterdessen den Tisch ab. Ute ließ auf dem Rückweg vom Seniorenstift den Tag Revue passieren. Der letzte Gedanke galt Johann, so wie jeden Abend.

Am nächsten Morgen holte sie Vroni zum Frühstück ab. Gemeinsam mit den jungen Leuten und Maria sprachen sie über den Umzug von Anton und die weiteren Pläne, die anstanden. Heidi und Maximilian brachen auf, sie wurden bei Heidis Eltern erwartet. Anschließend wollten sie nach Köln zurückfahren.

Gegen Abend klingelte das Telefon, Riccarda war dran. Es sei alles in Ordnung in Dubrovnik und sie genieße das angenehme Herbstwetter. Nach ein paar Tagen würde sie zurückkommen.

Ute verbrachte den Montag mit Haus- und Gartenarbeit. Es ereignete sich auch nichts Außergewöhnliches. Sie freute sich auf die Kunstausstellung im Oktober. Vorher wollte sie sich das alte Kochbuch vornehmen. Der Abend war mild und sie setzte sich mit ihrem Notebook auf die Terrasse.

Erst einmal las sie sich in die altdeutsche Schrift ein. Nach kurzer Zeit fand sie sich gut zurecht. Es handelte sich um Aufzeichnungen einer ehemaligen Wirtshausköchin, die in der Gaststätte gearbeitet hatte. Genau ließen sich die Rezepte nicht datieren, sie mussten jedoch vor dem ersten Weltkrieg aufgeschrieben worden sein. Ute fand Begriffe über Maßeinheiten, Kräuter und Gewürze und deren Verwendung und Wirkung, sowie Rezepte für Suppen, Fleisch-, Geflügel-, Fisch- und Süßspeisen, sowie für Brot, Kuchen und Kleingebäck. Zusätzlich gab es ein Kapitel, wie man Kräuterliköre ansetzt. Das Papier erforderte größte Vorsicht, denn stellenweise war es schon ganz dünn, abgegriffen und einige Fettflecken zeugten von vielmaligem Gebrauch. Daher scannte Ute die einzelnen Seiten erst mal ein. Dazu löste sie vorsichtig die verrosteten Heftklammern. Sie dachte auch darüber nach, ob man das fertige Werk nicht drucken lassen sollte. Bis dahin war aber noch jede Menge Zeit. Jetzt forderte erstmal Wasti seinen Spaziergang ein.

„Du bringst gleich die Leine mit? Im Park brauchen wir sie nicht." Sie griff in die Tasche und der Dackel bekam ein Leckerli. Gemeinsam gingen sie ihre Runde. Am nächsten Morgen wollte sie den Rasen mähen, bevor Riccarda vom Urlaub kommt. Sonst sah der Park gut aus. Bald findet die Kunstausstellung statt und bis dahin musste alles passen. Das würde sie schaffen.

*

Die Tage vergingen schnell. Riccarda wurde freudig von ihren Mitbewohnerinnen mit einem köstlichen Abendessen willkommen geheißen. Sie sah erholt aus, ihre Haut hatte einen leicht gebräunten Ton, was sich zu ihrem hellen Haar sehr gut machte. Sie war immer noch eine gutaussehende Frau, der man ihr Alter nicht unbedingt ansah.

Nach dem Essen erzählte sie von Dubrovnik, ihren Ausflügen zu Land, dem Segeltörn entlang der Küste und den Freunden, die sie dort besucht hatte. Mit dem Wetter hatte sie Glück gehabt.

Die Fotos waren alle bei Sonnenschein aufgenommen worden.

„Das Hausmeisterehepaar kümmert sich sehr gewissenhaft um meine Wohnung und hält sie prima in Schuss. Hoffentlich finde ich in Zukunft mehr Zeit, mich dort aufzuhalten. Das Klima tut mir ausgesprochen gut und die Hitze ist durch den angenehmen Wind von der Adria leicht zu ertragen. Es war wieder mal schön. Maria, sei so nett und bringe mir die Tüte herüber, die an der Garderobe steht. Von einer Reise muss man ja schließlich seinen Lieben etwas mitbringen."

Sie holte aus der Tragetasche für jede ein Päckchen heraus und übergab die Mitbringsel an ihre Freundinnen. „Das ist fürs Hüten von Haus und Hof. Ich hoffe, ich habe euren Geschmack getroffen. Bitte schön, macht doch mal auf!"

Maria entfernte das Seidenpapier und entnahm ein handgearbeitetes Schultertuch mit erlesener Stickerei.

„Das ist ja ein prachtvolles Stück, danke von Herzen, so was Schönes für eine alte Frau!"

„Bitte, von wegen alte Frau. Du hast dich hervorragend gehalten und das cremeweiß schmeichelt dir sehr", erwiderte Riccarda.

Als Nächste wickelte Ute ihr Geschenk aus.

„Du bist ja verrückt, ist das schön! Ich danke dir vielmals." Ute nahm Riccarda in den Arm. Auch sie hatte ein handbemaltes Seidentuch bekommen. Nun packte auch Vroni aus und hielt eine Ledergeldbörse mit feiner Prägung in Händen.

„Vielen Dank, Riccarda, die kann ich brauchen."

„Ich weiß, denn ich habe zufällig gesehen, dass sich dein alter Geldbeutel schon in seine Einzelteile auflöst." Riccarda freute sich, dass sie für alle etwas gefunden hatte, das ankam. Die strahlenden Gesichter um sie herum verrieten es.

„Wenn ihr mich jetzt entschuldigt, ich bin müde und gehe zu Bett. Danke für das gelungene Willkommensessen, gute Nacht."

Sie trugen das Geschirr in die Küche und machten gemeinsam sauber. „Schön, dass sie wohlbehalten zurückgekehrt ist", meinte Maria. „Ich war auch froh, nicht ganz allein in der Villa zu schlafen. Vroni, du bist eine liebenswerte Freundin geworden. Euch beiden eine gute Nacht!"

„Schlaft gut. Maria, danke für alles." Ute kehrte zum Gärtnerhaus zurück, wo der Dackel bereits auf den gemeinsamen Abendspaziergang wartete. Dabei dachte sie besorgt an Ursula, von der es immer noch keine Neuigkeiten gab.

*

In den nächsten Wochen liefen die Vorbereitungen für die Ausstellung auf Hochtouren. Ute hatte beim Friseur einen Bekannten getroffen, der schon im Geschäft ihrer Eltern Kunde war und in einer Band spielte. Sie unterhielten sich kurz und er erzählte, dass er mit seinen Freunden immer noch Musik mache und jedes Jahr in Utting in der Alten Villa auftritt. Das war das Stichwort. Sie bat um seine

Visitenkarte und fragte ihn, ob er eventuell Interesse hätte, bei einer Ausstellung für die Untermalung zu sorgen. Sie wollten telefonisch in Kontakt treten wegen der Termine. Mit dieser Neuigkeit wollte sie gleich Riccarda behelligen.

„Stell dir vor, ich habe eine Überraschung! Livemusik zur Vernissage, was hältst du davon?"

„Das wäre erfreulich, und wie ich dich einschätze, denkst du natürlich an jemanden bestimmtes und hast vermutlich schon Kontakt aufgenommen, nicht wahr?" Riccarda sah das Aufblitzen in Utes Augen und wusste Bescheid. Ute kannte tatsächlich viele Leute aus allen Branchen.

„Ja, das habe ich. Die Lechtown Kneeoilers passen gut dazu mit ihrem Repertoire aus Oldtime-Jazz, Dixiland und Swing. Sieh dir die Website an."

„Die habe ich schon mal gehört. Das war beim Augsburger Jazzsommer im Hof des Zeughauses. Das würde passen. Wir sollten Donnerstag zur Eröffnung und Samstag abends die Band einladen. Frag bitte an, ob sie an den Terminen frei sind und was sie als Gage verlangen."

„Gut, das mach ich."

Ute ging heim, versorgte Moritz und Wasti und machte sich Couscous mit Gemüse. Das ging schnell und sättigte gut. Danach wählte sie die Nummer des Musikers und fragte die Termine an. Er bot an, an allen drei Abenden zu spielen.

„Sie haben mir bei meinen Einkäufen in Ihrem elterlichen Geschäft auch immer gute Preise gemacht und manches besorgt, was ich sonst nirgends bekommen habe. Wir spielen am Freitagabend ohne Bezahlung und sehen das als Werbung für uns. Also, abgemacht."

„Prima. Sie stellen bitte mit Ihren Kollegen eine passende Playlist zusammen. Ich verlasse mich auf Sie."

„Das dürfen Sie, wir werden aus unserem Repertoire das Richtige für diesen besonderen Anlass finden. Danke für den Auftrag und einen angenehmen Abend, Frau Müller."

Ute informierte Riccarda, die mit der Gage einverstanden war. Für Claudia und Rita sollte es eine Überraschung werden. Verena bekam Bescheid wegen des Buffets für zusätzlich 6 Musiker. Zufrieden ging Ute schlafen.

Das Event

Ute hatte schlecht geschlafen und kannte auch den Grund. Sie war aufgeregt. Morgen fand die Kunstausstellung statt. Hatten sie an alles gedacht? Während der vergangenen Tage war alles nochmal geputzt, gewienert und abgestaubt worden. Tische waren aufgebaut, Kleiderständer vorbereitet, der Kühlschrank bereits angesteckt. Heute wollten Verena und Michael Geschirr und Besteck anliefern, Rita würde die Hüte bringen und Claudia und Hubertus die Ausstellungsstücke aus dem Antiquitätenladen in München. Morgen Vormittag sollten dann die Musiker die Anlage aufbauen und den Soundcheck durchführen.

Ute stand auf und kümmerte sich um die Tiere bevor sie ins Badezimmer ging und sich fertig machte für den Park. Die verblühten Blumen schnitt sie sorgfältig ab, rechte den Kiesweg nochmals und entdeckte so manches unerwünschte Unkraut, das bei ihr keine Chance bekam weiterzuwachsen. Wasti wich nicht von ihrer Seite und folgte auf Schritt und Tritt. Nach einigen Stunden war alles so, wie es sein sollte und Ute zufrieden. Geschirr und Gläser standen bereit und die Getränke waren im Kühlschrank verstaut.

Claudia und Hubertus fuhren mit dem VW-Bus vor und entluden vorsichtig die Ausstellungsware. Die Mädels drapierten entsprechende Stoffe und positionierten die Antiquitäten ansprechend. Dazwischen fand sich stets Platz für frische Blumen aus dem Garten.

Rita war ebenfalls eingetroffen mit den Hutkreationen. Hubertus half ihr beim Ausladen. Zu den Hüten dekorierte sie Schals, Stolen und Handschuhe, sowie die eine oder andere Clutch und edle Lederhandtaschen. Zufrieden betrachteten sie gemeinsam die Ausstellung. Claudia und Hubertus hatten bei Verena Zimmer bis Sonntagmorgen gebucht, um nicht täglich zwischen Augsburg und München pendeln zu müssen. Riccarda lud alle abends zu einem kleinen Imbiss ein. Sie war begeistert und hoffte auf einen Erfolg. Zeitig verabschiedeten sie sich voneinander, denn der morgige Tag würde anstrengend werden.

*

Donnerstag früh, sechs Uhr fünfzehn. Ute wurde von Wasti geweckt. Er war ins Schlafzimmer gekommen, hatte an der Bettdecke gezogen und sie mit der Nasenspitze angestupst.

„Was willst du denn schon, Wasti?" Die Antwort bestand aus einem Wuh. „Soll ich denn schon aufstehen, ...hm? Willst du schon raus?" Ute dehnte sich wie eine Katze, schlüpfte in Pantoffel und Bademantel und öffnete ihm die Haustür.

Wie der Blitz war er draußen. Moritz hinterher. Man könnte ja etwas versäumen. Sie begab sich ins

Badezimmer, zog sich an und füllte frisches Wasser in den Espressoautomaten, drückte Cafè crema und schnitt eine Scheibe Roggenbrot ab. Mit etwas Butter und hausgemachtem Quittengelee war das ein mehr als perfektes Frühstück für sie. Die Futterschüsseln für ihre Lieblinge füllte sie auf und stellte frisches Wasser bereit. Moritz bevorzugte trotzdem das abgestandene Wasser aus der Vogeltränke am Ende der Terrasse. Anschließend setzte sie sich an den PC und schrieb ein paar Hinweisschilder, damit sich die Besucher und Gäste besser orientieren konnten. Im Büro von Riccarda konnte sie diese laminieren und dann entsprechend im Park und an der Villa anbringen.

Kurze Zeit später kamen die Musiker mit ihren Instrumenten. Ute begrüßte sie herzlich und führte sie in den Ausstellungsraum. Der für sie vorgesehene Platz reichte gerade aus. Nach der Verkabelung probierten sie nochmals die Instrumente aus und stellten Mischpult und Mikrofone ein. Die Boxen waren auf Stativen angebracht, die Subwoofer standen schräg nach oben geneigt auf dem Boden. Die Musiker waren von der Akustik dieses Raumes begeistert. Die indirekte Beleuchtung passte, sowie die Musikauswahl, die man Ute vorlegte. Das Spektrum war so groß, dass wirklich für jeden Geschmack etwas dabei sein würde. Sie war sehr gespannt und aufgeregt. Vom jazzigen Sound angelockt, spitzelten Riccarda und Maria herein und wurden von Ute vorgestellt.

Riccarda, die Hausherrin, fragte, ob sie sich ein Lied wünschen dürfe.

„Gerne, was möchten Sie hören?"

„Habt ihr von George Gershwin *Summertime* drauf?"

„Logisch. Also Jungs, zeigt, was ihr könnt!", rief der Bandleader und gab den Takt vor. Der Song wurde perfekt interpretiert, alle Anwesenden klatschten begeistert. „Super, ihr seid wirklich klasse. Ute, das war eine sehr gute Idee, die Herren einzuladen. Hast du noch mehr Überraschungen für heute Abend?" Riccarda sah Ute fragend an.

„Lass dich überraschen!", sagte sie und versuchte das mit holländischem Akzent wie damals Rudi Carell, der unvergessene Showmaster.

„Na, da bin ich ja mal gespannt. Das ist halt typisch Ute, wie sie leibt und lebt. Du warst schon immer ein Organisationstalent. So, ich ziehe mich jetzt zurück. Der Abend wird lange und die Nacht kurz. Da sollte man ausgeruht sein. Für mich ist es die erste Ausstellung im eigenen Haus. Ein bisschen aufgeregt bin ich schon. Also, bis später."

Ute zeigte den Musikern den Rest der Räume, die für sie wichtig waren und lud zu einem Cappuccino ein. Das Angebot nahmen sie gerne an und verabredeten, dass sie gegen fünf Uhr nachmittags wiederkommen würden. Ute schloss die Galerie ab und ging noch eine Runde durch den Park. Alles war in Ordnung. Zufrieden spazierte sie zum Gärtnerhaus und kraulte ausgiebig ihre beiden Haustiere.

Wasti hatte sich so gut eingewöhnt und Moritz akzeptierte ihn bestens als Mitbewohner. Sie legte sich eine Stunde auf den Sessel, fuhr die Fußablage hoch und ruhte etwas, bevor der Ansturm kommen würde. Mehr konnte sie im Vorfeld nicht tun. Es würde schon alles funktionieren. Mit Johann hielt sie ein Zwiegespräch und sie schöpfte daraus Kraft.

Ihr fiel ein, dass sie schon länger nichts mehr von Ursula gehört hatte. War es ein gutes Zeichen oder eher ein schlechtes? Sie wusste es nicht und fiel in einen leichten Schlaf. Moritz hatte sich auf ihren Schoß gelegt und schnurrte zufrieden.

Durch irgendetwas schreckte sie auf. War sie tatsächlich richtig eingeschlafen? Ein Blick auf die Uhr überzeugte sie schließlich, sie zeigte nachmittags gegen vier!

Ute stand auf und ging unter die Dusche, wusch die Haare und kleidete sich festlich an. Viel hatte ihr Kleiderschrank für solche Anlässe nicht zu bieten. Sie pflückte die dunkelgraue Leinenhose vom Gardasee heraus, ein schwarzes Top mit kurzen Ärmeln war mit einem schönen Seidenschal von Riccarda perfekt für diesen Abend. Als Schmuck legte sie die goldenen Creolen und den Opalanhänger an, ein Armband mit Elefanten zierte das rechte Handgelenk. Im Spiegel begutachtete sie sich zufrieden. Etwas Mascara und Lipgloss reichten aus, dazu ein Hauch von Chanel No. 5. Die Couperose auf ihren Wangen erforderte kein Rouge. Sie erklärte Wasti, dass sie ihn jetzt im Haus lassen musste, denn bei den vielen Besuchern konnte durchaus mal das Gartentor offenbleiben und er wieder auf Abenteuertour gehen. Das wollte sie nicht nochmal miterleben. Er legte sich auf Antons Jacke schlafen.

Innerhalb weniger Minuten trudelten die Musiker ein, Verena lieferte die kalten Speisen an, Maria polierte nochmal die Gläser. Claudia und Hubertus hatten sich ebenfalls schick angezogen, sowie auch Rita. Gemeinsam gingen sie zur Galerie.

„Oh, wir haben auch Musik?", stellten Claudia und Rita überrascht fest. „Haben wir das dir zu verdanken, Ute?", fragte Rita.

„Nun ja, wenn ihr so wollt, ich kannte einen der Jungs von früher."

„Das ist wieder typisch. Deine Karteikartensammlung im Gehirn würde ich gerne mal durchstöbern."

„Gerne, bei Bedarf fragen, meistens kann ich helfen", erwiderte Ute lächelnd. Sie schritten gemeinsam nochmal die Ausstellung ab und waren zufrieden über die Präsentation.

„Da sind schon wirklich schöne Stücke dabei, das muss man zugeben. Ich denke, ihr müsst nicht mehr viel mit nach Hause nehmen. Schauen wir mal, wie das Augsburger Publikum reagiert!"

„Darauf bin ich auch sehr gespannt. Lassen wir uns überraschen. Mehr können wir nicht tun." Claudia öffnete die Tür für Michael, der die Tabletts mit kalten Häppchen brachte.

Ute wurde nach draußen gerufen, denn der Moderator vom Lokalradio war eingetroffen. „Schön, dass Sie schon da sind. Ich freue mich."

„Danke für die Einladung, ich freue mich auch, Sie wiederzusehen, Frau Müller."

„Ich darf vorangehen, um Ihnen die Location zu zeigen. Die *Lechtown Kneeoilers* konnte ich für die musikalische Untermalung gewinnen."

„Das ist ja super, wir wollen eine Liveschaltung machen. Da ist Musik immer gut."

„Frau Müller, der Herr vom Fernsehen fragt nach Ihnen. Kommen Sie bitte!"

„Ja, bin schon da!", rief Ute und lief Richtung Tor. Der Fahrer des Übertragungswagens fragte, wo er parken könne. Ute wies ihm einen Platz zu und begrüßte das Fernsehteam. Sie führte die Techniker in die Galerie und zeigte ihnen die Steckdosen. Die Herren positionierten sich und machten eine Lichtprobe. Sie waren sehr zufrieden mit den Räumlichkeiten.

„Ute, kommst du mal, ein Reporter von der Zeitung ist da." Maria führte ihn herein, Ute begrüßte ihn freundlich. „Wir haben uns ja lange nicht gesehen! Geht es Ihnen gut?"

„Danke, ich bin zufrieden und mein Job macht immer noch Spaß. Sie haben sich kaum verändert, Frau Müller. Sie sehen gut aus!", erwiderte der Journalist. „Wann geht es denn offiziell los?"

„Um neunzehn Uhr begrüßt die Hausherrin die Gäste, dann die Aussteller und später wird der Kulturreferent der Stadt einige Worte sprechen. Die

Gäste sollten bis um achtzehn Uhr vierzig vollzählig sein. Mal sehen, ob alle kommen, die sich angemeldet haben."

„Na, das wird sich doch niemand entgehen lassen. Werbung dafür gab es in allen Medien. Also, bis später. Ich sehe mich mal um, wer so alles da ist."

„Tun Sie das. Sie kennen bestimmt Gott und die Welt", bemerkte Ute und fragte beim Kamerateam, ob alles in Ordnung sei.

Sie ging nun durch den Park zum Tor, um die ersten Gäste zu begrüßen, den Weg zu zeigen und die Einladungskarten einzusammeln, damit sie am Ende einen Überblick hatte, wer da war und wieder eingeladen werden wollte. Bisher hatten das alle Besucher angekreuzt. Das kalte Buffet wurde von Verena angeliefert und die Schmankerln auf den Tischen dekoriert. Die allgemeine Nervosität war zu spüren. Utes Wangen glühten rosig. Maria und Vroni, die sich freigenommen hatte, servierten Getränke auf Tabletts. Gerne wurden Prosecco, Sekt mit Orangensaft, Sprizz und diverse Cocktails angenommen. Dazu spielte die Band einen Opener. In ein paar Minuten würde die Hausherrin kommen, um die Vernissage zu eröffnen.

Riccarda betrat die Galerie in einem eleganten dunkelroten Seidenkleid in asiatischem Stil. Ein breiter Armreif aus Gold und passende Chandeliers waren der einzige Schmuck, den sie trug. Der Drummer brachte eine kurze Einlage und das Gemurmel verstummte, als sie an das Mikrofon trat. Dann war alles still.

Gekonnt, als hätte sie nie etwas anderes gemacht, begann sie ihre Rede:

„Guten Abend meine Damen, meine Herren. Ich bin Riccarda May und darf Sie ganz herzlich begrüßen und willkommen heißen in der BLAUEN ZITRONE, meiner neuen Galerie. Dass Sie unserer Einladung so zahlreich gefolgt sind, freut mich außerordentlich. Ich wünsche Ihnen einen interessanten und vergnüglichen Abend und bitte meine Ausstellerin Rita Stern ans Mikro."

Unter Beifall verließ Riccarda den Platz auf dem Podium und winkte Rita hinauf.

„Danke, Riccarda. Meine lieben Gäste, einige von Ihnen kenne ich bereits als Kundinnen, manche werde ich vielleicht nach der Ausstellung dazu zählen dürfen. Ich freue mich, meine Kreationen und Accessoires in diesem besonderen Rahmen präsentieren zu dürfen. Ich danke Riccarda May für diese Möglichkeit und wünsche Ihnen allen einen angenehmen Abend. So, nun bitte ich Claudia Schöninger auf die Bühne!"

„Guten Abend liebe Kunstinteressierte. Ich führe ein Antiquitätengeschäft in München. Ganz beeindruckend finde ich, dass Sie, meine Kunden, den Weg nach Augsburg auf sich genommen haben, um dieser Vernissage beizuwohnen. Wir haben außergewöhnlich schöne Stücke für Sie zusammengetragen. Auf den Schmuck aus Asien möchte ich besonders hinweisen, den wir bei einer großen Auktion in München eingekauft haben. Sicher werden diese Kostbarkeiten neue Liebhaber finden. Ich freue mich auf angenehme Gespräche und wünsche Ihnen allen einen wunderbaren Abend. Vielen Dank!"

Nun trat Riccarda nochmal auf die Bühne und sagte: „Bevor ich an das Buffet bitte, das von Verena und Michael vom *Schwabawirt* in Lechhausen ausgerichtet wird, möchte ich nochmal Danke sagen an meine unermüdlichen Helferinnen und Freundinnen. Ute, Maria, Vroni, ohne euer Engagement hätte ich das allein nicht stemmen können. Danke schön. So, nun bitte ich die *Lechtown Kneeoilers* um Musik und Sie, liebe Gäste, zum Buffet, das hiermit eröffnet ist!"

Unter Beifall überließ Riccarda dem Bandleader das Kommando. Passend zum Galerienamen, begannen die Musiker mit einer Interpretation von „Gelato Al Limon" von Paolo Conte zu spielen, und das sehr gut, wie Riccarda fand. „Kommen noch mehr Überraschungen?"

„Nein, eigentlich nicht, nur – das Fernsehen ist da, der Rundfunk und die Presse. Reicht das?", flüsterte Ute verschmitzt in Riccardas Ohr. „Komm, ich mache dich mit den wichtigen Leuten bekannt."

Gemeinsam begrüßten sie die Vertreter von Presse, Fernsehen und Politik. Es ergaben sich interessante Gespräche. Beim Buffet griffen die Gäste eifrig zu. Nachdem sie sich gestärkt hatten, sprach der Kulturreferent der Stadt Augsburg ein Grußwort und eröffnete seinerseits die Ausstellung.

Die Gäste bewunderten die Exponate, die Aussteller notierten die Käufer, die neben Namen und Adresse eine Kennnummer hatten und reservierten die Stücke bis zum Samstagabend. Diese wurden mit Verkauft-Schildern gekennzeichnet, auf deren Rückseite nur die Kennzahl des Kunden vermerkt wurde. So war gewährleistet, dass die Käufer anonym blieben. Beim Rundgang bemerkte Ute, dass die Opal-Ohrringe verkauft waren, die ihr im Katalog schon so gut gefallen hatten.

„Schade, die wollte ich mir kaufen."

„Ja, zu spät. Da war wohl jemand schneller als du", stellte Riccarda fest. „Vielleicht findest du ja etwas anderes."

Allgemein fanden rege Gespräche statt. Die Hutkreationen von Rita wurden anprobiert und im Spiegel begutachtet. Das eine und andere Stück fand schnell eine neue Besitzerin. Auch Antiquitäten wie Schmuck, Tafelsilber und Kaminuhren waren begehrt und daher schon vielfach mit dem Label „Verkauft" beklebt. Die Band sorgte mit wenig Pausen für eine angenehme Untermalung des Abends.

Gegen zweiundzwanzig Uhr bat Riccarda nochmal ums Wort: „Meine lieben Gäste. Da einige von Ihnen den Heimweg antreten wollen, bedanke ich mich ganz herzlich für Ihren Besuch und würde mich über Ihren Eintrag ins Gästebuch sehr freuen.

Kommen Sie gut nach Hause, wir sehen uns am Samstagabend wieder, wenn Sie Ihren Einkauf abholen. Vielen Dank!"

Unter Beifall stieg sie vom Podium. Die Band spielte noch ein Medley und beendete den musikalischen Abend mit zwei Zugaben.

Langsam verließen die Gäste die Galerie, ein kleiner Kreis von Freunden stand noch um einen Bistrotisch. Die Musiker stärkten sich am Buffet. Maria, Vroni und Ute halfen Michael und Verena beim Abräumen und Herrichten für den nächsten Tag. Am Freitag war schon um siebzehn Uhr Eröffnung. Der Tag verlief ähnlich wie der vorherige. Die Ausstellerinnen verkauften ebenfalls gut.

*

Samstags fing die Ausstellung bereits am Nachmittag statt und sollte gegen einundzwanzig Uhr enden. Kuchen, Gebäckstückchen und Kaffeespezialitäten wurden gereicht, dazu hatte Michael einige Tische im Freien aufgestellt, denn das Wetter lud dazu ein. Die Besucher amüsierten sich köstlich. Rita bekam einige Neubestellungen für Hüte, die Antiquitäten waren bis auf einen kleinen Rest alle verkauft.

Zum Abschluss der Ausstellung trat Riccarda als Ausrichterin ans Mikrofon: „Meine lieben Gäste, liebe Freundinnen und Freunde. Diese drei Tage vergingen wie im Flug. Ich danke meinen Ausstellerinnen für die exklusiven Stücke, Ihnen, meine

Damen und Herren, für Ihre Einkäufe und Bestellungen und natürlich den *Lechtown Kneeoilers* für die musikalischen Darbietungen, die uns die Zeit auf einem beschwingten Klangteppich erleben ließen. Besonderer Dank gilt Verena und Michael, die für Getränke und Buffet sorgten. Die Köstlichkeiten können Sie übrigens in deren Gasthaus in der Nähe genießen. Nehmen Sie sich bitte die Visitenkarten mit. Das gilt auch für die Band, die Sie für Festivitäten buchen können. Ich wünsche Ihnen eine angenehme Heimfahrt und würde mich freuen, wenn wir Sie im nächsten Jahr wieder einladen dürfen."

Die Reporter von Presse, Funk und Fernsehen machten noch ein paar Interviews, der Fotograf der Augsburger Zeitung schoss einige Fotos. Die letzten Häppchen wurden verzehrt, die Reste aus den Weinflaschen geleert. Der Abbau sollte am Sonntagvormittag gemacht werden. Nur Gläser, Geschirr und Besteck wurden zum Spülen eingepackt. Verena und Michael verabschiedeten sich, Riccarda, Ute und Vroni standen noch mit Rita, Claudia und Hubertus beim letzten Glas Wein.

„Die Gästezahl übertraf alle Erwartungen. Kaum jemand, der angemeldet war, hat gefehlt. Ich finde, das war ein prima Erfolg, meint ihr nicht auch?", fragte Riccarda in die Runde.

„Ganz gewiss, das kann man behaupten. Das hätte ich dem Augsburger Publikum gar nicht zugetraut, dass es so kurz entschlossen kauft. Wir sind überaus zufrieden mit den Umsätzen", entgegnete Claudia und Hubertus nickte. „Rita, bei dir lief es doch auch gut, oder?"

„Das ist richtig. Bis auf einige Sommerkreationen ist alles verkauft und sogar bereits Nachbestellungen für Hüte in Auftrag gegeben. Ebenso gingen Taschen, Handschuhe und Schals gut weg. Ich kann mir vorstellen, dass manches davon zu Weihnachten verschenkt wird."

„Da hast du bestimmt Recht. Wir gehen jetzt und kommen morgen zum Abholen der Stücke. Also, schlaft gut!", verabschiedeten sich Claudia und Hubertus. Auch Rita war müde. Sie war es nicht gewohnt, den halben Tag zu stehen.

„Frühstücken wir morgen zusammen?", bot Riccarda an. Ute und Vroni nahmen das Angebot gerne an, Maria hatte sich schon lange verabschiedet. Sie war für ihr Alter noch ganz schön fit. Ute ging mit Wasti noch seine Abendrunde, Moritz kam natürlich mit, er wollte nichts versäumen.

*

Am Sonntag trafen sich die Frauen zum Brunch. Riccarda dankte ihren Mithelferinnen und fragte, ob sie sie im kommenden Frühjahr wieder unterstützen würden.

„Logisch, ich denke, dass wir alle Freude daran hatten. Jährlich zwei Veranstaltungen dieser Art schaffen wir. Mehr würde ich nicht machen, denn sie sollen ja etwas Besonderes bleiben.

Seid ihr auch dieser Meinung?", fragte Ute in die Runde.

„Ich bin dabei, wenn ich noch lebe", sagte Maria mit einem verschmitzten Lächeln.

„Und ich helfe natürlich gerne mit. Für mich war es eine willkommene Abwechslung zu meiner Arbeit im Seniorenheim", meinte Vroni dazu.

„Gut, dann halten wir das mal so fest." Riccarda freute sich schon darauf.

Später wurde in der Galerie abgebaut, die Musiker holten ihre Instrumente und Anlagen, Claudia und Hubertus fuhren zurück nach München. Rita hatte nur noch ein paar Dekorationsstücke im Auto zu verstauen.

Ute und Maria machten die Galerie sauber und sperrten danach die Türe zu.

Der Alltag kehrte zurück, das Leben nahm wieder seinen gewohnten Lauf. Im Herbst hatte Ute genug zu tun im Garten.

Advent und Weihnachten

Ute hatte in letzter Zeit nicht oft an Ursula gedacht. Jetzt kam es ihr fast wie eine Verleugnung vor. Was hätte sie auch tun können außer beten? Hoffentlich war nichts passiert.

Ute nahm Moritz auf den Schoß, der wohl spürte, dass etwas nicht in Ordnung sein könnte. Auch Wasti wich nicht von ihrer Seite und leckte ihre Hand. Gedanken an Ursula ließen sie in dieser Nacht schlecht schlafen.

*

Der Advent begann. Mit großem Eifer stellte Maria verschiedene Sorten Plätzchen her. Riccarda schmückte die Villa vorweihnachtlich mit Kerzen und Trockenblumengestecken. Ute umwickelte den Buchsbaum auf der Terrasse mit einer Lichterkette, frisch duftende Tannenzweige schmückten den Eingang zum Gärtnerhaus. Drinnen verströmten Lebkuchen und Früchtebrot ihren verführerischen Duft. In der Obstschale lagen neben Äpfeln und Nüssen aus dem Garten nun auch Orangen und Mandarinen. Ute kaufte diese Früchte nur, wenn sie Saison hatten. Zu Weihnachten brauchte sie wirklich keine Erdbeeren aus Israel und Rosen aus Kenia. Auf den Friedhof hatte sie ein schönes Gesteck mit Kerzen gebracht und für Johann das Licht entzündet.

Weihnachten rückte immer näher, die Vorbereitungen liefen auf Hochtouren. Ute hatte schon unter dem Jahr Geschenke für ihre Lieben besorgt.

Der Vorteil war, gute Auswahl und nicht im Dezember Ebbe im Geldbeutel. Heuer hatte sie auf dem Künstlermarkt in Donauwörth handgearbeitete Töpferwaren erstanden. Bei einem Handwerkermarkt in Bocksberg bei der alten Ruine wurde sie bei einer Seifensiederin fündig. Liebevoll verpackte sie die Geschenke ein: für Gustav, Anton, Otto und Maximilian hatte sie Bierkrüge gekauft und mit Namensgravur auf den Zinndeckeln versehen lassen. Exklusive Naturseifen packte sie in Pergamentpapier ein. In kleine mit Stoff ausgekleidete Körbchen legte sie die herrlich duftenden Geschenke für Riccarda, Maria, Vroni, Verena und Heidi. Diese hatte erst vor kurzem ihren Maximilian standesamtlich geheiratet. In Antons ehemaligem Haus gab es noch einiges zu renovieren, sie waren trotzdem schon eingezogen und freuten sich aufs Frühjahr. Dann sollte der Garten neu angelegt werden. Wenn alles fertig war, sollte die große Hochzeitsfeier stattfinden.

Das Fest stand kurz bevor, in den Geschäften wurden die Menschen immer nervöser und suchten verzweifelt nach den noch fehlenden Geschenken.

Am Heiligen Abend machte Ute noch einige Besorgungen an Lebensmitteln und Leckerlis für Moritz und Wasti. Zum Angelus besuchte sie die Abendmesse in der nahen Jakobskirche. Danach wärmte sie die Kartoffelsuppe mit Würstchen auf. Ihre beiden

Haustiere wurden mit einem besonderen Menu verwöhnt. Sie setzte sich nach der Mahlzeit ins Wohnzimmer, um sich das Weihnachtsprogramm im Fernsehen anzusehen. Ohne Johann wollte jedoch keine richtige Stimmung aufkommen.

Riccarda hatte alle ihre Freundinnen am ersten Weihnachtsfeiertag zum Essen eingeladen. Nach einem Aperitif gab es Leberspätzlesuppe mit Grießnockerln. Zum Hauptgang hatte Maria gefüllte Flugenten, hausgemachte Kartoffelknödel und Blaukraut zubereitet. Als Dessert trug sie Bratäpfel auf, die mit Johannisbeergelee gefüllt waren und mit Zimtzucker bestreut. Die Gute hatte sich mal wieder selbst übertroffen und meinte:

„Dieses Weihnachtsmenü habe ich zuletzt für die verstorbenen Herrschaften gekocht, nicht wahr, Riccarda?"

„Richtig, Maria, und wir haben es damals ebenfalls genossen, Danke."

Den Kaffee nahmen sie im Salon ein, wo auch die wunderschöne, fast raumhohe Blautanne stand, die Riccarda mit sehr altem Behang geschmückt hatte. Später kamen Heidi und Maximilian dazu, dann folgte die Bescherung. Hübsch eingepackte Geschenke wurden ausgetauscht. Rascheln von Papier und Laute der Verzückung waren zu vernehmen. Ute öffnete das Päckchen von Riccarda zuerst. Vorsichtig entfernte sie das Seidenpapier vom Karton. Das konnte ja wieder verwendet werden. In der Schachtel war erst einmal viel Füllmaterial. Ganz unten fand sie eine kleine Schatulle. Ein Strahlen huschte über ihr Gesicht. Riccarda hatte die Opalohrringe von Claudia erworben, die Ute so gut gefallen hatten. Daher war gleich anfangs das Verkauft-Schild angebracht. Sie griff sofort nach Riccardas Hand und bedankte sich für ihre Großzügigkeit. Maria und Vroni hatten ihr eine Blechdose mit selbstgemachter Weihnachtsbäckerei geschenkt, Heidi eine Amaryllis Knolle. Bei dieser Gelegenheit wurde Ute von Heidi beiseite genommen. Sie fragte: „Darf ich dich um etwas bitten?"

„Nur zu, wenn ich dir einen Gefallen erweisen kann, gerne."

„Ja, das kannst du, liebe Ute. Maxi und ich haben auch dir zu verdanken, dass wir das Haus bekamen. Im nächsten Jahr werden wir ein Kinderzimmer einrichten. Wir würden uns freuen, wenn du die Taufpatin machen würdest."

„Ihr bekommt Nachwuchs, wie schön. Ich hab' schon gesehen, dass deine Augen noch mehr strahlen als sonst. Taufpatin, ich alte Frau. Ist das euer Wunsch?"

„Ja, genau du sollst es sein. Du hast selbst nie Kinder gehabt. Maximilian und ich würden uns darüber wirklich freuen. Sagst du zu?"

„Ja gerne, ihr könnt mit mir rechnen. Ich behalte es natürlich für mich, bis ihr es offiziell bekannt geben werdet."

„Dann kann ich Maxi informieren. Danke, Ute."

Zum Kaffee wurden Kuchen und Weihnachtsgebäck gereicht. Im Hintergrund lief das Weihnachtsoratorium von Johann Sebastian Bach auf einem guten alten Plattenspieler. Angeregt unterhielten sie sich miteinander. Jede war froh, nicht ganz allein feiern zu müssen.

Gegen fünf Uhr nachmittags löste sich die Gesellschaft auf und jeder ging seines Weges. Wasti und Moritz erwarteten Ute schon sehnsüchtig. Es war frischer Schnee gefallen. Die Fußspuren von Hund und Kater waren deutlich zu erkennen. Wasti mag Schnee, Moritz eher nicht. Er lief vorsichtig und stolzierte wie der Storch im Salat. Sie drehte die übliche Runde, stellte danach die Schuhe im Vorraum ab und trocknete die Tiere ab. Dann gab es Futter. Ute zog sich um und schlüpfte in bequeme Kleidung. Im Wohnzimmer schaltete sie die Beleuchtung am Weihnachtsbaum ein und entzündete die Kerzen des Adventskranzes. Bei einem Glas Glühwein schaute sie nochmals die wunderbaren Geschenke an. Nebenbei naschte sie immer wieder von dem Weihnachtsgebäck. Heidis Amaryllis Knolle hatte sie gleich eingepflanzt. Laut Karton sollte sie zartrosa blühen.

Morgen würde sie im Seniorenstift erwartet, erzählte sie Johann, und natürlich alles andere, was sich zugetragen hatte. Sie freute sich auf das Baby von Heidi und auf die Taufe. Das Kind sollte ihren goldenen Kreuzanhänger bekommen, den sie selbst zur Kommunion getragen hatte. Ute war glücklich.

Bevor sie ins Bett ging, fuhr sie den PC hoch und checkte die E-Mails. Weihnachtswünsche kamen von Gerlinde, Jutta, Ilse und Rita, denen sie natürlich selbstgestaltete Karten geschickt hatte.

Ganz am Ende der Liste war noch eine Mail, jedoch ohne Überschrift. Sie war am Heiligen Abend gesendet worden. Zuerst wollte sie Ute gar nicht öffnen, dann siegte ihre Neugier und sie las den Anhang.

Meine liebe Ute,

ich wünsche dir frohe Weihnachten und einen guten Stern über dem kommenden Jahr. Lass es dir gut gehen und pass auf dich auf.

Bei dir wollte ich mich unbedingt nochmal melden, denn der Brief aus Amsterdam liegt schon lange Zeit zurück. Du sollst dir jetzt keine Sorgen mehr um mich machen.

Ich habe Krebs, ja, du liest richtig, Krebs im fortgeschrittenen Zustand. Ich weiß das schon länger, habe aber mit niemand darüber gesprochen. Es begann in der Brust, später hatten sich Metastasen an anderen Stellen gebildet. Die Bestrahlungen und die Chemo ließen anfangs hoffen, und ich wurde entlassen. Kurz vor unserem Klassentreffen hatte ich einen Rückfall: dieses Krustentier war wieder da. In der Klinik sagte man mir, man könne nicht nochmal operieren, er hätte sich schon zu sehr ausgebreitet. Man konnte mir nur raten, das Leben noch zu nutzen und zu genießen.

Meinem Mann hatte ich davon nichts erzählt, denn ich weiß seit drei Jahren von seiner Freundin. Er war nicht oft zuhause, das hat mich misstrauisch gemacht. Persönlich gesagt hat er es mir nie, der Feigling. Wenn er mal da war, ging es nur um ihn und seinen Beruf. Wie es mir geht, hat er fast nie gefragt. Ich war traurig über die verlorene Liebe, konnte ihn aber nicht zurück-gewinnen, denn seine Freundin erwartet jetzt mit vier-zig ihr erstes Kind, wie ich später durch Zufall mitbe-kam. Er wollte jetzt, dass ich in die Scheidung einwillige. Das kann ich mir nun sparen.

Ich habe eine Entscheidung getroffen, die du in mei-nem Reisebericht nachlesen kannst. Den bekommst du per Post.

Nach unserem Klassentreffen habe ich meine „sie-ben Zwetschgen" gepackt und bin erst mal segeln ge-gangen und dann nach Holland gefahren. Dahin wollte ich nochmal. Ich habe mir alles angesehen, was ich vorhatte und jeden Tag genossen, so gut es ging. Dort konnte ich mich auch mit Schmerzmitteln leich-ter eindecken als in Deutschland. Einige Wochen ver-brachte ich in einer Studenten-WG, deren Mitbewoh-ner sich mit Kunsthandwerk und Musik über Wasser hielten. Sie boten mir sogar Beistand an, falls ich ihn benötigen würde. Dann löste ich ein Bahnticket nach Zürich. Im Moment sitze ich in einem Internetcafé und schreibe dir diese Mail, weil ich es mit der Hand nicht mehr leserlich kann. Ich erwarte nichts mehr vom Leben und mag auf niemand mehr angewiesen sein, dem ich nur zur Last fallen würde. So mag ich nicht mehr weitermachen. Das ist kein würdiges Leben mehr. Daher habe ich nach einem Hospiz gesucht und in der Schweiz eines gefunden, das mich aufnahm.

Hier werde ich in Ruhe einschlafen können, wenn es so weit ist, und ich fühle, das dauert nicht mehr lang. Also, leb wohl, wir sehen uns in einer anderen Welt bestimmt wieder. Ich umarme dich ganz fest.

Sei so lieb und informiere unsere gemeinsamen Freundinnen. Ich kann es nicht mehr, denn ich werde mich nun in mein Zimmer begeben. Ist doch schön, um die Weihnachtszeit sterben zu dürfen, oder? Ich bin fest überzeugt, dass Gott meine Seele von Engeln abholen lässt und nach oben begleitet. Dort habe ich schon eine Wolke für mich reservieren lassen. Mal sehen, wen ich dort treffen werde. Ich habe keine Furcht mehr vor dem Tod.

In den nächsten Tagen erreicht dich Post von mir, nicht nur das Reisebüchlein. Meine besondere Armbanduhr sollst du bekommen und zu meiner Erinnerung tragen. Da weiß ich, sie ist in den richtigen Händen.

Adieu, Ute!
Ursula

Ute las die E-Mail immer wieder und wollte es nicht wahrhaben. Unsagbare Trauer überwältigte sie. Die Tränen kullerten nur so über die Wangen. Wasti leckte sie ab. Moritz sprang auf ihren Schoß und schnurrte, so laut er konnte. Die Tiere spürten Utes Schmerz und nahmen daran Anteil. Ute schickte ein Gebet nach oben und bat um Aufnahme von Ursulas Seele im Paradies.

*

Mitte Januar überbrachte der Postbote ein Paket von Ursula. Mit zitternden Händen schnitt Ute den Klebestreifen auf und öffnete den Karton. In Seidenpapier eingewickelt entnahm sie die Armbanduhr. Sofort schossen ihr Tränen in die Augen. Die Kostbarkeit betrachtete sie eingehend, bevor sie die Cartier um ihr Handgelenk legte.

Weiter unten im Karton fand sie das Reisebuch in Form eines DIN A5 großen Notizheftes. Das Cover war aus geprägtem Karton und sehr hochwertig, auch das Papier der Innenseiten. Beim Durchblättern fiel eine Postkarte heraus. Die Vorderseite zeigte einen VW-Bus von hinten, der Richtung Meer fährt. Hinten stand: Ich bin dann mal weg! Ursula.

Das Reisebuch nahm sich Ute abends vor.

Meine letzten Wochen

Manchmal schreibe ich in der Gegenwart, manchmal in der Vergangenheit, manchmal mit Rechtschreibfehlern und manchmal nicht gut leserlich. Ich schreibe, so gut ich eben gerade kann. Vor meinem Ende werde ich überlegen, wem ich diese Notizen überlasse. Es wird sich zeigen.

Das Klassentreffen in Augsburg hat mir sehr gefallen und ich bereue zutiefst, dass ich die vorhergegangenen Termine nie wahrgenommen habe. Wie gut wir uns nach der langen Zeit verstanden haben, wie die Lebenswege der einzelnen Schülerinnen verlaufen waren und welch interessante und lustige Gespräche wir führten. Das hat mir gutgetan.

Die Rückfahrt am Sonntag mit Gerlinde und Klaus war ohne größeren Stau verlaufen. Sie setzten mich am Autobahndreieck Walsrode nördlich von Hannover ab. Mein Wagen stand am Parkplatz. So — Reisetasche in den Kofferraum, nochmal ein großes Dankeschön an die beiden mit fester Umarmung. Ich winkte ihnen noch zu, als sie weiterfuhren. Jetzt nichts wie heim. Oldenburg wartet und der Plan für die nächste Zeit. Meine Aufträge hatte ich abgearbeitet und alles Nötige vor dem Klassentreffen geregelt. So bin ich am Sonntag nachts müde und erschöpft ins Bett gefallen.

Montagmorgen, kurz nach 6 Uhr, Katzenwäsche, Tasche und Papiere gepackt, Segelzeug in den Kofferraum, Laser auf dem Autodach befestigt, Briefkasten geleert, beim Bäcker um die Ecke Brötchen und Gebäck gekauft, Frühstück gemacht. Es ist 8 Uhr. ES GEHT LOS!

Ich fuhr auf die Autobahn A29 Richtung Wilhelmshaven. Tankstopp bei Varel. Sprit, eine Zeitschrift über Segeln, ein Reisemagazin, eine Landkarte von den Niederlanden und ein Espresso aus der Cafeteria stehen auf dem Kassenbon, bar bezahlt. Bon ins Notizheft eingeklebt als Erinnerung.

Weiter ging es nach Wilhelmshaven. Abbiegung auf die K99, an Salzengroden vorbei nach Mariensiel, weiter zum Seglerheim mit Clubhafen. Meinen Laser habe ich am reservierten Liegeplatz deponiert und beim Hafenmeister im Voraus für drei Tage bezahlt.

Im Strand Hotel Lachs bezog ich Quartier. Das liegt in der Nähe des Deutschen Marinemuseums.

Am Abend besuchte ich das Le Patron am Meer, ein hervorragendes Fischrestaurant, und gönnte mir ein feines Mahl, dazu ein Glas

Wein. Ich saß an einem Einzeltisch, um mich herum nur wenig Gäste. Sehr angenehm. Nach dem Essen verließ ich das Restaurant und spazierte langsam zurück zum Hotel. Der Herr an der Rezeption wünschte mir eine gute Nacht.

Dienstag, Mittwoch und Donnerstag verbrachte ich fast ganztägig auf dem Segelboot im Jadebusen.

Mit dem Wetter hatte ich Glück. Es war sonnig mit leichter Bewölkung, wenig Dünung und einer Windstärke von vier bis fünf Beaufort, also ideale Bedingungen. Meist kam ich gegen fünf Uhr zurück, brachte den Laser ordnungsgemäß zum Landliegeplatz. Nach dem Segelausflug gönnte ich mir eine Dusche und hängte die vom Seewasser gereinigten Seglerklamotten zum Trocknen auf den Balkon. Zu anderen Hotelgästen suchte ich keinen Kontakt.

Dienstags speiste ich nochmals im Le Patron am gleichen Tisch wie am Vortag einen gemischten Fischteller.

Das Abendessen am Mittwoch, da hat das Le Patron Ruhetag, nahm ich im Seglerheim eine Fischsuppe und Nachtisch zu mir. Da kam ein sympathischer junger Mann aus einer Gruppe der Sportsegler auf mich zu und fragte, ob er sich zu mir setzen darf. Wir plauderten über Segeln und Boote. Er sagte mir, dass ihm mein Laser gut gefällt und dass er eine gebrauchte Einhand-Jolle suchte, würde aber selten angeboten. Ob ich mir vorstellen könnte, ihm mein Boot zu verkaufen? Diese Frage war eine Überlegung wert. Ich musste zugeben, dass ich zwar die Segelstunden genossen habe, allerdings wurde es körperlich zunehmend anstrengender. Abends war ich stets so erschöpft, da sich meine Krankheit immer mehr bemerkbar macht. Also willigte ich kurz entschlossen ein, wir verhandelten einen fairen Preis und er wollte am nächsten Morgen bei seiner Bank Geld abheben. Mit Handschlag war der Verkauf besiegelt.

Am letzten Tag, Donnerstag, war ich mit dem Laser nur bis Mittag auf dem Wasser und verabschiedete mich emotional von dem treuen Gefährten.

Ich hatte noch am Vorabend die Papiere vorbereitet und traf mich mit dem Käufer am Landliegeplatz. Die Übergabe klappte perfekt und ich schenkte ihm den Autodachträger dazu. Er strahlte über das ganze Gesicht und freute sich so, dass er mich spontan in den Arm nahm und drückte.

Anschließend fuhr ich zum Hotel, irgendwie erleichtert über diese Entscheidung, und zog mich um. Nachdem die Formalitäten erledigt waren, reiste ich ab. Auf die Frage des netten Herrn an der Rezeption, wohin mich denn meine Reise nun führe, habe ich nur gesagt: „Ins Blaue".

Weiter ging es auf Bundesstraßen über Friedeburg, Wiesmoor Richtung Leer, dann bei Leer-Ost auf die Autobahn und bei Bad

Nieuweschans über die Staatsgrenze in die Niederlande, vorbei an Winschoten nach Groningen, der Studentenstadt mit dem schönen Kirchturm von St. Martin. Während der Fahrt fühlte ich mich total frei.

Im Norden der Stadt bin ich in einem B & B abgestiegen. Einfach, sauber und günstig. Ich konnte ein Leihfahrrad bekommen.

Am Freitag machte ich eine Bootsfahrt mit und erkundete die Stadt vom Wasser aus. Vorbei an mittelalterlichen Patrizierhäusern und prächtigen Brücken zeigte sich die alte Handelsstadt von ihrer schönen Seite. Für den nächsten Morgen nahm ich mir vor, bei der Tourist-Info nach einem Stadtführer fragen, der mir ganz individuell seine Heimatstadt zeigen sollte. Die Speicherhäuser am Kanal interessierten mich, wie auch die großartigen Museen, die die Stadt bietet.

Mein Stadtführer am Samstag war Student der Architektur und wusste viel zu berichten. Ich buchte ihn gleich für den nächsten Tag nochmal. Wir sahen uns all das an, was ich besuchen wollte.

Am Montag checkte ich im B & B aus. Meine Fahrt führte mich nach Amsterdam. Dahin wollte ich unbedingt noch einmal. Mein letzter Besuch lag viele Jahre zurück. Diese lebendige Stadt hatte es mir damals schon angetan. Die Autofahrt dorthin verlief ohne Probleme. Ich hatte mir eine besondere Unterkunft über Airbnb ausgesucht, ein kleines romantisches Hausboot auf der Amstel mit Achterdeck! Es lag innerhalb des Rings von Amsterdam und mit dem Fahrrad ist man in 15 Minuten im Zentrum. Auch das lebhafte Viertel De Pijp war damit in nur 7 Minuten zu erreichen.

Die Vermieter wohnten neben dem Hausboot, auf das man durch deren Garten gelangte.

Das gefiel mir. Ich richtete mich häuslich ein.

Am Dienstag bin ich zuerst ins Szeneviertel geradelt und habe das Café besucht, das in einem ehemaligen Kino untergebracht ist. Allein der Duft frisch gemahlener Bohnen und dazu köstliche Waffeln, verführerisch. Um mich herum wuselte das Leben. Genauso lebendig fühlte ich mich beim Bummel über den Albert-Cuyp-Markt, der wochentags stattfindet. Die Vintage-Läden in alten Gebäuden entlang der Shoppingmall luden zum Einkaufen ein. Ich musste mich sehr zurückhalten.

Erholung danach fand ich im zentral gelegenen Sarphatipark der Gegend. Eine wunderbare Atmosphäre herrschte dort um einen in der Mitte gelegenen See. Auf dem Rückweg besorgte ich Lebensmittel für mein Abendessen, das ich mir in der kleinen Küche zubereitete und mit Genuss auf dem Achterdeck mit Blick auf das Wasser schmecken ließ. Der Abend weckte richtig romantische Gefühle in mir. Ich saß lange draußen im Freien. Irgendwann rief das Bett nach mir. Müde und mit vielen Eindrücken im Kopf schlief ich ein.

Mittwoch. Heute wollte ich mir einige Brauereien ansehen und Verkostungen mitmachen. Zu Fuß schlenderte ich wieder ins junge Viertel und besuchte kleine Manufakturen, die unterschiedliche Spezialitäten anboten. Gemütlich eingerichtete Gasträume taten ihr Übriges. Die unterschiedlichen Biersorten sind zum Teil stark. Ich musste dazwischen immer wieder eine Kleinigkeit essen. Ob Pizza oder kleiner Snack, alles köstlich.

Nachmittags nur ausruhen im Liegestuhl auf Deck.

Für Donnerstag habe ich eine Grachtenfahrt gebucht. Eine Stunde in einer kleinen Gruppe mit einer gebürtigen Niederländerin, die uns die

Geschichte der Stadt mit ihren Häusern, dem Handel und dem Handwerk nahebrachte, wie auch der Kunst.

Daher wollte ich am Freitag im Zentrum das Van-Gogh-Museum besuchen. Aus den verschiedenen Schaffensphasen werden dort in der weltgrößten Sammlung seine Werke gezeigt. Die Führung in englischer Sprache mit einem Guide dauerte 1 ½ Stunden und war hochinteressant. Ich merkte auch, dass mich diese Ausflüge sehr ermüdeten.

Nach einem Tag des Wanderns in der Stadt war es wunderbar, sich auszuruhen und die Amstel auf dem privaten Achterdeck zu genießen.

Ausruhen tat ich auch an den darauffolgenden Tagen.

Erst am Dienstag raffte ich mich auf, denn das Moco-Museum zeigt Bilder des Streetart-Künstlers BANSKY, dessen Werke ich sehr schätze. Mit öffentlichen Verkehrsmitteln kommt man dort gut hin. Man trifft auf viele junge Leute aus aller Herren Länder. In der Mittagspause, die ich in einem Bistro am Kanal machte, kam ich mit Studenten ins Gespräch, unter anderem auf das Thema Wohnen. Ich erklärte, dass ich gerne einige Wochen in Amsterdam bleiben wolle. Einer unter ihnen, Johan, bot mir spontan an, ein frei gewordenes Zimmer in seiner WG zu beziehen. Zwei Studentinnen und er würden sich freuen. Er lud mich für den Abend ein. Eine nette Gruppe hieß mich willkommen und er stellte mich vor. Die beiden jungen Frauen, Antje und Swantje studieren Medizin, Johan Wirtschaft und Management. Wir lernten uns näher kennen, verhandelten den Mietpreis und ich sagte zu. Das Hausboot verließ ich nach drei Tagen. Es war eine unvergessliche Erfahrung. Jetzt wollte ich wieder mit Menschen zusammenleben. Das Team passte perfekt. Wir ergänzten uns und halfen uns gegenseitig, wo es nötig war. Ich fühlte mich unter den jungen Leuten wohl. Diese lebendige Stadt riss mich etwas mit, wenn es mir nicht gut ging.

Mittlerweile wussten auch die Mitbewohner über meine Erkrankung Bescheid und konnten mich mit Schmerzmitteln eindecken, wenn es nötig war. Ich hatte gute und schlechtere Tage. Mein liebster Rückzugsort war der Hortus Botanicus. Inmitten der Natur fühlte ich mich wohl. Da kam mir auch der Gedanke, nach besonderen Gemüsesamen Ausschau zu halten, und ich fand welche in einem Gartenmarkt. Ute hat so viel Freude an ihrem Gemüsebeet und an der Arbeit im Park der Villa, wie ich beim Klassentreffen feststellen konnte. Zufrieden mit meiner Ausbeute kaufte ich in einer Papeterie Briefblock und Luftpolsterumschlag, setzte mich in ein ruhiges Café und schrieb einen Brief an sie.

Im nächsten Postamt suchte ich eine besonders schöne Marke aus, schrieb die Adresse dazu und gab den Umschlag auf.

Meine Einträge in das Reisebuch notiere ich nur zu bestimmten Anlässen. Den Alltag beschreibe ich nicht, denn er ist Alltag. Gerne gehe ich auf den Markt, kaufe ein und überlege dabei, was ich für uns alle kochen werde. Das tue ich sehr gerne, damit die Mitbewohner genug Zeit zum Lernen haben. Wenn es meinem Körper gut geht, putze ich und kümmere mich um die Wäsche. Zu sehr viel mehr kann ich mich nicht einbringen.

Ich genieße meine Spaziergänge durch die Stadt mit seiner Architektur, den wunderschönen Ecken, Brücken und den teils schiefen schmalen Häuschen.

Besonders gut ist hier, dass man fast alles mit dem Fahrrad oder öffentlichen Verkehrsmitteln erledigen kann. Daher habe ich mich entschieden, mein Auto zu verkaufen. Da, wo ich später sein will, fährt ein Zug. Das Polster im Geldbeutel tut gut, denn das Leben ist hier teuer. Trotzdem werde ich es nützen, um Konzerte und Ausstellungen zu besuchen und mit den Studenten zu musizieren. Die Menschen sind so offen und aufgeschlossen, dass ich mich nie fremd fühle. Hier habe ich gelernt, dass ich meiner Angst nicht gestatten darf, die Oberhand zu haben über mein Leben, das mir noch bleibt. Ich habe sehr viel von meinem Perfektionismus ablegen können.

Amsterdam ist eine moderne, nachhaltige und innovative Stadt wie kaum eine andere, die ich kenne. Das Wissen, dass die Niederlande unter dem Meeresspiegel liegen und überflutet werden können, merkt man den dort lebenden Menschen gar nicht an.

Immer ist etwas geboten. Es wird nie langweilig. Gestern überredeten mich die Mädels zum Besuch eines Musikfestivals. Ich habe es nicht bereut.

Einer meiner Lieblingsplätze ist die Openbare Bibliotheek am Hauptbahnhof. Das Besondere ist die traumhafte Aussicht von der Terrasse im 7. Stock auf das Zentrum der Stadt.

Natürlich gehören auch die Coffeeshops zu Amsterdam dazu. Wenn man vorbeigeht, umfängt einen dieser süßliche Duft. Ich halte mich zurück und probiere nichts. Wer weiß, was das mit meinem Körper macht?

Dagegen mag ich die örtlichen Spezialitäten sehr gerne. Legendäre Pommes Frites, die Minipfannkuchen oder die indonesische Reistafel habe ich mal bestellt. Käse darf natürlich nicht fehlen. Die Auswahl auf den Märkten ist phänomenal.

Der Sommer war schön im pulsierenden Amsterdam, der Herbst ebenfalls.

Mein Aufenthalt hier endet zum Dezember. Ein Nachmieter für das WG-Zimmer ist gefunden und der Abschied naht. Einige meiner Habseligkeiten habe ich verschenkt. Ich reise mit kleinem Gepäck per Bahn nach Zürich.

Die Verbindung mit nur einem Umsteigehalt in Basel dauert etwa 12 Stunden. Das Ticket habe ich mir online gekauft. Ich verabschiede mich von meinen Freunden und besteige den Zug am Hauptbahnhof. Adieu, Amsterdam!

Die Bahnreise war anstrengend und lang, aber jetzt bin ich in der Schweiz angekommen, in Zürich.

Nach der Diagnose Krebs habe ich mich damals informiert, wohin mich mein letzter Weg führen soll. Eine Palliativeinrichtung dort hat mich sehr angesprochen. Für diese Stiftung habe ich auch immer wieder gespendet. Ich hatte damals online ein Konto bei einer Züricher Bank eröffnet und Erspartes dorthin transferiert.

Jetzt bin ich angekommen und zufrieden. Das moderne Haus mit ansprechender Architektur liegt mitten in der Stadt, mitten im Leben. Die Zimmer sind hell, freundlich und mit hochwertigen Materialen eingerichtet ohne Schnick-Schnack und mit wunderbaren Farben ausgestattet. Nichts, aber auch gar nichts erinnert an ein Spital. Man fühlt sich wie in einem Hotel, was es ja schließlich auch für wenige Wochen sein wird. Der Blick aus meinem Fenster eröffnet mir das pulsierende Leben einer Stadt, fahrende Züge, Autos und den imposanten Prime Tower. Trotzdem ist es innen ruhig, genau richtig. Die Anmeldung hier war eine richtige Entscheidung. Solange ich es schaffe, schaue ich mir Zürich an und genieße es. Wenn das mein Körper nicht mehr kann, will ich niemand zur Last fallen und mich selbstbestimmt vom nicht mehr lebenswerten Leben verabschieden.

Es ist alles geregelt.
Damit enden meine Aufzeichnungen.

Ich bin dann mal weg.
Ursula

Reisebericht vom Italienurlaub

Ute gönnte sich Mitte September ein paar Tage Urlaub in Italien und fuhr an den geliebten Gardasee. Sonntags war kein Schwerlastverkehr unterwegs, daher kam sie gut voran.

Die Strecke kannte sie auswendig, hatte trotzdem die Straßenkarte auf den Beifahrersitz gelegt und fuhr auf der B 17 nach Süden Richtung Landsberg. Der Wettergott war ihr wohl gesonnen. Es war trocken, nicht zu heiß und kaum windig. Ihr Weg führte sie vorbei an Schongau und Oberammergau. Danach kam sie zum Kloster Ettal mit der bekannten Benediktinerabtei, wo ein Omnibus nach dem anderen auf dem riesigen Parkplatz Touristen ausspuckte. Die oft aus dem Norden stammenden Besucher versuchten, sich mit Pseudotrachtenhüten und karierten Hemden an Bayern anzupassen. Lächerlich auch viele Souvenirs, die angeboten wurden, sowie kitschige Holzschnitzereien, die oft nicht aus dem Ammergebirge stammten. Hauptsache, der Umsatz passt. Im Gasthof schien es in jedem Fall so zu sein. Zumindest bieten die Ettaler Klosterbetriebe authentische Produkte: Biere aus der eigenen Brauerei, Kräuterliqueure und Gin aus der Destillerie, sowie Tee und Gesundheitsartikel aus der Klosterapotheke.

Ute wollte eventuell auf der Rückfahrt dort anhalten, um die Klosterkirche zu besichtigen.

Jetzt wollte sie vorankommen und lenkte den Wagen konzentriert die Serpentinen runter Richtung

Garmisch-Partenkirchen. Dort war es früher Tradition, sich an der Shell-Tankstelle das *Pickerl*, also die Vignette für Österreichs Autobahnen zu besorgen und gut sichtbar an die Innenseite der Frontscheibe zu kleben. Johann machte nach dem Tanken seine Pinkelpause, wozu an der Kasse der Toilettenschlüssel abgeholt werden musste. Dieser war an einem langen Holzstück befestigt, dass ihn niemand aus Versehen mitnimmt. *„Das ist bestimmt heute noch so, gell Johann"*, sagte sie leise.

Sie wollte möglichst viele Kilometer auf Autobahnen fahren, da ging es meistens flott vorwärts. Nach Mittenwald passierte sie die Landesgrenze in Scharnitz. Früher war hier Passkontrolle, die österreichische Währung hieß Schilling. Einige dieser Münzen mussten noch daheim in der Holzschatulle liegen, zusammen mit italienischen Lire. Ihr fiel ein, dass es damals eine maximale Summe pro Person gab, die in Deutschland umgetauscht und nach Italien eingeführt werden durfte. Die Eurozone erleichtert jetzt das Reisen. Der Brennerpass kam näher und damit Italien.

Gleich nach dem Grenzübertritt lockten diverse Espressobars, ein Touristmarket mit Spirituosen, Speck und frischem Obst, es gab ein Outlet mit italienischen Markenklamotten und natürlich Lederwaren. Ute fuhr ohne Stopp durch Sterzing und Brixen. Erst In Bozen machte sie bei Cappuccino und Bruschetta eine kleine Pause. Sie empfand es als sehr angenehm, die melodiöse Sprache zu hören und die

Gelassenheit, mit der der cameriere die Gäste bediente. Hektik ist in Italien eher ein Fremdwort. Nach dieser Stärkung fuhr sie weiter und bog bei Trento Richtung Gardasee ab. Die Straße führte sie durch die Berge über Arco nach Riva. Kurz bevor es nach unten ging, eröffnete sich am Ende der Bergstrecke der erste Blick auf den nördlichen Teil des Sees, der einem jedes Mal den Atem nahm. Ein kleiner Parkplatz bot die Möglichkeit, dieses Panorama zu genießen, und gegenüber wartete eine Bar auf Gäste. Ute jedoch setzte ohne Halt die Fahrt fort. Sie wollte bei Helligkeit in ihrer Unterkunft ankommen. Die Gardesana Occidentale, eine der schönsten Reiserouten in dieser Gegend, führt auf der Westseite des Benaco durch manchen Tunnel. Diese sind zum Teil sehr alt und eng. Oben an der Schräge erkennt man die Kratzspuren der Lkw. Die Straße führte sie durch das bekannte Limone, Gargnano und Bogliaco, bevor sie endlich Toscolano erreichte. In Maderno, nur durch einen Wasserlauf davon getrennt, hatte sie als Unterkunft das Hotel Albergo Vittoria in der Via Benamati ausgesucht, günstig gelegen mit kurzem Fußweg zum See, nicht an der Durchgangsstraße, aber mit Pool und Restaurant.

Sie stellte den Wagen auf dem Parkplatz ab und ging ins Haus. An der Rezeption wurde sie herzlich begrüßt: „Guten Tag Signora Müller, hatten Sie eine gute Anreise?", fragte die Dame in dunkelblauem Kostüm mit weißer Bluse.

„Danke, ich bin ohne Stau durchgekommen. Es war eine angenehme Fahrt. Jetzt bin ich trotzdem froh, hier zu sein", erwiderte Ute.

„Gut, dann bitte das Anmeldeformular ausfüllen und mir Ihren Pass zeigen. Wir haben für Sie Zimmer 11 im ersten Stock reserviert, Ihrem Wunsch entsprechend mit Blick auf unseren Park und den See. Wenn Sie irgendwelche Wünsche haben, fragen Sie nach mir. Ich heiße Carlotta."

„Danke. Ich hole mein Gepäck. Wann servieren Sie das Abendessen?", fragte sie und gab das Formular ausgefüllt zurück.

„Das Ristorante ist ab neunzehn Uhr geöffnet. Soll ich Ihnen einen Tisch reservieren?"

„Gerne, das wäre nett. Also bis später."

Ute stieg mit ihrer Reisetasche die Treppe hoch und drehte den Schlüssel zu Zimmer 11 im Schloss herum. Der großzügige Raum war hell und freundlich eingerichtet mit Doppelbett, Kleiderschrank, Tisch und zwei bequemen Sesseln, sowie einem Flachbildfernseher. Zuerst öffnete sie die Balkontüre und trat hinaus. Die frische Luft des Spätnachmittags streichelte ihr Gesicht. Sie war am Lago angekommen! Der Blick ins Grüne tat ihr gut. Sie erzählte Johann von der Fahrt und ihrem Plan für den Aufenthalt in den kommenden Tagen.

Als nächstes packte sie ihre Tasche aus und ging ins Badezimmer. Dieses war mit hellen Fliesen bis zur Decke gekachelt, die Duschkabine mit einer Schiebetür versehen, wenigstens nicht mit einem

Plastikvorhang, der sich bei heißem Wasser immer bedrohlicher Richtung Körper bewegte.

Sie zog sich um und verließ das Hotel zu einem Spaziergang an den See. Auf der Hauptstraße ging sie zur Pfarrkirche Sant'Andrea aus dem 12. Jahrhundert, kaufte eine Kerze für Johann, entzündete sie am Nebenaltar und bedankte sich oben für die unfallfreie Fahrt. Danach führte sie ihr Weg zum Hafen, wo Fähren und Tragflügelboote Autos und Touristen transportierten. Damit wollte sie auch in den nächsten Tagen einmal nach Torri del Benaco auf die Ostseite des Sees übersetzen. Langsam schlenderte sie den Lungolago entlang, setzte sich auf eine Bank und beobachtete das Anlegen der großen Autofähre. Hierher war Johann oft vom Campingplatz mit dem Fahrrad gefahren und hat sich die Boote im kleinen Hafen angesehen. Wasser und Schiffe waren seine Passion. Beim Segeln oder Bootfahren erholte er sich am besten. Ute hingegen fühlte sich auf dem Wasser nicht gut, besonders wenn es sehr tief war. Ute erinnerte sich an eine schlimme Begebenheit:

Als Kind wäre sie fast ertrunken. Im Alter von etwa fünf Jahren war sie mit ihrer Tante nach Augsburg ins Gögginger Luftbad geradelt. Richtig schwimmen konnte sie damals noch nicht. Auf der Luftmatratze liegend sollte sie im Wertach-Kanal an der letzten Treppe aufsteigen, die Tante schwamm nebenher. Ute trat versehentlich neben die Stufen, erwischte den Handlauf nicht. Die Strömung zog sie mit in Richtung Fanggitter. Diese Situation war in Erinnerung geblieben. So, das war's dann, hatte sie damals gedacht.

Ein Schmerz riss sie zurück ins Leben. Der Bademeister hatte sie an den Zöpfen erwischt und aus dem Kanal gezogen. Ein Rettungssanitäter schüttelte ihr kopfüber das geschluckte Wasser aus dem Körper. In der Haut ihrer Tante wollte sie nicht gesteckt haben. Nicht vorzustellen, wenn sie wirklich ertrunken wäre.

Später lernte sie mit den Eltern am Ammersee schwimmen, anfangs mit einem Korkgürtel um den Bauch, der für leichten Auftrieb sorgte. Am Gymnasium gab es ebenfalls Schwimmunterricht mit Erreichen des Freischwimmers. Das Textilabzeichen nähte sie nie an den Badeanzug, da sie und auch ihre jüngere Schwester Angst hatten, dass sie dann im Familienbad in Augsburg von frechen Buben untergetaucht werden würden. Dahin durften sie manchmal zum Schwimmen gehen. Meistens taten sie das im angegliederten Frauenbad, wo man in Ruhe seine Bahnen ziehen konnte.

Ute löste sich von den Erinnerungen und machte sich auf den Rückweg zum Hotel. In den malerischen Gassen hatte es in den letzten Jahren keine größeren Veränderungen gegeben, stellte sie fest. Ein Ferienappartementhaus befand sich im Bau, ein neuer Supermarkt nahe dem Campingplatz La Foce hatte eröffnet, im Großen und Ganzen war aber alles beim Alten geblieben. Ute fühlte sich irgendwie heimisch.

Im Hotel angekommen, nahm sie eine erfrischende Dusche. Nach einem kurzen Telefonat mit Riccarda begab sie sich in den Speisesaal. Wenige Tische waren besetzt. An den Autokennzeichen hatte sie gesehen, dass Italiener, Holländer und Belgier im Haus logierten. Sie war außer einem Ehepaar mittleren Alters aus Stuttgart der einzige Gast aus Deutschland, wie sie an der Sprache festmachen konnte. Die Halbpension, die sie gebucht hatte, war nicht sehr viel teurer als die Übernachtung mit Frühstück. Somit konnte sie tagsüber tun, was sie wollte, und musste abends nicht mehr aus dem Haus. Sie bestellte ein Viertel weißen Hauswein, eine Flasche Mineralwasser und nahm als Vorspeise Minestrone. Zum Hauptgang wurde Saltimbocca gereicht mit grünen Prinzessbohnen und Kartoffeln. Als Dessert servierte Massimo, der freundliche Kellner, Panna cotta auf Himbeerspiegel. Das Essen war köstlich. Satt und zufrieden bestellte sie noch einen Caffè und ging anschließend nach oben in ihr Zimmer. Sie informierte sich über die Nachrichten und den Wetterbericht im Fernsehen und ging anschließend zu Bett. Trotz des ungewohnten Bettes schlief sie schnell ein.

*

Ein Sonnenstrahl auf ihrer Nase kitzelte sie am nächsten Morgen wach. Sie sah auf die Uhr, kurz vor acht Uhr. Genau die richtige Zeit, um in Ruhe zu duschen und das Frühstücksbuffet zu erkunden.

Außer Ute saßen noch das Stuttgarter Ehepaar im Speisesaal und die Belgier. Nach einer freundlichen Begrüßung nahm sie Platz an ihrem Tisch und bestellte Tee. Das Hotel war auf Touristen eingerichtet und das Buffet gut bestückt. Leider gab es nicht sehr viele Vollkornprodukte, dafür standen frisches Obst, Käse und Schinken zur Auswahl, sowie Marmeladen und Honig. Gestärkt verließ Ute den Frühstücksraum und fragte Signora Carlotta an der Rezeption nach einem Leihfahrrad.

„Selbstverständlich, ich gebe Maurizio Bescheid, dass er für Sie ein Damenrad herrichtet. In einer Viertelstunde können Sie es übernehmen."

„Gut, ich ziehe mich um." Ute schlüpfte in eine Jeans, die neuen bequemen Schnürschuhe und packte die leichte Regenjacke in den Rucksack. Vorsichtshalber trug sie noch Sonnenschutzcreme auf Nase und Gesicht auf und nahm die Baseballcap mit. Man weiß ja nie.

Maurizio, der Hausmeister und Mann für alle Fälle, erwartete sie schon, stellte sich vor und brachte ein leichtes Rad aus Alu aus der Garage. „Habe kontrolliert Luft und Bremsen, alles gut. Probiere Sie noch Höhe Sattel, Signora! Gut? Tutto bene, buona giornata."

Ute schwang sich auf das Gefährt, testete die Gangschaltung auf dem Hof und fuhr los. Zuerst wollte sie an das Südende von Maderno. Der Blick auf den Ort und den Hafen war von dort grandios. Sie vermied die Hauptstraße, wo es möglich war. Der Verkehr zwang einen manchmal, in die Regenrinne zu fahren, um nicht von einem Fahrzeug gestreift zu werden. Diese war oft sehr tief, dass man mit dem Reifen während der Fahrt kaum mehr herauskam.

An der holzbeplankten Aussichtsplattform angekommen, suchte sie sich eine freie Bank und ließ den

Blick über den Hafen und die Hügel schweifen, an die sich der Ort schmiegt. Die Vegetation war mediterran, die Hauswände meistens begrünt oder es standen zumindest Blumentöpfe auf den Fensterbänken oder den kleinen Balkonen. In den schmalen Gassen trocknete Wäsche auf Leinen, die zwischen den Häusern gespannt waren. Am besten gefiel Ute, wenn Bougainvillea oder Blauregen, der leider um diese Jahreszeit nicht mehr blüht, eine Pergola in einem Innenhof zierten. Sie wollte sich eine Staude für ihre Terrasse mitnehmen. Nachdem sie sich sattgesehen und einige Fotos geschossen hatte, kehrte sie zurück ins Zentrum. Im Café Central suchte sie sich einen netten Tisch mit Blick zum Seglerhafen, bestellte sich aus der Eiskarte ein Tartufo und beobachtete die Menschen, die an der Kaimauer entlang flanierten. Ein Ausflugsboot legte an und wieder ab, die Wellen klatschten an die Hafenmauer und brachten die vertäuten Segelboote im Hafen zum Wackeln. Die Geräusche, die dadurch an den Masten, Tauen und Schäkeln entstanden, waren wie das Klingeln, das Ute von ihrem eigenen Boot nur zu gut kannte. *Hoffentlich hat der neue Besitzer ihrer Jolle auch so viel Freude daran, wie sie Johann hatte*, dachte sie. Ute bezahlte drinnen im Café, begrüßte Romeo, den Beo, der jedem Gast seinen Namen lautstark mitteilte, öffnete das Schloss am Fahrrad und fuhr zum Lungolago. Vor einigen Jahren hatte man begonnen, einen Spazierweg entlang des Seeufers anzulegen.

Er war fast fertiggestellt. Sie hatte vor, auf ihm entlang durch die Campingplätze zu gehen, in denen sie früher die Urlaubstage verbracht hatten: Promontorio, Riviera und La Foce. Ute schob das Rad auf dem feinen Kies und hörte das leise Plätschern der Wellen, die am Strand aufschlugen, verursacht vom Traghetto. Am La Foce, wo sie die meisten Ferien verbracht hatten, stellte sie das Fahrrad an der Kaimauer ab und lief zum Ende des Steges, um den Blick nach Westen auf die Berge zu genießen. Johann war mal mit seinem damaligen Rennrad fast ganz oben auf dem Monte Spina gewesen. Irgendwann hatte der Weg aufgehört und mit den dünnen Reifen war an kein Vorwärtskommen mehr zu denken. Er musste umkehren, ohne den Gipfel erreicht zu haben. Die Bergabfahrt war so steil, dass die Bremsbacken bis auf das Metall stark abgenutzt waren und an den Felgen schwarze Streifen hinterlassen hatten. Nur mit Spiritus ließ sich der Gummiabrieb entfernen.

Ute schlenderte durch den Campingplatz und schaute sich suchend um. Möglicherweise würde sie jemanden treffen, den sie von früher kannte. Das ältere Ehepaar aus Holland, das seit Jahren einen festen Stellplatz mit großem Wohnwagen in der zweiten Reihe am Strand bewohnte und fast immer da war, entdeckte sie nicht. Bei genauerer Betrachtung stellte sie fest, dass manches anders war als sonst, zum Beispiel fehlte die Geranienbepflanzung in den Blumenkästen an der Veranda. Das ließ darauf schließen, dass hier nicht ständig jemand wohnte. Auch manch andere Dinge waren verändert. Später traf sie Federico, den alten alleinstehenden Herrn, der oft für die streunenden Katzen gekocht hatte und auf dem Platz wohnte. Er freute sich, Ute zu sehen und lud sie auf einen Cafè ein. Sie saßen unter dem Feigenbaum und unterhielten sich, so gut es ging, auf Italienisch. Federico sprach kaum Deutsch. Sie erfuhr, dass die Holländer verkauft hatten und in die Niederlande zurückgekehrt waren. Der Gebirgsbach, der Maderno und Toscolano trennt, und dem Campingplatz seinen Namen gab, La foce – die Mündung – hatte im Frühjahr Hochwasser geführt, weil die Schleusen oben am Stausee geöffnet wurden. Die Stellplätze am Ufer waren teilweise verwüstet. Braune Brühe hatte manches Vorzelt überschwemmt und Kühlschränke, Gaskocher und Einrichtungsgegenstände mit sich gerissen. Davon konnte man jetzt nichts mehr sehen. Außerdem war ein schwerer Sturm am Seeufer für größere Schäden verantwortlich. Vor der Hauptsaison musste schweres Gerät das Ufer mit großen Felsbrocken und Beton neu befestigen. Das Personal an der Rezeption wechselte ständig, erklärte Federico. Er schenkte ihr einen Amaro ein und erkundigte sich nach ihrem Befinden und Johann.

Sie erzählte ihm von Johanns Unfalltod und den Veränderungen, die dieser mit sich brachte und erklärte ihm, wie gern sie beide ihre Urlaubstage am Lago di Garda verbracht hatten. Alleine machte ihr die Reise nicht mehr so viel Freude wie mit ihrem Mann. Trotzdem wollte sie unbedingt die Orte der gemeinsamen Ferientage nochmal besuchen. Federico stieß mit dem Glas auf ihr Wohl an.

Sie verabschiedete sich, dankte für die Gastfreundschaft und wünschte ihm alles Gute. Sie versprach, vor ihrer Abreise nochmal vorbeizukommen.

Ute traf keine weiteren Bekannten an. Langsam
schlenderte sie zurück zur Kaimauer, setzte sich aufs
Rad und strampelte zurück zum Hotel. Maurizio
fragte, ob sie mit dem bicicletta zurechtgekommen
war und brachte es zurück in die Garage.

„Sage Sie mir, wenn wieder brauche!", rief er ihr
nach.

„Naturalmente, Maurizio, grazie mille", erwiderte
Ute und erbat bei Carlotta den Zimmerschlüssel.

Bis zum Abendessen war noch Zeit und sie setzte
sich mit einem Buch auf den Balkon. Es war angenehm warm, ein leichtes Lüftchen wehte vom Berg
herunter und die Abendsonne tauchte den Park in
ein angenehmes Licht. Ute las ein paar Kapitel, zog
sich dann um und ging in den Speisesaal.

„Guten Abend. Dürfen wir Sie zu einem Aperitif
einladen?", fragte der Herr aus Holland vom Nebentisch und stellte sich vor: „Van der Werft, Dick Van
der Werft, meine Gattin Antje!"

„Gerne, warum nicht. Ich bin Ute Müller."

„Setzen Sie sich doch zu uns. Wie es aussieht, reisen Sie alleine", stellte Frau Van der Werft fest und
bot ihr einen Stuhl an.

„Das ist richtig. Mein Mann lebt leider nicht mehr,
und früher hatten wir oft hier auf einem der Campingplätze Urlaub gemacht. Johann war beruflich

viel unterwegs und mochte nicht auch noch in den Ferien im Hotel wohnen. Ich verbringe hier im Haus einige Tage. Waren Sie denn schon öfters hier?", erkundigte sich Ute.

„Nein, wir sind auf Empfehlung einer Bekannten hier abgestiegen. Sie hat vom Lago di Garda immer geschwärmt und hätte uns gerne begleitet. Leider hat sie sich wenige Tage vor der Reise das Bein gebrochen und uns alleine losgeschickt. Was möchten Sie trinken, Frau Müller?"

„Ein Glas Campari Orange, per favore", sagte sie zu Massimo.

„Das ist eine gute Idee, das nehmen wir auch. Nicht, Antje?"

„Ja, gerne", erwiderte diese.

„Subito." Wenig später erschien der Kellner mit dem Tablett.

Sie stießen auf die Gesundheit an und einen angenehmen Aufenthalt in Italien. Schon bald wurde das Abendessen serviert. Ute blieb am Tisch der Niederländer sitzen. Sie waren eine nette Gesellschaft und sprachen beide sehr gutes Deutsch. Als Vorspeise gab es heute Pasta in Form von hausgemachten Ravioli, danach Ossobucco alla Milanese, als Dessert eine Käseauswahl mit Weintrauben. Das Mahl war köstlich.

„Dann kennen Sie sich hier aus, wie es scheint. Möchten Sie uns morgen Gesellschaft leisten und uns die Gegend zeigen?", fragte Herr Van der Werft.

„Wenn Sie wollen, können Sie morgen mitkommen. Ich werde mit dem Schiff von Maderno nach Torri übersetzen und den Tag auf der anderen Seite des Benaco verbringen. Ich mache mich gegen zehn auf zum Hafen."

„Wenn wir uns Ihnen anschließen dürfen, sind wir pünktlich an der Rezeption. Also, Ihnen noch einen angenehmen Abend und vielen Dank für Ihre Gesellschaft!", verabschiedeten sich die beiden.

Ute nahm sich eine Flasche Amarone della Valpolicella mit auf ihr Zimmer und wählte die Nummer von Riccarda, es erklang das Belegt-Zeichen. Sie wollte es später nochmal versuchen. In der Zwischenzeit machte sie sich im Badezimmer frisch, zog den bequemen Hausanzug an und griff erneut zum Telefon.

„Hallo Riccarda, hier ist Ute. Störe ich dich gerade?"

„Nicht im Geringsten. Ich habe soeben mit Claudia telefoniert. Sie wird Ende Oktober bei uns eine Antiquitätenausstellung machen mit Schmuck und Dekorationsartikeln. Stell dir vor, auch Rita hat zugesagt mit ihren Hutkreationen. Da haben wir wieder eine schöne Aufgabe, das zu organisieren. Wie ist es bei dir in Italien?"

„Ich hatte einen perfekten Tag. Per Leihfahrrad war ich im Ort unterwegs, habe einen alten Bekannten auf dem Campingplatz besucht und werde morgen als Fremdenführerin mit einem netten holländischen Ehepaar, das hier im Hotel logiert, nach Torri del Benaco rüberfahren. Hast du etwas von Ursula gehört?"

„Nein, seit du weg bist, gab es keine Neuigkeiten von ihr. Ich halte dich natürlich auf dem Laufenden", versprach Riccarda.

„Wie geht es Moritz?", wollte Ute wissen.

„Er vermisst dich und sucht dich überall. Am ersten Tag hat er sein Futter nicht angerührt. Erst heute hat ihn der Hunger übermannt. Gustav kümmert sich rührend um ihn. Sei ganz beruhigt."

„Bitte grüß ihn, Maria und Vroni ganz herzlich von mir. Also, ich melde mich wieder. Gute Nacht, Riccarda."

„Schlaf gut, Ute, bis bald."

Wie gerne hätte sie jetzt Moritz auf ihren Schoß genommen und gekrault. Sie schenkte noch ein Glas Wein nach und setzte sich auf den Balkon. Der Himmel war klar, keine Wolke verdeckte den Sternenhimmel. Sie saß noch lange so da, dachte an Johann und genoss die Stille.

*

Am nächsten Morgen wachte sie früher auf als geplant und ließ sich nach dem Frühstück von Carlotta den Fahrplan der Navigazione Lago di Garda geben. Sie suchte die Ablegezeiten der Fähre heraus, schlüpfte in die bequemen Laufschuhe und packte ihren Rucksack.

Kurz vor zehn Uhr erwarteten sie schon die Holländer: „Gut geschlafen, Frau Müller?"

„Danke, prima. Das Klima tut mir gut. Sie sind gerüstet für unseren Ausflug?"

„Ja, lassen Sie uns gehen!"

Sie machten sich auf den Weg zum Hafen, wo die Fähre ablegen würde. Am Schalter kauften sie Fahrscheine, die für Fußgänger nicht teuer waren, und stellten sich in der kurzen Reihe an. Als das letzte Auto die Rampe heruntergefahren war, wiesen die schick uniformierten Bediensteten Fußgänger, Zweiräder und Autos ein und kontrollierten die Biglietti. Ute schlug vor, Plätze vorne auf dem Oberdeck zu wählen. Der Fahrtwind war zwar etwas heftiger, jedoch eröffnete sich ein rundum freies Panorama ohne rußige Abgase des Schiffsdiesels. Kurz nachdem sie sich gesetzt hatten, legte die Fähre ab und arbeitete sich durch die kleinen Wellen des Sees Richtung Osten. Wenige Motorboote waren unterwegs, ein paar Segelboote hingen mit leichter Krängung schräg bei etwa vier Beaufort Windstärke. Nördlich bei Toscolano dümpelten mehrere Boote, darunter ein Schlauchboot mit Tauchern und das kurze Schiff der Carabinieri. Eine Boje zeigte an, dass sich Taucher im Wasser befinden.

Allein schon die Überfahrt war ein Genuss mit Blick Richtung Nordosten auf den bekannten Monte Baldo, dessen majestätischer Gipfel sich in Wolken gehüllt hatte. Im Südosten war die kleine Halbinsel Punta San Vigilio zu sehen, die Landspitze mit der aus der Renaissance stammenden Villa Guarienti di Brenzone mit benachbartem Nobelrestaurant und -

Hotel, wo gerne Prominente absteigen. Südlich davon breitet sich in der geschützten Bucht der Ort Garda aus. Vom Ufer, auf das die Fährte zusteuerte, grüßten bereits die Wehrtürme der Scaligerburg in Torri.

„Wie alt ist diese Burganlage?", fragte Herr Van der Werft. „Sicher wissen Sie das, Frau Müller."

„Ja, sie wurde auf den Grundmauern eines römischen Kastells im vierzehnten Jahrhundert errichtet. Sie ist restauriert und beherbergt ein Museum, das man besichtigen kann. Der Zitronengarten, Limonaia genannt, an der Südmauer ist einer der ältesten in dieser Gegend. So, gleich werden wir anlegen. Gehen wir schon mal nach unten."

Sie hatten das Schiff verlassen und gingen zur Piazza Calderini am Hafen, dem Ortskern. Rund um das heutige Hotel Gardesana wetteiferten mittelalterliche Fassaden in ihrer vollen Pracht. Im Wasser lagen einfache Fischerboote neben luxuriöseren Motoryachten, dazwischen tauchten Enten und ein Schwanenpaar nach den ihnen zugeworfenen Brotstücken.

Auf der Hotelterrasse waren die Tische im Restaurant schon für die Mittagszeit hergerichtet. Die wenigen Gäste, nach Kleidung und Schmuck zu urteilen wohlbetucht, wurden zuvorkommend von Kellnern in Gilets und langen Schürzen emsig umschwirrt. Ute ging mit ihrer Begleitung weiter am Uferweg entlang. Sie verloren sich dann in schmalen Gassen und sahen die kostbare Orgel in der Barockkirche

San. Pietro e San. Paolo an. Am oberen Ende des ehemaligen Gardesana-Palastes besichtigten sie die Fresken, die nach so langer Zeit immer noch farbenprächtig strahlten und um 1400 entstanden sein sollen. Die Holländer waren begeistert. Für einen kleinen Imbiss suchten die drei eine Bar am Seeufer aus und bestellten zu den Getränken Tramezzini und Bruschette. Es tat gut, auf bequemen Stühlen etwas auszuruhen. Ute fragte ihre Begleiter, ob nach der Rast ein Fußmarsch nach oben zu schaffen war und versprach eine grandiose Aussicht auf den Lago di Garda.

„Sicher, wir möchten gerne noch laufen. Sie kennen anscheinend gute Plätze und haben Insider-Tipps parat", bejahte Frau Van der Werft Utes Frage.

„Wir würden uns freuen, die Rechnung zu übernehmen", sagte ihr Mann und winkte die Bedienung an den Tisch. „Das ist ja wohl das Mindeste!"

Ute bedankte sich. Sie machten sich auf den Weg in den Ortsteil Albisano. Dieser liegt auf etwa 300 m Seehöhe. Da oben gibt es eine Stelle, die der Dichter Gabriele d'Annunzio einmal als Balcone del Garda bezeichnete, denn der Ausblick von dort ist gigantisch. Das Panorama versuchten Ute und ihre Begleiter mit der Kamera einzufangen.

„Falls Sie immer noch genug Puste haben, zeige ich Ihnen den Luftkurort San Zeno di Montagna, etwa vier Kilometer weiter. Dort können wir einen Kaffee trinken und dann langsam zurück zum Hafen wandern. Haben Sie noch Lust und Laune?", fragte Ute vorsichtig. Sie wollte ihre Gäste nicht zu sehr überfordern. Diese willigten begeistert ein. Dort oben war vom Trubel am See unten wenig zu spüren. Man hatte das Gefühl, die Uhren gingen etwas langsamer. Gemütlich spazierten sie nach dem Anstieg durch die Gassen und suchten sich eine Bar, in der nur ein paar Einheimische über Fußball diskutierten. Sie bestellten Cappuccino, heiß mit fluffigem Milchschaum und einem Hauch Kakaopulver in der typischen dickwandigen Tasse. Dazu brachte der Barista Cantuccini und drei Glas Wasser an den Tisch.

„Von hier aus führt eine Panoramastraße zum Monte Baldo. Mein Mann war lieber auf dem Wasser, also kenne ich die Route nur von der Karte."

„Erzählen Sie uns von Ihrem Mann, oder schmerzt das zu sehr?", erkundigte sich Frau Van der Werft.

Ute berichtete von ihren gemeinsamen Urlaubsfahrten nach Italien und die Vorliebe, die sie für den Gardasee hegten. Davor waren sie viele Jahre auf der Insel Elba, später war es ihnen zu weit, zu sehr abhängig vom Fährverkehr, und Boote und Süßwasser vertrugen sich besser. Von den Holländern erfuhr sie, dass diese aus Utrecht kamen und ein Kajütboot besaßen. Vor dem Ruhestand betrieben sie ein kleines Antiquitätengeschäft, das nun ihr einziger Sohn weiterführte. Ihre Freundin, die sich dummerweise gerade jetzt vor der Reise das Bein gebrochen hatte, war oft am Gardasee und hatte sie mit ihrem Schwärmen von der wunderschönen maritimen Umgebung überzeugt, sich den Benaco auch mal anzusehen. Leider konnte sie ja nun die Tour nicht antreten. Von ihr hatten sie zur goldenen Hochzeit Theaterkarten geschenkt bekommen. Sie luden Ute ein, am Wochenende mit ihnen nach Verona in die Arena zu fahren, um sich Verdis Aida anzusehen. Die Kranke hatte ihnen ihre Karte mitgegeben, um sie vor dem Theater anzubieten. Dafür würden sich immer Käufer finden, hatte sie gemeint. Jetzt sollte sie Ute bekommen.

„Die Vorstellung ist am Freitagabend. Wenn Sie nichts anderes vorhaben, würden wir uns über Ihre Begleitung sehr freuen?", fragte Herr Van der Werft.

Ute war die Überraschung anzusehen. „Gerne, ich habe nicht damit gerechnet, dass ich mal in die Arena komme. Mein Johann war vor vielen Jahren mit Geschäftspartnern in Verona und hatte eine Vorstellung besucht. Er war eigentlich kein Opernfreund, aber die Aufführung von Nabucco hat ihn schwer beeindruckt. Die Atmosphäre unter freiem Himmel war ganz anders als in einem geschlossenen Theater. Die Besucher hatten gegen die nächtliche Kühle Wolldecken dabei. Für Johann war es ein unvergessliches Erlebnis. Als wir dann später zusammen mal Verona besuchten, konnte er mir viele schöne Ecken zeigen, in die normalerweise kein Tourist kommt. Damals war unter den Geschäftsfreunden ein Architekt aus der Stadt, der sich als hervorragender Fremdenführer natürlich mit Insider-Kenntnissen hervortat. Ich hatte damals einen Teil des Bühnenbildes von Aida gesehen, sehr beeindruckend. Ich erinnere mich auch noch genau an die Piazza dei Signori mit der Statue von Dante Alighieri, wo wir einen Cafè getrunken hatten. Auch der Obst- und Blumenmarkt ist mir in guter Erinnerung geblieben. Waren Sie denn schon mal in Verona?"

„Nein, noch nie. Was halten Sie davon, wenn wir schon am Vormittag hinfahren und Sie uns die Stadt zeigen, bevor wir abends die Vorstellung besuchen?", schlug Frau Van der Werft vor.

„Das können wir machen. Verona wird Ihnen gefallen."

Mit einem Blick auf die Uhr rief Ute zum Aufbruch. "Wir sollten uns auf den Rückweg machen, damit wir die nächste Fähre nach Maderno erwischen."

Gemeinsam erreichten sie die Ablegestelle im Hafen wenige Minuten vor der Abfahrt des Schiffes. Vom Boot aus war die starke Zersiedelung des Westufers zu erkennen. Neue Ferienwohnanlagen und prächtige Villen schmiegten sich an die Berge, als wenn sie Schutz suchten. Kräne zeugten von reger Bautätigkeit. Ja, der Gardasee ist eine bevorzugte Wohngegend.

Die Rückfahrt dauerte etwas länger, da die Fähre wegen des Gegenwindes einen Bogen fahren musste. Den Passagieren machte das aber nichts aus.

Im Hafen von Maderno angekommen, verließen zuerst die Fußgänger und Radfahrer das Schiff, anschließend die Autos und Kleintransporter.

Gemütlich schlenderten die drei in Richtung Hotel. Im Migros-Supermarkt, der auf dem Weg lag, kauften sie noch etwas Obst.

„Dann also bis zum Abendessen, und vielen Dank für den schönen Tag!", verabschiedeten sich die beiden von Ute.

Nach einer erquickenden Dusche schlüpfte Ute in frische Kleider und erreichte Riccarda am Telefon. „Na, alles in Ordnung bei euch?", erkundigte sie sich. „Ja, sei beruhigt. Wir kommen gut zurecht und Gustav schaut täglich vorbei und kümmert sich um Moritz, der dich vermisst. Er nimmt jetzt auch hungrig sein Futter an. Der Garten ist schön und abends kann man noch draußen auf der Terrasse sitzen. Wie ist es denn bei dir in Italien?"

Ute erzählte vom Ausflug nach Torri del Benaco mit dem netten Ehepaar aus Holland. Morgen will sie mit dem Auto nach Sirmione fahren.

„Stell dir vor, am Freitag schaue ich Aida in der Arena von Verona an. Ich bin eingeladen. Was sagst du nun?"

„Sehr schön! Genieße die tolle Atmosphäre dort. Sie ist mit keinem Opernhaus zu vergleichen. Ich war auch schon da und habe mir Nabucco angesehen, Barbiere di Siviglia und La Traviata. Es war jedes Mal ein unvergessliches Erlebnis. Wie lange wirst du am Gardasee bleiben?", fragte Riccarda anschließend.

„Ich habe vor, am nächsten Dienstag zurückzukommen. Einiges möchte ich mir noch ansehen und den Spätsommer hier erleben. Also, grüß ganz herzlich Maria, Vroni und Gustav von mir und streichle meinen Kater. Bis bald, Riccarda." Ute drückte auf die rote Taste des Telefons. Bis zum Abendessen war noch etwas Zeit und sie setzte sich mit einem Buch auf den Balkon.

„Was haben Sie morgen für Pläne, Frau Müller? Wir werden nach Brescia fahren und uns die Kunstausstellung im Santa-Giulia-Museum und den Botanischen Garten Trebbo Trebbi anschauen", verkündete Herr Van der Werft zwischen Vorspeise und Hauptgang.

„Sirmione werde ich einen Besuch abstatten, Desenzano und Salò. Für Freitag habe ich mir überlegt, da könnten wir mit öffentlichen Verkehrsmitteln des Atv nach Verona fahren. Mit dem Wagen einen Parkplatz zu finden ist schwierig oder teuer, wenn er bewacht wird, was sinnvoll ist. Nach der Vorstellung kommen wir mit dem Omnibus auch zurück. Carlotta, die freundliche Dame an der Rezeption, hat mir den Fahrplan besorgt. Was halten Sie davon?"

„Perfekt. Daran habe ich nicht gedacht. Eine gute Idee, nicht, Antje? Um welche Uhrzeit möchten Sie aufbrechen?"

„Ich würde vorschlagen, den Bus um 10:14 Uhr nach Peschiera zu nehmen, von dort weiter nach Verona. Wir wären dann mittags dort und hätten den ganzen Nachmittag zur Verfügung. Die Vorstellung beginnt ja erst abends."

„Das ist ein guter Vorschlag! Abgemacht. Oh, da kommt auch schon unser Hauptgang."

„Oggi abbiamo Fegato alla Venezia con Polenta. Buon appetito." Mit diesen Worten servierte Massimo die schön angerichteten Teller.

„Fein, Leber mag ich sehr gerne", stellte Ute fest, und alle ließen es sich schmecken. Nach einem Digestif begaben sie sich auf ihre Zimmer. Ute schlüpfte in ihren Hausanzug und stellte den Fernseher an. Auf RAI Uno schaute sie die Nachrichten an und den Wetterbericht, Meteo, der für den nächsten Tag nur leichte Bewölkung ohne Niederschlag verkündete. Die anschließenden Sendungen interessierten sie nicht. Ute entschied sich daher für ihr Buch und den Balkon, nahm etwas Obst mit nach draußen und zündete eine Kerze an. So richtig romantisch sollte der Abend sein und das war er auch. Bald übermannte sie die Müdigkeit und sie zog sich zurück ins Bett.

Der nächste Morgen gestaltete sich wieder mit grandiosem Ausblick auf den ruhigen Gardasee, die Berge, die Orte auf der Ostseite und auf den Park des Hotels unter ihrem Balkon. Damit begann ein wunderbarer Tag für Ute.

Wie geplant, fuhr sie nach Sirmione, parkte den Wagen außerhalb der Stadt und folgte erst einmal den Touristen über die Brücke durch das Tor der Wasserburg auf die Halbinsel. Angenehm empfand sie die autofreie Altstadt und dass man sich ungehindert in den pittoresken Gassen bewegen kann. Die Scaliger hatten um 1250 diesen Wehrbau errichten lassen mit Ringmauern, Zugbrücken und Zinnen gekrönten Türmen. Er soll der am besten erhaltene in Norditalien sein, erbaut auf römischen Fundamenten. Bekannt ist der Ort durch seine Thermen mit schwefelhaltigem Wasser.

Der moderne Zweckbau passt allerdings nicht zum Stadtbild, das ist jedoch Ansichtssache. Von dort kommt man durch Olivenhaine zu den Grotten des Catull, den Resten einer römischen Villa, die vermutlich mit einem Schwimmbecken ausgestattet war, das mit Quellwasser gespeist wurde. Ute besuchte auch die kleine Kapelle San Pietro mit den schönen Fresken am Nordufer der Halbinsel und schickte Johann einen Gruß nach oben. Daneben war ein Friedhof zum Gedenken an die gefallenen Soldaten errichtet worden. Ute kehrte zurück in die Altstadt, wo sie sich in einer Gelateria ein Eis in einer frischen Waffel gönnte.

Ihr nächstes Ziel war Desenzano, die größte Stadt am See. Sie schlenderte an der Promenade entlang, betrachtete das Treiben im Hafen und ging dann wegen der grandiosen Aussicht zu den Ruinen des Castellos hinauf. Sie wurde belohnt für den Anstieg, denn die Wellen des Sees glitzerten im Sonnenlicht, als würden Diamanten darauf schaukeln. Es war einfach schön am Gardasee, musste sie sich immer wieder eingestehen. Johann hatte das immer wieder betont. Er wollte im Ruhestand irgendwo am See einen festen Stellplatz für den Wohnwagen haben und dort viel Zeit verbringen. Leider hat sich dieser Traum nicht erfüllt.

In Salò suchte sich Ute ein kleines Straßencafé mit Blick zum Hafen und bestellte Cappuccino und Brioche. Nach dem vielen Laufen war sie etwas müde geworden. Der Kellner war sehr freundlich, obwohl plötzlich eine Busladung deutscher Touristen einfiel und Ute sich für deren Benehmen schämte. Es handelte sich um Senioren, dreiviertel Frauen, der kleine Rest Männer. Eigenhändig rückten sie Tische und Stühle zusammen, so wie sie sitzen wollten und bestellten deutschen Bohnenkaffee ohne Koffein und jede Menge Kuchen. Gelassen servierte der Ober den Kaffee und stellte jeweils ein Kännchen heiße Milch dazu. Eine der Damen, die sie Henriette nannten, mit Häkelhütchen aus beigem Bast und in rosa Kostüm mit Goldknöpfen, rief den Kellner nochmal an den Tisch und erkundigte sich, ob er denn keine Bärenmarke hätte. Nach langem hin und her gaben sich die Damen dann mit der Kuhmilch zufrieden, wenn schon keine Kondensmilch zu bekommen war. Trotzdem tauchte der Begriff der Bärenmarke immer wieder bei den Tischgesprächen auf. Ute bestellte sich noch eine Flasche Wasser, um das Treiben amüsiert weiter zu betrachten. Sie lächelte den Kellner an, und dieser hob nur die Augenbrauen mit einer seitlichen Kopfbewegung zu den anderen Gästen hinüber. Kaum waren die Kuchenteller leer, bewegte sich eine Karawane Richtung Toilette, von der es jeweils nur eine für Damen und Herren gab, für letztere kein Problem. Die Schlange bei den Frauen wurde entsprechend lang. Vermutlich war bald Abfahrt des Omnibusses, denn aufgeregt sahen sie immer wieder auf ihre Armbanduhren, während sie von einem Bein auf das andere traten. In der Zwischenzeit begann das Aufteilen der Kosten, denn der Kellner hatte alles auf einen Tisch boniert, wie es hier üblich ist. Schließlich war der Gesamtbetrag beglichen und die Gruppe verließ eilig das Café. Immer noch ruhig und ohne Aufregung räumte der Kellner Geschirr und Abfall ab, bevor er Tische und Stühle wieder so hinstellte, wie sie ursprünglich waren. Er brachte saubere Aschenbecher, stellte die Eiskarten auf und wartete auf neue Gäste. Auch Ute beglich ihre Rechnung und ging auf dem Rückweg zum Parkplatz durch die schmalen Altstadtgassen in der Hoffnung, etwas Passendes für die Holländer zu finden. Stattdessen kaufte sie in einer Edelboutique ein wunderschönes Seidentuch für Riccarda. Ein paar Straßen weiter lockte ein winziges Geschäft mit Haushaltwaren und Geschenkartikeln. In der Auslage entdeckte sie Espressotassen in vielen Varianten. Darüber könnte sich Maria freuen, dachte Ute und suchte ein besonderes Exemplar mit Untertasse aus. Für Gustav nahm sie einen Flachmann mit, der versilbert war und mit feinen Ornamenten ziseliert. Vroni sollte eine Teedose bekommen. Hoch erfreut über den größeren Umsatz schenkte ihr der alte Herr im grauen Arbeitsmantel, dem der Laden vermutlich gehörte, noch einen kleinen silbernen Löffel dazu, passend zur Espressotasse. Sie war mit ihrem Einkauf zufrieden und packte die Errungenschaften in den Kofferraum ihres Wagens.

Auf dem Heimweg kam sie an einer Ölmühle vorbei und hatte eine Idee. Die Holländer wollten für die Opernkarte kein Geld nehmen. Ute betrat also den eleganten Verkaufsraum und sah sich um.

Hier würde sie bestimmt fündig. Eine freundliche Verkäuferin fragte sie, ob sie helfen könne und sie etwas probieren wolle. Warum nicht, dachte sich Ute, nahm sich Weißbrot und tunkte es in eine der mit Olivenöl gefüllten Schale. „Köstlich!", sagte sie zur Verkäuferin. „Haben Sie auch Aceto Balsamico im Sortiment?"

„Ma certo, signora, subito." Sie ging zu einem Regal weiter hinten im Laden. Auch davon kostete Ute und kam zu dem Entschluss, einen Präsentkorb machen zu lassen mit diesen Köstlichkeiten. Zusätzlich wählte sie je ein Glas grüne und schwarze Oliven, Pesto und eingelegte Artischockenherzen, getrocknete Tomaten und Olivenpaste. Schön in Folie verpackt und zufrieden mit ihrem Einkauf verließ sie das Geschäft, nachdem sie natürlich noch für ihren Eigengebrauch Öl und Oliven geordert hatte. So, jetzt nichts wie zurück zum Hotel.

Zum Abendessen baten sie die Holländer wieder an ihren Tisch. Sie erzählten vom Besuch in Brescia und der Kunstausstellung, die ihnen gut gefallen hatte. Nach Gargnano wollten sie am Samstag fahren und sich auf dem Antiquitätenmarkt umsehen.

„Vielleicht finden wir etwas Kurioses für unser Geschäft", meinte Frau Van der Werft. „Und morgen, Donnerstag, legen wir einen Ruhetag ein. Und Sie?"

„Ich werde mir ein Fahrrad leihen und zum kleinen Fischerhafen nach Toscolano fahren. Vielleicht schaffe ich es ja nach Gaino rauf. Das entscheide ich spontan je nach Verfassung", antwortete Ute.

Der Abend verlief ruhig und angenehm, auch daheim war alles in bester Ordnung, was sie in einem späten Telefonat mit Riccarda erfuhr. Von Ursula gab es keine Neuigkeiten.

*

Als Ute am Donnerstag nach dem Frühstück ihr Leihfahrrad von Maurizio ausgehändigt bekam, machte sie sich auf den Weg Richtung Norden. In den Seitenstraßen, die sie benützte, hatte sich wenig verändert. Ab und zu bellte ein Hund in einem Garten, an dem sie vorbeifuhr. In den meisten Hinterhöfen stand ein Kleinwagen in einem mit Wein oder Glyzinien eingewachsenen Carport. Kleine Gemüsebeete waren teilweise abgeerntet, es wuchsen jedoch noch Lauch, Endivien und natürlich die für Italien typischen Kräuter, die ihren würzigen Duft verbreiteten. So manches Wäschestück flatterte zum Trocknen im leichten Wind. Ein älterer Herr mähte Rasen und grüßte sie mit einem Kopfnicken.

Sie erreichte den kleinen Fischerhafen, stellte das Fahrrad ab und setzte sich auf eine alte Steinbank. Fast alle Boote waren mit Ketten an der Hafenmauer festgemacht. Netze, Eimer und Haken, sowie Benzinkanister und Ruder lagen unordentlich in den Rümpfen, die Hilfsmotoren waren hochgeklappt. Zwei Katzen dösten in der Sonne auf einem Autodach. Sonst war niemand unterwegs. Ute schaute auf den ruhigen See, dessen Oberfläche leicht gekräuselt glitzerte. Wieder entdeckte sie das Polizeiboot und die Taucherboje weiter draußen, die sie auf der Fähre nach Torri schon gesehen hatte. Was die wohl suchen?

Durch das Geräusch einer herannahenden Vespa wurde Ute aus ihren Gedanken gerissen. Ein alter Herr stellte sie ab und kam mit seiner Angelausrüstung auf sie zu. Sie begrüßten sich freundlich. Er ging bis zum Ende des Steges, nahm einen Köder aus der Dose und befestigte ihn am Haken. Mit weit ausholendem Schwung surrte die Schnur durch die Luft und der Haken ins Wasser. Der Blinker glitzerte auf der Oberfläche und der Angler setzte sich auf den mitgebrachten Klapphocker.

Ute verspeiste ihren Apfel und brach auf. Sie radelte zurück in den Ort und betrat durch das barocke Portal die Kirche Santi Pietro e Paolo mit den Gemälden des Malers Andrea Celesti. In der kühlen Stille bedankte sie sich mit einem Gebet nach oben und erzählte Johann von den vergangenen Tagen, und, dass sie am nächsten Tag nach Verona fahren würde. Sie verließ das Gotteshaus und fuhr zurück Richtung Süden. Für den Anstieg nach Gaino war es ihr heute zu heiß und beschwerlich. An der Einkaufsmeile Centro Montebaldo vorbei schob sie das Fahrrad, um sich die Schaufenster anzusehen. Da gab es eine Buchhandlung, eine Floristin, anschließend eine Bar, die außen aufgestuhlt hatte, daneben einen Bankautomaten. Im Untergeschoss befanden sich noch weitere Geschäfte wie Supermarkt, Sportausstattung und Haushaltswarenladen. Ute kaufte sich eine

Illustrierte und steuerte gegenüber die kleine Bar Poste an. Dort war sie oft mit Johann gesessen bei dem freundlichen Besitzer, der gut deutsch sprach und sich jedes Mal freute, sie wiederzusehen. Diesmal jedoch saß er als Gast da und begrüßte Ute erfreut. Er lud sie an seinen Tisch ein, erzählte ihr von seinem Rentnerdasein und erkundigte sich nach ihrem Mann. Sie erzählte ihm, was geschehen war. Er bedauerte das sehr. Von seinem Wohnort in San Felice del Benaco im Süden fahre er oft mit dem Roller hierher, um alte Freunde zu treffen. Er hatte schließlich einige Jahrzehnte seines Lebens in der Bar verbracht und vermisste den Umgang mit den Gästen. Der Cappuccino und das Stückchen Hefegebäck, das eine schlampig gekleidete Bedienung Ute lustlos an den Tisch brachte, waren weit entfernt von der Qualität früherer Zeiten. Ute verabschiedete sich vom Vorbesitzer, dankte für das nette Gespräch und schwang sich auf das Fahrrad. Bei der Hitze hatte sie vor, sich im Hotelpool zu erfrischen. Daher brachte sie ihr Gefährt zurück zu Maurizio, verbunden mit einem Trinkgeld.

„Wolle Sie nächste Mal Vespa leihen, wenn lange Tour mache?"

„Ich bin noch nie Roller gefahren", erwiderte Ute. „Gefallen würde mir das aber schon."

„Kann ich Ihne zeigen, ist nicht schwer. Brauche morgen?"

„Nein, morgen sind wir in Verona, aber am Samstag würde ich es wagen. Werden Sie mir helfen?"

Maurizio versicherte es ihr und würde die Vespa volltanken.

Ute holte bei Carlotta den Schlüssel und ging auf ihr Zimmer. Mit Handtuch, Bademantel, Lesestoff und Sonnenbrille ausgestattet suchte sie sich einen freien Liegestuhl im Halbschatten, duschte sich kalt ab und stieg in das kühle Nass. Ruhig schwamm sie einige Bahnen auf und ab. Sie war die Einzige im Wasser. Das Paar aus Stuttgart brutzelte in der prallen Sonne wie Würstchen auf dem Grill, von den anderen Hotelgästen war nichts zu sehen. Erfrischt wechselte Ute den Badeanzug und stellte die Rückenlehne der Liege auf eine angenehme Leseposition. Zuerst blätterte sie in der Illustrierten, die sie sich gekauft hatte, dann nahm sie sich das Buch vor. Aus dem Restaurant ließ sie sich einen Eisbecher bringen.

„Subito, signora", lächelte Massimo. Das hausgemachte Gelato war ein Genuss. Nach einer Ruhepause schwamm sie nochmal einige Bahnen und zog sich dann in ihr Zimmer zurück. Vor dem Abendessen war noch Zeit zum Telefonieren. Maria war dran und freute sich, Ute zu hören. „Wie geht es dir denn?"

„Prima, Maria. Hier ist es wunderschön. Heute war ich mit dem Rad unterwegs und komme gerade vom Pool. Bei euch alles in Ordnung?"

„Ja, keine Sorge. Riccarda ist unterwegs wegen der Vorbereitung für die Ausstellung bei uns in der Villa, Vroni hat Spätschicht. Ich soll dich natürlich von allen grüßen! Moritz verwöhnen wir etwas mehr als sonst. Wir freuen uns, wenn du wieder da bist. Am Dienstag kommst du zurück, nicht wahr?"

„Richtig, das habe ich vor. Auf Morgen freue ich mich richtig, da geht es nach Verona in die Arena. Aida soll phänomenal sein. Ich bin gespannt. Also, bis bald Maria!" Ute beendete das Gespräch.

*

Am nächsten Tag wachte sie schon vor dem Wecker auf, erledigte ihre Morgentoilette und begab sich in den Speisesaal. Die Niederländer stärkten sich bereits mit Toast und Schinken, weichem Ei und Käse. Ute hatte bei Carlotta Lunchpakete bestellt, da sie ja zum Abendessen nicht im Haus sein würden. Nach dem Frühstück brachen die drei auf zur Omnibushaltestelle. Pünktlich war Abfahrt. Die Strecke konnte man durchaus als Sightseeingtour durchgehen lassen. Sie führte meistens am See entlang. Von Peschiera aus ging es dann nach Verona.

Als sie ihr Ziel erreicht hatten, holte Ute einen Stadtplan aus dem Rucksack und erklärte die Tour, die sie sich überlegt hatte.

Sie liefen gemütlich über Piazzale Porta Nuova zur Piazza Bra, dem großen Platz an der Arena, dem Drehpunkt der Stadt. Um ihn herum wechselten sich schöne Palazzi der unterschiedlichsten Epochen ab. Nördlich der Arena begann die Fußgängerzone mit der Via Mazzini, die sie zur Piazza delle Erbe führte, wo täglich Kräuter, Obst und Gemüse verkauft werden. Sie wurden von den unterschiedlichsten Düften eingefangen und bekamen Hunger. Unterhalb des Capitello verspeisten sie die Lunchpakete. Am Brunnen der Madonna Verona wuschen sie sich die Hände und schlenderten weiter zur Via Capello, zum Haus der Julia und seinem weltberühmten Balkon, wo ihr Romeo seine Liebe gestanden haben soll. Touristen aus aller Herren Länder machten Fotos und berühren die Statue, die dadurch ewige Liebe bringen soll.

Raus aus dem Getümmel ging es weiter zur Piazza dei Signori, dem Machtzentrum der Stadt. Dort steuerten sie das angeblich älteste Café der Stadt an, was nach der Statue des Dichters Dante Alighieri benannt wurde, der auf einer Säule irgendwie grimmig den Platz überblickt. Das war der richtige Ort für einen heißen Cappuccino.

„Hier saß ich damals mit meinem Mann auch schon. Schade, dass er nicht mehr bei mir ist. Damals hatten wir den VW-Bus auf einem bewachten Parkplatz abgestellt und waren mit den Fahrrädern oben auf den Hügeln unterwegs. Es war sehr anstrengend, aber wir wurden mit einem grandiosen Ausblick auf die Stadt und die Etsch mehr als belohnt. Gehen wir weiter?"

"Gerne, es ist hier außerordentlich interessant."

Der anschließende Piazzaletto delle Arche führt zur romanischen Kirche Santa Maria Antica, bei der sich gotische Scaliger-Gräber befinden. Schräg gegenüber Romeos Wohnhaus.

„Den Dom sollten wir unbedingt ansehen. Vorher kommen wir noch an der Basilika Sant'Anastasia vorbei mit dem berühmten Georgs-Fresko von Antonio Pisanello. Auch die beiden buckligen Zwerge, die das Weihwasserbecken tragen, möchte ich Ihnen zeigen."

„Sehr gerne", pflichtete Herr Van der Werft bei.

Im Dom, den sie anschließend erreichten, befindet sich das bekannte Werk von Tizian, die Himmelfahrt Mariens.

Die Holländer waren von der Stadt und ihren Sehenswürdigkeiten begeistert und wollten noch shoppen, was sich in der Via Mazzini und der Via Catullo anbot. Ute ging mit in die eleganten Geschäfte. Frau Van der Werft kaufte in einer Boutique einen grauen in sich gemusterten Seidenschal für ihren Sohn. Für sich selbst fand sie eine Clutch, die aus braunem Rochenleder gearbeitet und etwas Besonderes war. Ihr Mann suchte sich eine dezent gemusterte Krawatte aus. Ute gefielen diese Dinge sehr gut, waren ihr aber entschieden zu teuer.

„Wir brauchen noch etwas für unsere Enkelkinder", erinnerte ihr Mann.

„Denken Sie daran, dass Sie das jetzt mitschleppen müssen."

„Sie haben recht, bis zu unserer Heimreise am Sonntag finden wir schon noch Geschenke für die Kinder."

Je näher sie Richtung Arena kamen, je mehr Menschen begegneten sie. Man merkte, dass bald die Vorstellung beginnen würde, denn die Schlangen an den Einlässen waren schon lang. Die drei stellten sich an und hielten ihre Karten bereit.

Ein Teil der Besucher war elegant und festlich gekleidet. Die Dame zeigte unter anderem, was die Schmuckschatulle hergab, der Herr trug schneeweißes Hemd zu Krawatte oder Fliege mit Leinenanzug. Unterschiedliche Sprachen waren während des Wartens zu hören. Ticketverkäufer boten Karten an. Irgendwann waren die drei dann auf ihren Plätzen angelangt, die sich mittig und auf etwa halber Höhe befanden. Von hier aus war die Bühne gut zu sehen.

„Da hat sich unsere Freundin ein kostspieliges Geschenk für unsere Goldene Hochzeit ausgesucht, nicht, Antje?"

„Da hast du wohl Recht. Ich werde ein paar Fotos machen und ihr das Programmheft mitbringen. Sie hätte das gerne miterleben wollen. Aber Frau Müller, Sie sind uns genauso eine angenehme Gesellschaft. Genießen Sie mit uns den Abend."

„Danke, das werde ich!"

Die Gespräche verstummten, alle schauten gebannt nach vorne. Die Aufführung begann. Allein das Bühnenbild war bombastisch, und dann erst die Kostüme der Darsteller. Diese mussten früher gute, voluminöse Stimmen haben, um die Arena mit ihrem Gesang zu füllen. Die Akustik war beeindruckend. Ute konzentrierte sich auf die Bühne und ließ sich gefangen nehmen von der speziellen Atmosphäre. Ein ganz besonderes Erlebnis, nicht zu vergleichen mit dem Theater oder der Freilichtbühne in Augsburg oder Donauwörth. Die Stimmung unter den Besuchern war leger und unkompliziert.

Ute versuchte, all die Eindrücke so gut wie möglich zu speichern. Irgendwie spürte sie, dass sie das
nicht nochmal erleben würde. Sie erinnerte sich,
dass sie mit Johann während eines Urlaubs am Lago
eine Übertragung eines Live-Konzertes aus der
Arena di Verona von Zucchero im Fernsehen miter-
lebt hatte. Er fegte mit Hut, dunkler Brille und Geh-
rock über die Bühne und brachte sein Publikum zum
Mitsingen und -tanzen. Diesen Musiker hört sie
noch heute gerne.

Nach der Pause nahm die Oper ihre Zuschauer
wieder gefangen. Die einzelnen Arien hallten gewal-
tig hoch zu den oberen Rängen. Nach der wunderbaren Vorstellung liefen die Niederländer und Ute zur
Bushaltestelle und waren rechtzeitig zur Abfahrt
dort angelangt. Von den Mitreisenden, die zurück
zum Gardasee fuhren, war eindeutig zu vernehmen,
dass sie einen unvergesslichen Abend verleben durften. Am Hotel angekommen, bedankte sich Ute
nochmal bei den Holländern für die Einladung und
wünschte eine geruhsame Nacht.

„Morgen werden wir uns erst zum Abendessen sehen, denn wir wollen zum Antiquitätenmarkt früh
losfahren. Frau Müller, danke für die fachkundige
Führung durch Verona. Schlafen Sie gut!", verabschiedeten sich die Van der Werfts.

Samstagmorgen nach dem Frühstück.

Ute fragte bei Maurizio nach, ob das Angebot für die Vespa noch stehen würde. „Ma certo, signora. A dieci minuti."

"Bene, Maurizio." Ute ging kurz auf ihr Zimmer, zog sich um und schulterte den Rucksack. Sie war sehr gespannt, wie sie mit dem Roller zurechtkommen würde. Der Hausmeister wies sie kurz ein, sie drehte mehrere Runden auf dem Parkplatz und war von dem Gefährt begeistert. Sie fragte ihn, wie lange sie den Roller ausleihen konnte. Mauro brauchte ihn erst wieder am Spätnachmittag.

Ute wollte heute nach Norden fahren, nach Muslone, dem einsamen Bergdorf, das hoch auf einem Felsvorsprung über dem Gardasee liegt und einen grandiosen Ausblick bietet. Hier war sie mal mit Johann gewesen. Da kam die Erinnerung wieder zutage.

Den alten Geländewagen hatten sie am Ortseingang abgestellt und waren spazieren gegangen. Ein großes umzäuntes Grundstück mit einem renovierungsbedürftigen Haus stand zum Verkauf. Plötzlich rannte im Garten ein Hund bellend auf sie zu. Ute sprach beruhigend auf den Riesenschnauzer ein, der sofort aufhörte und sich streicheln ließ. In Erwartung mehrerer Zuwendungen begleitete er beide, solange sie am Zaun entlang gingen. Der Ort war sehr abgelegen, sie begegneten keiner Menschenseele. Die kleine Kirche San Matteo war nicht verschlossen. Sie traten in einen kühlen, dunklen Raum ein, der mit vielen Votivtafeln ausgeschmückt war. Einige Kerzen brannten.

Das Gestühl zeugte von langer Benutzung, der ausge-
tretene Steinboden ebenfalls. Auf dem Friedhof um die
Kirche herum waren Fotos der Verstorbenen in die
Mitte der Kreuze gearbeitet. Die wenigen Gräber wa-
ren gepflegt und mit frischen Blumen geschmückt,
manchmal auch aus pflegeleichtem Plastik. An der
Wäscheleine eines benachbarten Hofes hing das abge-
zogene Fell eines Hasen oder Kaninchens. Da mussten
Menschen leben, obwohl man keine sah und hörte. Auf
dem Rückweg zum Wagen kamen sie wieder an dem
Garten vorbei, wo der Hund sie schon schwanzwe-
delnd begrüßte. Sie streichelten ihn ausgiebig durch
den Zaun, was er mit geschlossenen Augen sichtlich
genoss und sich auf den Rücken legte.

Während sich der Roller mit ihr die Serpentinen-
straße hoch quälte, fragte sich Ute, ob er wohl noch
lebte und ob es das Haus noch gab? Oben angekommen, parkte sie das Gefährt und drehte ihre Runde
wie damals. Das Anwesen hatte keinen Käufer gefunden, war weiter verfallen und der Garten gänzlich
verwildert. Kein Hund bellte, lediglich eine Eidechse
verharrte starr auf einem Stein und meinte wohl,
man würde sie nicht sehen. Ute ging weiter zur Kapelle, zündete für Johann eine Opferkerze an und erzählte ihm leise vom vergangenen Tag und Abend in
Verona. Auf dem Gottesacker war ein frisches Grab
aufgeschüttet, auf dem Kränze mit verwelkten Blumen lagen. Ute ging weiter, doch außer einer Katze
war weit und breit niemand zu sehen. Sie ließ das
Bergdorf hinter sich und fuhr auf der Hauptstraße

nach Gargnano. Dort wollte sie an der Hafenpromenade eine Mittagspause einlegen. Vorbei am bekannten Palazzo Feltrinelli erreichte sie eine gemütliche Bar und bestellte sich an einen Tisch mit Blick zum Wasser eine Kleinigkeit. Touristen waren unterwegs, Italiener trafen sich am Tresen und diskutierten über Gott und die Welt. Eine ältere Dame schob ihren Enkel im Buggy zum Ufer und setzte sich auf einen großen Stein. Das Schwanenpaar wartete schon auf die Fütterung. Sofort kamen auch Möven und Wildenten an und stritten sich unter lautem Geschrei um die besten Stücke. Das Kind kreischte vergnügt mit.

Ute ging auf die Mole, nachdem sie die Rechnung beglichen hatte, und blickte nach Süden. Vor Toscolano waren immer noch die Boote der Taucher und Carabinieri mit Blaulicht und Bojen auszumachen.

Ute kehrte zurück zur Vespa, setzte den Helm auf und düste weiter nach Süden, vorbei an der Villa Bettoni und der mit Statuen geschmückten Freitreppe in Bogliaco. Sie wollte heute noch nach Manerba zum Einkauf in eine Kaffeerösterei. Auf der Vespa fühlte sie sich inzwischen sicher, achtete aufmerksam auf den Verkehr, wenn sie auf der Hauptstraße fahren musste. Sie erreichte den Ort und wenig später betrat sie das Geschäft von Lino Latorre. Allerfeinster Duft sandte Lockstoffe aus.

„Buon giorno, signora." Ute erwiderte die Begrüßung und sah sich im Laden um. Eine blankpolierte Espressomaschine, sowie eine Kaffeemühle und eine Waage mit Messinggewichten warteten auf Einsatz. Schön beschriftete Bohnenbehälter mit Schütten am

Auslass befanden sich hinter dem Verkaufstresen, daneben ein Bistrotisch mit einem ovalen Zuckerbehälter.

„Möchten Sie probieren, Signora?", fragte der Herr freundlich und erkundigte sich, welche Spezialitäten sie bevorzugte.

„Cafè crema, Cappuccino und Espresso", erklärte sie ihm.

Er drehte den Schieber und entnahm einem Behälter einige Bohnen, die er dann in die Mühle gab und ihr erst mal einen köstlichen Espresso bereitete. Davon bestellte Ute zwei Kilo, die er ihr in Tüten zu je 500 Gramm abpackte. Auch die andere Sorte, die sie kosten konnte, schmeckte hervorragend. Sie kaufte ebenfalls zwei Kilo, bedankte sich und verließ das Geschäft. Der freundliche Verkäufer hatte ihr noch eine Packung Cantuccini in die Tüte gelegt.

Der Rückweg führte Ute über mehrere Orte nach Maderno, wo sie kurz bei Federico auf dem Campingplatz vorbeischaute, um ihren Abschiedsbesuch am Montagnachmittag anzukündigen. Er sagte, er würde sie gegen drei Uhr erwarten. Vorher sei er beim Zahnarzt.

„Bene, ciao Federico!"

Ute knatterte zum Hotel durch die schmalen Gassen zum Hotel.

„Meraviglioso!", rief sie begeistert, nachdem Mauro die Vespa in Empfang genommen hatte.

„Habe ich ja gesagt, dass Freude macht!", entgegnete er und nahm den Roller wieder in Empfang.

Sie holte bei Carlotta den Zimmerschlüssel, verstaute die Einkäufe im Schrank, schlüpfte in den Badeanzug und begab sich in den Garten zum Pool. Die Stuttgarter mit dem Autoaufkleber Bienzles on tour brutzelten wieder in der prallen Sonne und hatten in der Zwischenzeit eine Haut wie eine Grillwurst kurz vor dem Verzehr. Neben der Liege waren die Stuttgarter Zeitung und verschiedene Magazine aufgestapelt. Aus einem Kofferradio krähte „O sole mio". Sie grüßten mit einem Kopfnicken, als sich Ute unter die Dusche stellte und dann im Becken abtauchte. Sie suchten offensichtlich kein Gespräch. Was sollte sie auch mit ihnen reden, wenn sie nur den ganzen Tag auf der Liege verbrachten, dachte sich Ute. Erfrischt entstieg sie dem Pool und trocknete sich ab. Bis zum Abendessen war noch etwas Zeit, die sie mit ihrem Buch auf dem Balkon verbrachte. Daheim hatte sie telefonisch niemanden erreicht und zog sich an. Herr und Frau Van der Werft erwarteten sie schon im Speisesaal.

„Guten Abend, Frau Müller, nehmen Sie Platz. Wie war Ihr Tag?", erkundigte sich Herr Van der Werft und schob ihren Stuhl zurecht.

„Danke, sehr angenehm. Zumal ich heute einen großen Radius bestreiten konnte, denn ich war mit einem Roller unterwegs. Das macht richtig Spaß, wenn man nicht gerade auf der Hauptstraße fahren muss. Haben Sie den Besuch auf dem Antiquitätenmarkt genossen?"

„Es war hochinteressant. Als Kenner weiß man natürlich, den Kitsch außer Acht zu lassen. Trotzdem haben wir einige schöne Objekte erstanden. Wenn es Sie interessiert, können Sie uns nach dem Essen zum Auto begleiten und sich die Stücke ansehen. Vielleicht möchten Sie ja etwas davon haben?"

„Das mache ich gerne. Auf diesem Gebiet kenne ich mich nicht gut genug aus, um auf einem Markt etwas zu kaufen. So, da kommt schon der erste Gang: Lasagne mit Lachs. Guten Appetit!"

„Ihnen auch."

So fein wie die Vorspeise war auch der Hauptgang: Involtini aus Fischfilet mit Reis und Gemüse. Zum Dessert wurde Eis mit Fruchtsalat gereicht.

Es war das letzte gemeinsame Mahl. Am nächsten Morgen wollten die Holländer abreisen. Sie gingen nach dem Digestiv zum Wagen und besahen sich die Ware, die sie gekauft hatten. Schöne Stücke waren dabei. Was Ute sofort ins Auge stach, war eine Schachuhr.

„Würden Sie mir diese verkaufen? Mein Gustav, in dessen Gärtnerhaus ich heute wohne, ist ein begnadeter Schachspieler. Das wäre das perfekte Mitbringsel. Was kostet die Uhr?"

„Wenn Ihnen daran liegt, wäre es uns ein Vergnügen, Ihnen diese zu schenken. Sie waren so eine angenehme und interessante Gesellschaft, wie man sie sich nur wünschen kann. Bitte, nehmen Sie sie als Geschenk und als Erinnerung an unsere gemeinsamen Stunden an."

„Das kommt gar nicht in Frage, Sie haben auch dafür bezahlt. Also, wieviel?"

„Lösen wir das Problem doch einfach so: Sie laden uns zum Abschied noch auf eine Flasche Wein auf der Terrasse ein und wir sind quitt. In Ordnung?", fragte Herr Van der Werft mit einem Augenzwinkern. „Also, bis gleich."

Ute ging mit der Schachuhr nach oben und holte sich ein Wolltuch, das sie sich um die Schulter legen konnte. Am Abend wurde es zu dieser Jahreszeit schon etwas kühl. Sie nahm gleich den Präsentkorb aus der Ölmühle mit nach unten, wo sie eine nette Karte daran gehängt hatte, einen passenden Spruch dazugeschrieben und ihre Adresse.

„Wofür soll denn das sein? Sie sind uns nichts schuldig, Frau Müller!"

„Doch, das ist für die Eintrittskarte zu Aida, die Sie mich auch nicht bezahlen ließen. Also, ab damit in den Kofferraum. Sie werden ja morgen sehr früh aufbrechen." Ute ging mit zum Auto.

Bei einem Glas Rotwein und einer Käseplatte mit Feigensenfsauce, die Ute dazu bestellt hatte, setzten sie sich auf die Terrasse und genossen den letzten gemeinsamen Abend. Zur angeregten Unterhaltung tat der Wein sein Übriges. Gegen zehn Uhr verabschiedeten sie sich herzlich voneinander und versprachen, in Briefkontakt zu bleiben.

„Also dann, ich wünsche Ihnen eine gute Heimreise, bleiben Sie gesund und behalten Sie diesen Urlaub in guter Erinnerung. Gute Nacht!" Ute ging auch auf ihr Zimmer und schlief schnell ein.

*

Am nächsten Morgen war der Himmel bewölkt. Ute hatte es daher nicht eilig aufzustehen. Sie schlief nochmal ein. Erst gegen neun Uhr betrat sie den Frühstücksraum, war aber nicht die Letzte. Die Belgier, die heute weiter in den Süden reisten, saßen noch bei Kaffee und Müsli und grüßten freundlich. Ute wollte heute dem Papiermühlental einen Besuch abstatten, das sie schon mit Johann besucht hatte. Dafür wartete Maurizio bereits mit dem Leihfahrrad.

Ute hatte die guten Geister des Hotels schon anfangs mit Trinkgeld versorgt, wie Carlotta, Massimo und Maurizio. Ihre Patentante hatte ihr das beigebracht. „Wenn du frühzeitig Trinkgeld gibst, hast du auch etwas davon. Merk dir das, mein Kind!", hatte sie ihr eingeschärft und Recht behalten.

Gut gestärkt schulterte Ute ihren Rucksack und strampelte los.

Die Gegend um Toscolano und Maderno war schon früh bekannt als Zentrum der Papierherstellung. Die Menschen machten sich die Wasserkraft des Wildbaches zu Nutze und bauten dort Papiermühlen. Die exzellente Qualität des Feinpapieres, das ab dem 14. Jahrhundert geschöpft wurde, fand sogar in Königshäusern Verwendung. Heute sind noch Ruinen der Mühlen im Valle delle Cartiere zu sehen. Seit der Bach vom Stausee Valvestino gespeist und reguliert wird, führt er nur viel Wasser, wenn nach Hinweisen an die Bevölkerung die Schleusen geöffnet werden.

Auf dem abgelegenen Weg zur Schlucht traf Ute keine Spaziergänger.

Wild, romantisch und fast unberührt holt sich die Natur zurück, was nicht asphaltiert ist. Vor dem Tunnel kehrte Ute um. Der Ausgang ist nicht zu sehen und von den feuchten Wänden tropft Wasser und hängt Moos dran. Alleine war es ihr da wirklich zu unheimlich. Sie genoss die Stille, freute sich an der wilden Vegetation abseits der Zivilisation und hing ihren Gedanken nach. Sie war Johann sehr nahe.

Gegen Mittag kam sie zurück nach Maderno und legte im Café Central an der Hafenpromenade eine Pause ein. Romeo, der Beo, rief laut seinen Namen, als Ute durch den Innenraum ging, um sich die Hände zu waschen.

„Ciao Romeo!", antwortete ihm Ute und freute sich lächelnd, dass es ihn immer noch gab, sowie auch die alte Signora an der Theke, im dunkelblauen Kleid, mit Perlenkette und gepflegten rot lackierten Nägeln. Bei ihr bestellte Ute einen Cappuccino für draußen.

„Subito, Signora", sagte diese und tippte die Bestellung in die Registrierkasse ein. Einige Herren standen an der Bar bei einem Amaro oder Ombra und diskutierten über die Wettergebnisse des vergangenen Wochenendes. Sie genoss den heißen Kaffee. Die vorbeiflanierenden Italiener waren gut gekleidet, hatten auffallende Armbanduhren angelegt, schöne Schuhe waren unerlässlich. Die Damen mit eleganten Handtaschen trugen locker eine Stola um die Schultern. Viele schoben stolz ihre Enkel in modernen dreirädrigen Kinderwagen vor sich her.

Die Mädchen waren wie Püppchen angezogen, mit duftigen Kleidchen, Rüschen und weißen Söckchen, die Buben oft blau-weiß und mit Baseballcaps gegen die Sonne. Jungs lenkten ferngesteuerte Geländewagen, worüber sich die Opas mehr freuten als die Kinder. Eine Gruppe Radler sausten in engen bunten Renndresses und stromlinienförmigen Helmen vorbei, dicht gefolgt vom Mannschaftswagen mit Ersatzteilen. Natürlich fehlten auch die Jugendlichen auf Mopeds und Rollern nicht, die ihren täglichen Corso durch die Innenstadt zogen.

Die Wolken verzogen sich, der Himmel riss auf, und die Sonne strahlte vom blauen Firmament, der perfekte Nachmittag! Ute verlangte die Rechnung, besuchte die kleine Kirche und betete für eine unfallfreie Rückreise am Dienstag. Dann fuhr sie langsam den Lungo Lago entlang, suchte sich eine freie Bank und blickte auf den See. Es war etwas diesig. Ein gutes Zeichen. Das Wetter bleibt beständig, hatte Johann immer gesagt und recht behalten. Sportboote waren auf dem ruhigen Wasser unterwegs, auch einige Segler glitten bei einem „dreier Wind" langsam vorbei.

Ute dachte an ihre aktiven Zeiten zurück, als sie anfangs mit Katamaran, später mit Segel- und Motorboot hier ihre Ferien verbrachten. Aber, vorbei ist vorbei, und ohne Johann hätte sie das sowieso nicht gekonnt. Trotzdem war es schön, dass sie das gemeinsam erlebt hatten. Ute holte sich eine Waffel mit Eis und schleckte genussvoll die Erfrischung. Danach machte sie sich auf den Rückweg zum Hotel.

Sie fuhr nicht auf der verkehrsreichen Hauptstraße, sondern durch die schmalen Seitengassen, vorbei an blühenden Gärten und Parks.

Ute brachte das Leihrad zurück, ging auf ihr Zimmer und holte die Badesachen. Sie war die einzige am Pool. Bienzles waren abgereist. Nach einer Dusche tauchte sie ins angenehme Wasser und schwamm einige Runden. Sie rückte sich eine Liege zurecht, um die Spätnachmittagssonne zu genießen und noch einige Kapitel in ihrem Buch zu lesen. Vor dem Abendessen telefonierte sie mit Riccarda und hörte, dass alles in Ordnung sei und sie sich auf ihre Rückkehr freuten. Von Ursula gab es keine Neuigkeiten.

Diesmal speiste sie wieder an ihrem Einzeltisch. Als Vorspeise gab es Tomatencremesuppe mit Croutons, zum Hauptgang wurde eine Grillplatte mit verschiedenen Fischen und Gemüse gereicht, als Dessert brachte Massimo eine Käseauswahl mit Weintrauben. Ute bestellte sich noch einen Cafè bei ihm, der heute nicht viel zu tun hatte, und verabschiedete sich, damit er Feierabend machen konnte. „A domani, Massimo!"

Ute bat Carlotta um Seidenpapier und eine Schleife, damit sie den versilberten Flachmann einpacken konnte, den sie ursprünglich für Gustav gekauft hatte. Er bekam ja jetzt die Schachuhr. Natürlich händigte ihr die Rezeptionistin das Gewünschte aus. Nach den Meldungen im Fernsehen über das aktuelle Zeitgeschehen und dem Wetterbericht für die kommenden Tage legte sie sich schlafen. Sonntags kam kein gutes Programm, entweder uralte Filme oder eine Spielshow nach der anderen, und die waren wirklich nicht Utes Favoriten.

*

Montag, Utes letzter Tag am Gardasee. Heute nahm sie ihren Wagen und fuhr nach Moniga zum Wochenmarkt. Sie wollte mal bummeln und schauen, ob sie für sich etwas finden würde. Viel Ware kam aus China oder Indien. Ute ließ sich zu keinem unüberlegten Kauf überreden und suchte nichts Bestimmtes. Es musste etwas sein, was sie einfach ansprach. Bei Lederwaren stöberte sie durch, denn Taschen waren eine ihrer Leidenschaften, bei anderen Frauen sollen es Schuhe sein. Sie fand jedoch keine, die sie haben wollte, zumindest nicht zu dem angebotenen Preis. Am Stand daneben hingen Kleidungsstücke, die etwas hochwertiger aussahen. Ute entdeckte eine Leinenhose, gerade geschnitten, in einem schönen Grauton, die ihr gut gefiel. Vorsichtig schaute sie auf das Preisschild. Der Verkäufer, ein Italiener, holte das Stück mit einem Haken von der oberen Stange und reichte es ihr. Der Stoff fühlte sich gut an, der Preis nicht.

„Signora, bellissima!", meinte er.

„Zu teuer!", erwiderte Ute und gab sie ihm zurück. Der Verkäufer sah seine Chance, wenn er am Preis etwas nachgab. Er versuchte es mit zehn Euro weniger, Ute schüttelte den Kopf und zog ihre Geldbörse aus der Tasche.

Sie zeigte ihm zwei Scheine à zwanzig Euro. Mehr wollte sie dafür nicht ausgeben.

Der Italiener schüttelte den Kopf und sie schickte sich an, zu gehen, indem sie sich bedankte. „Gracie Signore."

Der Verkäufer rief ihr nach, nahm die Scheine und packte die Hose in eine Plastiktüte. Ute strahlte ihn an, erzählte ihm, dass es heute ihr letzter Ferientag am Gardasee war und freute sich. Beide waren zufrieden. Mehr kaufte sie nicht auf dem Markt.

Weiter ging es zu einem großen Supermercato. Sie packte Pasta ihrer Lieblingsmarke in den Einkaufswagen, Weinessig, Oliven, Cantuccini, Maronencreme, Semola und Carnaroli-Reis. Auch einen kleinen Laib Käse aus Tremosine nahm sie mit und ein paar Flaschen Wein, sowie Grappa, Limoncello und Prosecco. Ute liebte es, Geschenke in Reserve zu haben. Als der Einkauf in der Kühlbox verstaut war, die sie immer im Kofferraum mit sich führte, ging sie zu einer Konditorei. Im Schaufenster lockten Kuchen und Torten und mancherlei Naschwerk zum Kauf. Sie erstand eine kleine Auswahl an Gebäck, das sie zu Federico mitnehmen wollte.

Zurück im Hotel, zog sie sich nach einer Dusche um, machte sich zurecht und schlug den Weg zum Campingplatz ein. Diesmal hatte sie Glück und traf im Büro eine Italienerin, die schon früher dort gearbeitet hatte. Diese erkannte Ute und fragte nach ihrem Befinden. Auch nach Johann erkundigte sie sich.

Ute erzählte kurz, was sich in den letzten Jahren ereignet hatte und dass sie Federico besuchen wolle.

„Er wird sich freuen, denn von den alten Herrschaften, die Sie noch kennen, ist sonst niemand mehr hier auf dem Platz. Wie lange sind Sie noch am See?", fragte sie.

„Heute ist mein letzter Tag, morgen fahre ich zurück."

„Ich wünsche Ihnen alles Gute für die Reise und die Zukunft!"

„Danke, auch Ihnen eine gute Zeit." Ute verabschiedete sich und ging den Hauptweg zum Wohnwagen. Federico erwartete sie schon, hatte den Tisch gedeckt und den Sonnenschirm aufgespannt.

„Buona sera Federico! Come sta?"

„Buona sera, Signora, sta bene!", und stellte die eckige Alukanne auf den Gaskocher, um Espresso zu machen. Ute packte in der Zwischenzeit die Gebäckstücke auf einen Teller. Sie plauderte, so gut sie das italienisch konnte und erzählte ihm von den netten Holländern, die sie kennengelernt hatte, vom Besuch in Torri und der Aufführung in der Arena von Verona. Federico holte zwischendurch einen Amaro und stieß mit ihr an.

"Cin, cin."

Später gingen sie noch eine Runde durch den Platz und zum Steg, wo ein Fischer gerade seine Angeln herrichtete und dann auf das Wasser hinausruderte. Da, wo der Gebirgsbach mündet, soll eine gute Stelle sein, verriet er ihr.

Außerdem erzählte er, dass ein vermisster Taucher am Sonntag gefunden wurde.

Die Carabinieri hatten ihn an einer besonders tiefen Stelle vor Toscolano geborgen.

„Die Tauchboje und das Boot der Carabinieri habe ich gesehen, wusste aber nicht, wonach sie suchen", erklärte sie Federico. Er fuhr fort und erzählte weiter, dass der Tourist schon einige Tage tot gewesen sein musste. Sein Sauerstoffschlauch war irgendwo hängengeblieben und hatte sich so verheddert, dass es alleine nicht möglich war, sich zu befreien und war aufgerissen. Der zweite Taucher hatte das nicht gleich mitbekommen. In dieser Tiefe war es stockdunkel. Trotz sofortiger Suche war der Kollege erst nach Tagen gefunden worden. Der Pfarrer hielt am Hafen mit den Familien eine Andacht, anschließend wurde der Sarg weggebracht. Ute dachte an die Hinterbliebenen, deren Urlaub auf diese schreckliche Weise endete. Im Leben gibt es immer wieder schlimme Momente, doch auch schöne, für die man dankbar und demütig sein muss.

Langsam und bedrückt schlenderten sie zurück zum Wohnwagen und Ute holte ihr Geschenk aus der Tasche. Federico packte es verwundert aus, besah sich den Flachmann und bedankte sich hocherfreut. Er hatte nicht damit gerechnet, dass sie ihm etwas mitbringen würde. Ute dankte für seine Gastfreundschaft und verabschiedete sich. Er fragte, ob sie mal wieder kommen würde und sie antwortete, sie wisse es nicht. Nach einer innigen Umarmung spazierte Ute zurück zum Hotel. Ihre Gedanken waren bei den beiden deutschen Familien und dem Tauchunfall. Allein schon das Wort *Unfall* war der Auslöser, sofort an Johann zu denken. Wie sehr er ihr fehlte! Wie gerne war er hier am Gardasee!

Sie traf im Hotel ein und gab Bescheid, dass man ihr morgen nach dem Frühstück die Rechnung fertigmachen sollte. Carlotta erkundigte sich, ob alles zu ihrer Zufriedenheit war. Sie bejahte das und zog sich um zum letzten Abendessen. Massimo war wie immer sehr zuvorkommend und bediente sie sofort. Als Vorspeise wurde Melone mit Parmaschinken gereicht, das Hauptgericht bestand aus einem Auflauf mit Gnocchi, Spinat und Käse. Als Dessert brachte der Kellner einen Fruchtsalat mit hausgemachten Zimtwaffeln. Es war wie immer köstlich. Einige neue Gäste waren inzwischen eingetroffen und speisten ebenfalls im Haus. Trotzdem war es zu dieser Jahreszeit angenehm ruhig und behaglich. Ute nahm noch einen Grappa und ging zu Bett. Sie wollte morgen nicht allzu spät aufbrechen.

Am nächsten Morgen erwachte sie ausgeschlafen fünf Minuten vor dem Wecker, den sie sich vorsichtshalber gestellt hatte. Die Sonne begrüßte sie auf dem Balkon, wo sie die gute Luft einatmete und den Himmel besah. Einige Zirren hingen wie Wattebäuschchen am blauen Himmel und die Temperatur war angenehm bei etwa achtzehn Grad. Sie legte sich die Reisegarderobe aufs Bett, die Tasche war gepackt. Am Frühstücksbuffet nahm sie ein feines Müsli, dazu frische Früchte und Joghurt. Zum Tee ein Brötchen mit Käse und steckte sich noch einen

Apfel und eine Banane für die Fahrt ein. Gut gestärkt beglich sie ihre Rechnung, holte das Gepäck aus dem Zimmer und verabschiedete sich von allen, also Carlotta, Massimo und Maurizio, der ihr die Tasche zum Auto trug. Sie wünschten ihr gute Fahrt und dass sie mal wiederkomme.

Früher fuhr sie mit Johann stets einen anderen Weg nach Hause. Ute auch. Die Route führte nach Süden. In Peschiera am Lungolago Guiseppe Garibaldi gab es ganz am Ende eine edle Bar am Porto Bruno Manfredi, wo die Kranstelle und Werft für Luxusboote war. Sie fand einen Parkplatz und setzte sich auf die mit Marmorfliesen fast fugenlos getäfelte Terrasse. Der Cappuccino war dort extrem teuer, aber der Blick auf die Schiffe und Spielzeuge der Reichen entschädigte dafür. Was es doch für Motoryachten gab von Werften wie Cranchi, Colombo, Tullio Abbate. Eine wunderschöne Riva, ein Oldtimer aus Holz, wurde gerade vorbereitet zum Kranen. Ute genoss den Anblick dieses Kunstwerks einer Bootsbauerfamilie, das heute kaum mehr zu bezahlen ist.

Ute beglich ihre Rechnung, ging noch ein paar Schritte spazieren und brach dann auf Richtung Affi, wo sie auf die Autostrada fuhr. Sie zog den Kassenschein aus dem Automaten an der Zufahrt und lenkte den Wagen entlang eines Marmorwerkes, vielen Weinbergen und Olivenhainen. Ohne Stau erreichte sie Trento, kam weiter zum Brennerpass und bezahlte die Maut an der Station. Bei Innsbruck kostete die Autobahn wieder, aber sie sparte Zeit. Ute nahm den Weg über das Inntal vorbei an Kufstein.

Sie hatte dann keine Steigungen mehr, musste zwar um oder durch München, aber sie wollte nicht die gleiche Strecke fahren wie auf dem Hinweg.

Es lief ganz gut, um die Bayerische Landeshauptstadt herum dauerte es zwar, aber das war egal. Sie kam ohne größeren Stau durch. Als sie einen Tankstopp einlegen musste, telefonierte sie kurz mit Maria. Sie wollte in etwa einer Stunde zuhause sein.

„Ich habe gekocht und wir werden alle zu deiner Begrüßung auf der Terrasse zu Abend essen. Also, bis dann", informierte sie die gute Seele der Küche.

Irgendwie freute sich Ute, so schön es war, auf daheim. Nach vielen Jahren auf dem Land wohnte sie nun wieder in ihrer Geburtsstadt Augsburg.

„Wer ist wer?" der Protagonisten

Ute Müller, Hauptperson der Geschichte, Innenarchitektin
Johann Müller, Ehemann, Trainer für Technik und Vertrieb

Ehemalige Mitschülerinnen und Freundinnen:

Angela, Hausfrau, Ehemann **Frank**
Birgit, Lehrerin, Ehemann **Martin**
Claudia (Schöninger), Antiquitätengeschäft in München,
Partner **Hubertus**
Gabi, Sonderschullehrerin, Ehemann **Werner**
Gerlinde (Gerdes), Gästepension an der Ostsee,
Ehemann **Hans**
Herta, Ärztin, Ehemann **Peter**
Ilse, Versicherungskauffrau, verwitwet, Tochter **Karin**
Jutta, verwitwet, arbeitet für eine Galeristin
Petra, Immobilienfirma, Partner **Rüdiger**
Riccarda (May), Besitzerin der Villa, arbeitet im TIM
Rita (Stern), Modistin mit Hutatelier
Ursula (Jenssen), Dolmetscherin aus Oldenburg, Ehemann **Jan**
Verena, Gastronomin, Partner **Michael**
Vroni, Krankenschwester und Altenpflegerin, Single
Maximilian, Vronis Sohn, und **Heidi,** seine Verlobte
Maria (Mayer), Haushälterin in der Villa

Bewohner im Seniorenheim:

Anton (Fischer), Witwer, Wastis Herrchen
Gustav, ehemaliger Gärtner
Otto, Schachpartner

Haustiere:

Moritz, Gustavs Kater
Wasti, Antons Dackel, lt Stammbaum:
Waldemar Korbinian von der Tannenhöhe

Danksagung

Liebenswerte Menschen haben mich ermutigt, diese Geschichte zu veröffentlichen. Mit ihren Anmerkungen und Korrekturen konnte ich den Roman überarbeiten und danke

... meinen geduldigen und ehrlichen Testleserinnen:

Bernadette
Gabriele
Hedwig
Ingrid
Petra

... Ludwig Waldinger, PHK, bei Fragen zur Ermittlungsarbeit

... Thomas Konzmann, die *Lechtown Kneeoilers* nennen zu dürfen

... Manuel von CreativDesigns für die Gestaltung von Cover und Layout

... meinen Leserinnen und Lesern, die mein Buch weiterempfehlen.

... DANKE.

Der Fehlerteufel lauert trotzdem hinter jedem Wort. Ich habe ihn nicht immer entdeckt und bitte um Vergebung. Sie, liebe Leser, finden bestimmt noch Tippfehler.

Uli Karg wurde 1952 in Augsburg geboren und lebt nach einigen Unterbrechungen wieder im westlichen Landkreis. Zu privaten Anlässen oder Firmenfeiern hat sie schon immer Geschichten, Sketche und Gedichte geschrieben. Mehr Zeit dafür blieb im technischen Berufsleben nicht.

Im Rentenalter nutzt sie die Zeit, Ideen im Kopf zu destillieren und mit Feder und Tastatur als unterhaltsame Geschichten festzuhalten.

Das Buch *Ein falsches Vogelkind* war ihre erste Veröffentlichung von Kurzgeschichten.
In einigen Anthologien finden Sie Beiträge von ihr.

E-Mail: ulrike.karg@vodafone.de
Web: www.autorin-ulikarg.de